新潮文庫

長女たち

篠田節子著

新潮社版

10790

目次

長女たち

家守娘

I

目覚めたときに目に飛び込んできたのは、だれもいない座席だった。

慌(あわ)てて立ち上がってホームに下りる。

ここがどこかわからないまま、めまいに襲われベンチ脇(わき)にしゃがみ込んで嘔吐(おうと)した。

通りかかった乗客の舌打ちが聞こえる。

涙っぽくなった目で、表示板を見上げると「小田原」とあった。

こともあろうに急行電車に乗って、終点まで来てしまった。

自動販売機でお茶を買い、ふらつく足で隣のホームに移る。上り電車がまだあった。

使い果たさずに残っていた最後の運のように思えてきた。

「俺、本気だよ」という言葉が、耳の底に響く。続いて温かな吐息と、指先をちくちくと刺す短く硬い髪の感触、肌の匂(にお)いまでが生々しくよみがえってきた。

二年も同じ職場にいて、付き合い始めたのが一ヶ月前だった。

金曜日の夜、通勤で使う小田急線の特急に乗って、二人きりの小旅行にでかけたのは、つい二週間前のことだ。そのときの記憶の方が、数時間前のものより生々しいことに戸惑う。

「やっぱり自信がない」

彼はそう言った。

「島村さんのこと、好きだよ。だけど、自分、男としてまだまだなんだ。仕事の方にウェイトを置かなきゃならない時期というか……やっぱり無理。こんなこと言うの卑怯(ひきょう)だとは思うけど」

二週間前の「俺」は「自分」に変わり、「ナオ」という呼びかけは「島村さん」に戻っていた。

「いいよ、しかたないことだから」

直美(なおみ)は笑って彼の肩をたたいた。三十代も半ばを過ぎて、何が男としてまだまだだ、と心の内で罵(ののし)りながら。

離婚歴ありの四十女と六つ年下の独身男の組み合わせは、いまどきそれほど不自然なものではない。のぼせ上がったのも男の方だった。

「今、それどころじゃないから」と断り続ける直美の行く先々に現れ、メールを送りつけてきた。一ヶ月前の歓送迎会の帰りに、初めて二人きりで飲みに行き、二週間後に結ばれた。

「それどころじゃない」理由を告げたのは、その直前だった。

「母がいるの。それほど高齢ではないけれど、体が思い通りにならなくて。骨粗鬆症があるからね。四六時中介護が必要という状態ではないんだけれど、痛みがあって動きにくいし、立ち上がるのが大変。めまいを起こすみたいで。すぐに転んで、骨折とかするから、目を離せないし。わがままな人でデイサービスとか、ヘルパーさんとか、断固拒否だから私しかいなくて。職場が近いから、何とか勤めていられるけれど」

そう言うと、「知らなかった。ナオ、いつも明るいし、仕事ばりばりこなして、そんな苦労はぜんぜん見せなかったから」と感動したような様子で直美をみつめ、強風の吹きすさぶサザンテラスの歩道橋の上で、人目もはばからず抱きしめた。

「俺が近くのマンションに越していけばいいじゃない。無理をしないで一緒にいられるときに一緒にいよう。それでいいよ、俺は」

直美の頭を自分の頬に押し付けたまま、彼は言った。真実味の籠もった低い声が、皮膚の上に振動となって伝わってきて心を震わせた。

所沢市郊外にある実家を出て、直美が住んでいる経堂に引っ越してくると彼は約束した。南新宿にある教育関連会社までの通勤時間は一時間以上短縮される。確かに彼にとっても無理のない選択に思えた。

しかし結婚を現実のものとして冷静に考えたとき、バツイチ六歳年上、までは、「惚れた」の範疇で受け入れられるが、体の悪い母親を抱えた女との半別居生活と、その母親が全面的に介護を必要とするようになる近い将来の負担に考えが及んだら、だれでも二の足を踏む。当然のことでもあった。

撤回の意志を聞かされ、「嘘つき、やることやったらさっさと逃げるわけ」と泣きわめいたりせず、恨みの一言も吐かず、「きちんと話してくれてありがとう」と物わかりの良い対応をしたのは四十女の分別でありプライドだった。

別れた後に一人でショットバーに入り、話しかけてくる若いバーテンを冷ややかな視線で無視して、グレンフィディックをロックであおった。

「おねえさん、男前」と酔客に声をかけられ、けんかを売ったのまでは覚えているが、その後の記憶はない。

手入れの行き届かない植木が鬱蒼と茂り、飛び石の上にまで枝を伸ばした庭を抜けると、構えばかりが立派な和洋折衷の二階屋の玄関に、ぼうっと赤茶けた灯りが滲んでいる。

私立大学の教員を長く務めた父が八年前に亡くなり、妻と子供たちに残した土地と家だ。

高度成長期に、品位を失い騒がしくなっていく東京を嫌った祖父が、それまで住んでいた千駄木の家を売って、田園風景を残すこの清閑な住宅地に引っ越してきた。青年期以降の父はここで生活し、妻をめとり娘二人を育てた。

高級住宅地の広い家屋敷と他人は羨むが、住んでいるものにとっては、それが格別の利益をもたらすわけではなく、様々な税金と維持費が重くのしかかる。

五つ年下の妹は若くして嫁ぎ、姉と違って出戻って来る気配などないから、将来的には長女の直美がこの家屋敷を引き継ぐことになる。

「私が死んでしまえば、この家屋敷はあなたのもの」というのが母の口癖なのだが、正直なところ、ありがたくはない。

寝室に入ると母はまだ起きていた。

「何していたの、こんな時間まで」

恨みがましい声が寝床の中から迎えた。

あんたのおかげで男に振られてきたのよ、という言葉を飲み込む。

「連れて行ってちょうだい」

命令するように母が言う。骨粗鬆症から夜間は特に痛みが強く出るようで、手洗いに立つのに支えがいる。それでもヘルパーや家政婦が家に入るのを拒み、昼間は手すりを頼りに伝い歩きしている。本当のところは一人で立てるのかもしれない。だが、娘の顔を見ると甘えたくなるというより、親としての当然の権利を行使して楽をしようとしているように見える。

昨年末、仕事が立て込み、仕事を家に持ち帰って、テープ起こしやら、翻訳やらの作業に追われた。

一時間に一度、必ず様子を見に来るから、手洗いや欲しい物があったらそのときにまとめて言って、と申し渡して母と大げんかした。

「あなたを育ててるときは、泣けばすぐに飛んでいったものよ。会社の仕事じゃあるまいし、一時間に一度顔を出すとは、何事なの。娘としての情というものが無いの」

言い争うのにも疲れたので、今では何をしていても呼ばれればすぐに飛んで行く。

「お酒臭い」

細かく震える腕を取り肩を貸すと、母は顔を背ける。白髪染めの臭(にお)いが鼻をつく。

「何をしてたの」

「接待」

今回は嘘だが、九割方は本当だ。

「そんな仕事おやめなさい、女だてらに」

重い。躊躇無く体重をかけてくるのは、相手が長女だからだ。紛れもない我が子として可愛がり慈しむための次女と、期待をかけ当てにするための長女。

母の中にそんな区別があったとは思えないが、気がついたらそういうことになっていた。

妹の真由子に「ポルカ」という、可愛らしい響きだが、実のところ底意地悪いあだ名をつけたのは、中学校時代の直美だ。いくら教えても分数計算が出来ずに、2分の1足す2分の1を4分の2と解答したことと、五段階評価の成績表に1と2ばかりが並んでいたことを、「一と、二と」と拍を数えさせる4分の2拍子の舞曲「ポルカ」にかけたのだ。

大学教員の娘にふさわしく秀才としてもてはやされた直美に比べ、一見したところ利発そうに見えて、真由子の頭の悪さは際立っていた。

今でいう学習障害があったわけではない。集中することと努力することが嫌いな子供だったのだろう。馬鹿な子ほどかわいいというのは、その通りで、父と母から無条件に可愛がられ、期待されることなど何もなく、だから挫折もなくすくすくと育ち、ある日、たくさんのカラーの花を抱えて、ふわりとこの家から出て行ってしまった。

一方、直美の方は、父にとっては幻の長男として期待され、母からは「直美」ではなく、「お姉ちゃん」と呼ばれ、幼い頃から頼りにされた。

挙げ句がこれか、と、今、病気で衰えた母の体重を全身で支える。

可愛がられるかわりに、母とは仲良し親子だった。友達もうらやむほどの。

小学校から高校まで、私立の女子校に通った十二年間、毎日、手の込んだ弁当を持たせてくれた。

友人宅に泊まりに行ったときは、そこの家で出されたインスタント調味料味の酢豚がどうにも喉を通らなかった。そのことで母が料理に一切、手抜きしていないということを知った。

買ったおやつを食べさせられたという記憶はない。小麦粉やバターや卵や果物で、母は姉妹のためにいつも何かを作ってくれた。そのおやつが載った皿までも、母が趣味で焼いたもので、家族それぞれの誕生花が描かれていた。遊びに来た友達はだれもが驚き、うらやましがった。

学校行事に皇族の女性たちが着るような淡い色のスーツでやってきたかと思えば、

一緒にライブに行くときには、カシミアのアンサンブルをデニムのロングスカートで着崩して、回りの若い人々に上品に溶け込む。センスが良くて、きれい好きで、料理上手。完璧（かんぺき）な母だった。

就職して四年目に、直美は学生時代の先輩と結婚したが、結局うまくはいかなかった。

「いつでも戻ってらっしゃい」と母は言った。「無理していっしょにいる必要はないわ」

結婚当初は若夫婦で賃貸マンションに住んでいたが、直美が会議通訳や契約書翻訳といった仕事を続けていたこともあり、子供が生まれると近所に住む夫の母に頻繁に預かってもらうようになった。

そして子供が、はしかに罹（かか）ったのを機に、なし崩し的に相手の家に同居することになったのだが、夫婦の間で齟齬（そご）が生じるようになったのはその頃からだ。公立保育園の保母のキャリアの長い義母は、子育てについては頼りになる人だったが、一緒に暮らしてみると、生活のセンスも金銭感覚も物の考え方も、直美の常識とは百八十度違う。戸惑うことばかりだった。

そんな折、実家に帰る度に母は言った。

「いつでも戻ってらっしゃい」

「無理していっしょにいる必要はないわ」

ひょっとすると、あれは娘二人を立て続けに嫁がせてしまい、夫婦二人の生活の寂しさに耐えかねた母の、将来を見越して長女を自分の手元に取り戻すための算段だったのかもしれない。

とにかくその頃の母の、夫の実家に対する悪口はすさまじいものがあった。決して口汚い罵り方ではない。ただ良識家の父が眉をひそめるほど、相手の家族と家の格を貶める物言いだった。

直美にしても、慣れ親しんだ実家ほど居心地の良いところはない。友人たちの中には実の母親とそりが合わず実家を嫌う者がいたが、気が知れなかった。その頃は。

それからまもなく正式に離婚して実家に戻ってきたのだが、当然連れてくると期待していた娘の優紀を婚家に置いてきてしまったことで、母はひどく落胆した。妹の真由子の方にも、当時すでに二人の子供がいたが、頻繁に実家に帰れるような事情でもなく、しかも無愛想な男の子ときているから、祖父母が気安く頭をなでられるのは、優紀の方だったのだ。

向こうの家が孫を取った、と、このときばかりは遠慮会釈なく、母は口汚く罵っていた。しかし当時二歳半だった優紀の面倒を一番見ていたのは義母で、娘の方も母親によりもなついていたのだからしかたがない。

離婚したのが二十代の終わりだったから、それから幾度か恋もした。一緒に暮らした男もいた。既婚の男と付き合ったこともある。

いちいちそんな事情を母に説明することもなかったし、母が直美の交際に口を出すこともなかった。だが一度、妹には、みっともない場面を見とがめられたことがある。あれは三十代も半ばの頃だっただろうか。こちらは気づかなかったから、いつ、どこで、だれと何をしていたところを目撃されたのかわからない。

ある日、携帯に電話がかかってきて、「お姉ちゃん、男の人と付き合うならちゃんとした形で付き合ってね。もういい加減なことをしていられる歳（とし）じゃないんだから」と言われて仰天した。

見られていたことにではない。頭は悪いが愛すべき「ポルカ」、努力も集中もできないかわりに、およそきつい表情や意地悪さにも無縁だった真由子が自分に説教するなど考えたこともなかった。

あんたになんか言われたくはない。ろくに学校も出ずに結婚し、由緒（ゆいしょ）ある結婚式場で、文金高島田に白無垢（むく）の打ちかけ姿で式を挙げた、その間中、つわりに苦しみ、私にタオルとビニール袋を持たせて待機させていたあんたなんかに、という言葉は呑み込んだ。自分自身の品性とプライドのために。

何回目かに付き合った男と、相手のマンションで一緒に暮らし始めたとき、母は快く送り出してくれた。やがて秋風が立ち始めた頃、実家に戻ると、何か愚痴をこぼしたわけでもないのに、温かなビーフストロガノフを用意して待っていてくれた。

男とうまくいかなくなるたびに、母は何も詮索することなく受け入れてくれた。「あなたの部屋、ずっとあのままにしておくわよ」「そんな人と無理していっしょになる必要はないんじゃない」という言葉とともに。咎めるような言葉を聞いたこともない。

母の作った料理を食べて出勤し、休日には一緒に買い物に行き、ときにはサッカーを見に行く。児童書に関する国際シンポジウムのために一週間イタリアに出張したときは、母が同行し、空いた時間で一緒にオペラを鑑賞し、ワイナリーを見学した。

そうして三十代は過ぎていき、直美は戸籍上独身のまま、語学力と高い交渉能力を買われて、勤めていた会社でそれに見合ったポストを得た。

直美にとっての誤算は、母がおよそ自立などという言葉と無縁の老い方をしたことだ。きっと九十間近になっても、心だけは矍鑠として友人たちと旅行やゴルフにでかけ、バザーやチャリティーコンサートに奔走する、知り合いの母親たちのように老いていくと、直美は信じていたのだ。

しかし親友のような母娘の母に、本当の親友などいなかった。年老い、病気がちになった母は直美の娘になり、母娘が逆転した状態で、なお親友母娘を続けることを切望していた。

「お隣の斎藤さんの奥様ね、またうちの門の脇にごみを置いていったの」

「あ、そう」

「それがどうもうちの庭に入ってきているみたいなのよ」

昨年あたりから、ときおり母の言うことがおかしくなってきた。

「ほら、私はこうしてほとんど庭に出ないし、昼間はあなたもいないから。それで鋏(はさみ)を持っていってしまったのよ」

「あれなら奥にしまってあるでしょう」

「いえ、ありません」

母は唇を引き結び、背筋を伸ばした。

「あれ、銘の入ったもので、あんな使いやすいのは、今はどこでも作っていないのよ。いつか斎藤さんの奥様が、私が雪柳を切っているのを見ていたの。それで欲しくなって持っていってしまったのだわ」

「いい加減にして」

たまりかねてそう怒鳴ると、直美は奥の座敷に入り、花器やらくばりやらをしまってある戸棚の引き出しから、その鋏を持ってきた。

「これは何なの。ちゃんと引き出しにあるじゃない」

「ああ、盗まれたから私が買ってきたのよ。ほらこの前三越に行った帰りに。高かったわ」

「職人さんが死んじゃったので、もうこれは作ってないんじゃなかったっけ？」

意地悪く言うと、頬がぱっと赤くなった。

「あなたは何かというと私を陥れようとするのね。昔はそんなじゃなかったのに、いつまでも外で働いていると、心がねじけてきて、一番身近な私をいじめて、うさばらしをしたくなるんでしょう」

直美は黙っている。説得はできない。否定すればもっと珍妙な理屈で自分は正しいと主張するだけだ。

「認知症」が始まったらしいことはずいぶん前からわかっていた。その事実を受け入れてもいた。物忘れも、物取られ妄想も、母の言動は同じ年代の親を持つ友人の愚痴や、テレビなどから仕入れた情報そのままだったのだから。

いつかは無理矢理にでも専門医のところに連れていかなくては、と思っていた。だが健康診断や骨粗鬆症の通院と偽って幾度か連れて行こうとしたが、何をどうごまかしても、母は見抜く。

「あなた、私の頭がおかしいとでも思っているの」と甲高い声で叫び、診察室どころか病院の敷地内にさえ決して入ろうとはしない。仕事を調整し何とか休暇を取って母を病院の前まで連れていっては、引き返す。同じ事の繰り返しになり、とうとう諦めた。

「ま、斎藤さんの奥様」

布団の上にいた母の叫び声に我に返った。当然のことながら、深夜の座敷にはだれもいない。

「どこから入ってこられたのですか。いくらなんでも人の家に勝手に上がり込むなんて非常識じゃありませんか」

母は目をむき、金切り声を上げた。

「そんなごみ袋を座敷に置かないで。もう……頭がおかしくなったのじゃありませんか」

頭がおかしいのは、あんただよ。

直美はつぶやき、危機感と寒々とした思いに震えながら、空間に向かって声を張り上げている母をみつめていた。

その夜、母が寝ついた後に、真由子に電話をした。婚家の人々に気兼ねして携帯の方に電話をしたのだが、妹の口調は忙しない。通話しながらあちらこちらに返事をし、子供を叱りつけ、挙げ句に「ごめん、お姉ちゃん、あとで電話するから」と切ってしまった。

いささか古風な言い方をすれば、嫁いで「向こうの家の人」になってしまった妹に相談しようとするのが間違いかもしれない。しかし母にここまではっきりとした症状が出た以上、事実は事実として血の繋がった妹には伝えておかなくては、と思ったのだ。

一時間ほどして向こうから電話がかかってきた。携帯ではなく、自宅の固定電話からかけてよこしている。

「さっきはごめん、ちょっと後援会の人が来てて」

「ああ、忙しいのにごめん」

真由子の夫は佐倉市に住む資産家の息子で、父親は県内の自治体の市長だ。息子の方は現在は政治家の秘書をしているが、いずれは国政に打って出るつもりのようだ。真由子は舅姑と同居の上、金庫番である秘書を始め、様々な人間が出入りしている家に嫁いだのだった。

「実は、お母さん、認知症、始まってしまったみたい。みたい、というか、間違いなく発症してる」

慎重な口調で直美は告げた。

「いったい、何があったの」

信じがたい、といった口調で、真由子は問い返した。

「うちのおばあちゃんに比べても元気だし、しっかりしているじゃない」

うちのおばあちゃん、とは、義母のことで、年齢はほとんど母と同じだ。

直美は、昨年から母にときどきおかしな言動が見え始めたこと、本人が専門医の診察を拒んでいるうちに、この日、幻覚を見たことなどを話した。

「さっきは、はっきり見たのよ。だれもいない空間に向かって、お向かいの斎藤さんの奥さんが入ってきたって、話しかけていたの」

「何かあったんだね、きっと」

妹は遮った。深刻で思慮深い口調だった。

「あの斎藤さんのところの奥さんって、上品そうだけどちょっと意地悪なところのある人じゃない。きっと嫌なことを言われたか何かしたんだと思う。それがずっと胸の中に溜まっていて、それで夜とか不安になったりしたときに、変な物が見えちゃったりするんじゃないかな」

「そうかなぁ」

「頭ごなしに、お母さんおかしい、なんて言ったらかわいそうだよ。ちゃんと話を聞いてあげないと」

「まあ、確かにそうなんだろうね……」

共感的理解、というやつか、とため息をつく。妹なら、あんな状態の母に自分よりも優しく接してやることができるのだろう、と思う。幼い頃から、学業成績は悪くても、暖かく豊かな感情を持った子だった。

舅姑のいる家に嫁ぎ、翌年には長男が生まれ、続いて次男。秘書や後援会の人々が出入りする家で政治家一家を支える女手を務めながら、いつのまにか子供三人を産み育て、最近では弱ってきた姑の身の回りの世話もしている。

大人になるということは、自立することではなく、我を捨てて家族や地域社会に従属し、求められた役割を果たして認められること。そんな世界は確かに存続しており、そこで真由子は間違いなく成熟し、いつのまにか自分を追い越して大人になっている。少しばかり気後れしながら、妹の言葉にうなずいた。

「ま、とにかく近いうちに休暇をとって、お母さんを無理矢理にでも専門医のいるところに連れていくから。結果が出たらまた電話するわ」

忙しいときにごめんね、ともう一度、謝って電話を切ろうとしたそのとき、「待って、待って」

と真由子が、電話の向こうで叫んだ。

「私、明日、ちょっと様子見にそっち行くから。お母さんに話してあげるよ。だましたり無理矢理とかじゃなくて、お母さんも納得してお医者さんいくようにした方が、お姉ちゃんだっていいでしょ」

「ありがとう、でも、家、空けられるの」

状況がわかっているだけに、そちらの方が気になる。

「ええ。おばあちゃんも、できた人だから、こんなときには親孝行しておいでって、言って送り出してくれるはずよ」

「できた人」「親孝行」という言葉に苦笑した。それで済まないことが起きているから、みんな苦労しているのだが、そんな古風な言葉の交わされる家で、妹はそれなりに苦労しているのだろう。いずれにしてもこんなときに無理をしてでも来てくれるのは実の妹だからこそで、心強い。

「ありがとね、私、明日、仕事で家にいないけど。よろしく」

「まかしといて。自分の家だし、私のお母さんだもの」

朗らかに笑って真由子は電話を切った。

翌日、帰宅したときには、妹は帰った後だった。母はいつになく上機嫌で、水切り籠には、この日、妹が母のために昼食を作るのに使った調理器具や食器がぴかぴかに磨き上げられて入っている。冷蔵庫の内も外も、きれいになっていた。

この調子で二、三日にいっぺん、いや一週間に一度でも来てくれれば助かるのだが、舅姑のいる家に嫁ぎ、高校生を頭に三人の男の子を抱え、そのうえ自宅に出入りする人々の応対にまで追われる妹にそれを要求するわけにはいかない。

電話がかかってきたのは、夜も更けてからだった。

「何ともなかったよ、お母さん」

不審そうな口調で開口一番に言われた。

「骨粗鬆症があるから、私たちみたいには動けないけど、ちゃんと一人でトイレにも行けるし、話していることだって、ぜんぜん普通じゃない」

「気がつかなかった？」

「何が？」

「いろいろ……」

言いかけて思い当たった。

「あなた何時頃、うちに来たの？」

「婦人会の人にお茶とか出してから行ったから、そっちに着いたのは十一時半くらい？かな」

「帰ったのは？」

「下の子の迎えがあったから二時ちょっと前」

「それだ」

短時間のことで、しかも真昼であるから、異常な言動が目につくことがなかったのだ。

「夕方から夜にかけて変になるのよ」

真由子は、沈黙していた。

「それじゃお医者さんのことは何も話さなかったのね」

真由子はそれには答えずに言った。

「お姉ちゃんは頭がいいから、最初から認知症がどうとかって、そこから入ってしまうんだね」

「それって、何？」

いきなりこちらに矛先を向けられ、憤慨するより戸惑った。

「最初から決めつけてしまったら、お母さんが何をしてもそう見えてしまうんじゃないの」

「だからそうじゃなくて」

苛立ちを隠し、再度、母の状態を順を追って説明し、認知症に早期発見と早期治療が欠かせないことを説明しようとした。しかし最後まで言い終える前に、遮られた。

「お姉ちゃんにそんな目で見られれば、お母さんだってちょっと変なこと、言い始めたりするよ。年寄りって強がってても、内心心細くなってたりするから、ちょっとしたことで心が折れるっていうか、ちゃんと親として立ててあげれば、怒ったりしないし、みんなわかってくれるんだから。今日も一緒にご飯を作って、一緒に食べて、台所がなんか汚れていたから二人できれいにして……」

少しは勉強しろよ、という言葉を呑み込んだ。

昔から直感的に理解できないような、ややこしい話は、生理的に拒否するようなところが、妹にはあった。自分の感覚から少し離れたことに対しての理解力の乏しさは幼い頃のままだ。

とにかく今日はありがとう、と覚めた声で礼を述べて電話を切った。一緒に住んでいなければ、所詮は他人事なのかもしれない。

翌週、直美は会社を休んだ。月末の繁忙期に休みを取るのは初めてだったが仕方がない。

いよいよ放置しておくわけにはいかなくなった。

この二、三日、夕刻以降、頻繁に母は、何かを見るようになっている。妹は頼りにならず、もう一刻の猶予もない。

骨粗鬆症と高脂血症で通院している病院に朝一番で電話し、そちらの「老人科」を受診したいと告げた。認知症に対応しているか否かはわからないが、精神科などと聞いたら、母は受付ロビーまでも入らず帰ってしまうからだ。

受付担当者に電話で詳しいことを話すと、その病院には、確かに「物忘れ外来」を担当する医師が週一回、通って来ているということだった。しかし精神症状が出ている場合には、まず脳神経外科で診察を受けることになっているらしい。

小さな脳梗塞や脳出血が起きているおそれがあるから、と言い含めて母を病院に連れていき、指示された通り、まず脳神経外科でMRIの画像を撮ることになった。

直美が母の症状について医師に縷々話す間もなく、母は着替えさせられ、ベッドに横たわる。

「ちょっと音がうるさいだけで、痛くもなんともないですからね、大丈夫ですよ」

幼児をあやすような甘い口調で、語尾を引き延ばし、若い看護師が母を機械の中に送り込む。

「痛い、痛い、痛い」

しばらくして機械から出てきた母が、直美の顔を見るなり訴えた。

「痛いわけ、ないじゃないの」

つい冷ややかに言い放ってしまった。長女の顔さえみれば、痛い痛い、あれ取って、手を貸して、が始まる。

「突っ立ってないで、腰をさすってちょうだい」

MRIが痛いわけではなく、装置に入ってまっすぐ仰向けに寝かされたので腰が痛かったらしい。

フィルムを抱えて、精神科ではなく内科の主治医の元に行く。父が病気で倒れたときから、病院という場所も診療科目も母は知り尽くしており、もの忘れを多少自覚しているのか自分が精神科に連れていかれるのではないかと、内心戦々恐々としている。心身ともに衰えるに従い、プライドを侵すものに関しては、ますます敏感になる。それを配慮して今回、かかりつけの内科医が精神科の医師と連携し、画像診断の結果を伝えてくれることになった。

診察室に入るといつも穏やかな笑みをかかさない内科医が、まず母に「こんにちは、島村さん、おかげんはいかがですか」と丁寧に呼びかけながら椅子を勧めた。机の前には、灰色のフィルムが貼ってある。

直美は唾を飲み込み、そちらを見つめる。無意識のうちに膝の上に置いた両手を硬く握りしめていた。わかってはいたが、ついに宣告が下るのかと思うと、平穏な気持ちではいられない。

「島村さんね」と医師は、すこぶる楽天的な口調で語りかけた。

「目立った梗塞も出血もないですよ。良かったですね」

老人科病院の医師だけに、決して高齢者のプライドを傷つけないし、不安にさせる物言いもしない。

「脳全体について言うと、多少、このあたり萎縮していますね」と頭蓋と脳の間の隙間(ま)を指さす。

まさにそれだ。脳みそスポンジ……。

娘の絶望的な気持ちになどおかまいなく、母は眼鏡をかけ直して自分の脳の画像をしげしげと眺めている。

「今、おいくつでしたっけ？　ああ、七十二のお誕生日を迎えたばかりですね。年相応に萎縮はしていますが、特に梗塞もありませんし、今、整形の方では骨粗鬆症の治療を受けているんでしたっけ」

「お薬、飲んでみますか？」

けろっとした顔で医師はカルテを裏返して尋ねる。

「はあ」と母はわけがわからない、というように医師の顔を見る。

「お願いします」

すかさず直美は返事をした。

いったん診察が終わり待合室に戻ったところで、直美はすばやく診察室に引き返した。

「先生、本当のところ、どうなのですか？　やはりかなり進んでいるんでしょう」

医師は怪訝(けげん)な顔をした。そしてさきほど患者本人の前で話したのと同じ内容を繰り返す。

目立った梗塞や出血はない。年相応の萎縮があって、空洞に粘液がたまっている。

希望するなら精神科の医師と連絡を取り、抗認知症薬の処方はするが、まず一ヶ月ほど少ない量を飲んで、副作用が現れないかどうか確認し、大丈夫とわかったら本格的な投与を始める。しかし高い薬ではあるし、すべての症例について効果があるというものではない。むしろ介護者である家族が、患者の行動の意味を理解し、受け入れていくことが大切で、それによって生活の質は十分に確保できる。医師は型通りの説明をした。

「先生、年相応などということではないんです」

直美は昨夜のことを話した。物取られ妄想と、幻視……。

医師は画像を見る限り、それほど認知症が進んでいるようには見えないと繰り返し、患者は夜、眠れているか、と尋ねた。

「トイレで三、四回、ひどいときは二時間おきくらいに起こされます」

「ああ」

医師はうなずいた。

「あまりよく眠れていないのでしょう。歳を取るとそうなりがちですが、骨粗鬆症ということですから、きっと体の節々が痛くなって眼が覚めるのでしょうね」

はっとした。

夜、自分がたたき起こされる辛さばかりに意識が向いていたが、考えてみれば痛みで眠りの浅い母の方が数倍、辛かったのだ。外来待合室で心細げに座っている母が急にかわいそうになった。

眠れなかったり眠りの質が低下することで、いらだったり妄想が出たりしているのだろうと医師は言う。不安があったり周囲の者が動揺したりすればなおのことらしい。

確かにその通りだと思った。妹の言葉も一理あったのだ。

結局、抗認知症薬ではなく睡眠剤を処方してもらうことになった。

「たいていの症状は十分に眠れば改善しますから。それでもいろいろ障害が出るようなら、また考えてみましょう」

薬のおかげで、その夜、母は夜中に何度も目覚めることもなく、直美も久しぶりにゆっくり眠った。

翌朝、目覚めた母は布団の上に起き上がり、すこぶるさわやかな表情で、「ユキちゃん」と空に向かって呼びかけた。

出勤間際、あわただしくマスカラを塗っていた直美の手が止まった。

離婚したとき二歳半だった優紀は、今は高校生だ。

婚家に置いてきたが、面会権は獲得した。いや権利獲得などという闘争的なものではない。義母も、未だに独身の元夫も、娘に対して母親の悪口を吹き込んだりはしていないようだ。母親と会ったり、休日にこちらの家に連れてくることを妨害したりはしないし、向こうの家に届けた誕生日のプレゼントや入学祝いが送り返されてくることもない。今頃になって、直美は向こうの家族の大人の分別がしみじみわかり、感謝している。

だがその娘も、最近では滅多にこの家に来ない。成長するに従って外の世界が広がってきているのだ。せっかくの休日を、親や、ましてや祖母と付き合うより、友達と過ごしたいと思うのは当然だ。しかも平日は夕方遅くまでクラブ活動で忙しい。普段はあまり口に出さないが、母は内心、寂しかったに違いない。

「そんな寒い格好で、ユキちゃん」

母は視線を何もない空間から直美に移す。

「ちょっと、靴下出してやって。まだ寒いのに、そんなワンピース一枚」

直美は母の視線の先を追う。畳がある。その向こうの床の間には、唐金の香炉がぽつりと置かれているきりだ。

気分が悪くなってきた。良く眠ったようだが、症状は消えていない。それとも今度は睡眠剤の副作用なのか。

「だれもいないわよ、お母さん」

トートバッグに書類封筒を突っ込みながら、直美は忙しなく答える。

「何、言ってるの、ああ、寒そう。膝小僧が紫色になって」

動悸がして、足首のあたりが鳥肌立ってくる。

斎藤さんは引っ込んだが、今度は孫娘の優紀だ。

数日前、深夜の座敷で、蛍光灯の下、母は幻を見た。しかし今、障子越しの朝の光がさんさんと差し込む座敷で、母は、それを見ている。

物忘れくらいなら、親の老いとして受け入れようもある。物取られ妄想も、「一緒に探してあげましょう」の類の対応法がマニュアル化されているから、なんとかなる。

しかしそこにいない人物が見え、会話を始めたとなると、完全に物狂いの境地だ。それとも孫に会いたいという一念が、そんなものを見せているのだろうか。

週末、直美は家からほど近い都立高校に通っている娘を家に呼んだ。おばあちゃんが会いたがっているから来てやって、と頼むと、娘は「いいよ」と格別億劫(おっくう)がる様子もなく答え、約束通り、日曜日の早い時間にやってきた。昼から渋谷で友達に会うとかで、その前に立ち寄ったらしい。

久しぶりに会う娘は、スキニーにボーダーのチュニックを重ねた私服姿で、軽く化粧までして、急に大人びたように見えた。

孫の顔を見た母の顔がぱっと輝いた。

「ああ、今日は何？　学校は？　口紅なんか塗ってどうしたの」と、矢継ぎ早に尋ねる。

「口紅じゃなくて、リップグロス。今日は学校ないよ、日曜日だから」

優紀は屈託のない笑顔を見せる。せっかくの休日に年寄りの相手をさせられたことに不満顔をするでもなく、クラス替えで親しい友達と別れてしまったこと、バスケットボールの大会で優勝したことなど、ひっきり無しにしゃべる。

妹のところの孫ではこうはいかない。礼儀正しいが無愛想な兄弟で、ほとんど祖母の相手はしてくれないし、だいいち妹も含めてそう簡単に実家には来られない。

そうこうするうちに、一人では足下が危ないはずの母がひょいと立ち上がり、調理台の脇(わき)のかごから果物や蜂蜜(はちみつ)を取ってきて、孫のためにフルーツティーを入れ始めた。

妄想も物忘れも何もない。骨粗鬆症の痛みさえ、どこかに行ってしまった。母はまったく正常で健康だ。きっと妹が来ていたときも、こんな調子だったのだろう。きれい好きで、料理上手で、親友のような母が戻ってきた。

本物の優紀と会ったのだから、もう大丈夫、と胸をなで下ろしたが、そうは行かなかった。

その夜、幻の優紀は再び現れた。

「はやくカーディガン、貸してやって。そんなスフの半袖ワンピース一枚で、ああ、鳥肌が立ってる」

何もない畳の上に視線を向け、母は訴えた。

「ユキはもう帰ったのよ、お母さん。昼に友達と約束してるからって」

「あなたは何を言ってるの」

わけがわからないという顔で母は直美を見る。

「風邪を引いたらどうするの。早く、カーディガン。それから昼の残りのちらし寿司、あったでしょう、お腹すかせてるから出してやって」

孫が来たから、と母はこの日、直美に手伝わせてちらし寿司を作った。料理のバラエティーの多い母だったが、ハレの日には決まって精進ちらしだった。しかし優紀は友達と会って食事する約束をしていたから、とせっかくの料理にもほとんど箸をつけなかったのだ。

「だれもいないって言ってるじゃない」

認知症の患者の言っていることは否定するな、というマニュアルを忘れ、直美は思わず甲高い声を上げていた。

スフ、すなわち品質の悪い再生繊維のワンピースを身に付けた孫が母には見える。真顔で何もない空間に向かって会話している母の姿の薄気味悪さに、体が強ばってくる。

十日後、直美は再び母を病院に連れていった。その日の気分によって外出を拒否する母のために診療予約を取っては取り消し、そのたびに会社に電話を入れ、休暇を取り消して遅れて出社し、ようやくこの日、高脂血症の薬をもらうためと偽って連れ出した。しかし予約を取っていないので、物忘れ外来の診療は受けられない。緊急だと頼み込むと、近くの大病院から来ている精神科の女医が診てくれることになった。

そちらの診察室のプレートを見た母が、例によって絶対に入らないと歯を食いしばって拒否したのを、待合室に現れた看護師が、「脳梗塞の検査をするんですよ。この前のレントゲンでちょっと心配なところがありましたから」となだめて入れてくれた。

診療机の前に座っていたのは、白衣の下から、きれいなピンクのカットソーを覗かせた沼野という女医だった。

直美は母の症状を簡潔に説明する。しかし隣にいる母がいちいち口を差し挟む。その口調も、物言いも、一見したところまったく正常だ。

沼野は母を診るより先に、直美自身の体調や気分について尋ね始めた。いったん待合室に戻った後、直美だけが呼ばれた。

果たして中期の認知症、と診断された。そこまでは想定の範囲内で、むしろ診断が出たことでほっとした。だが、その後の展開は直美が予想したものとまったく違った。

「受け入れてあげてください」

沼野は言った。妄想が出ているけれど、それは必ず何かお母さんなりの理由があるはずで、家族はそれを理解して対応しなければならない。老人だからといって、管理したり支配したりしようとしてはいけない。何かを教え込もうとしたり、間違いを正そうとしたりせず、許容すること。説得しようとしたり、ましてや否定してプライドを傷つけるようなことをするのは絶対にいけない。刺激を与えようと新しいことを強制したりするのも疲れさせるだけで逆効果。ありのままに受け入れ、愛し尊重して、母親が安心して生きられるように認めてあげることが大切。

教科書通りのアドヴァイスだった。うんざりするほど。

私は、それで給料をもらって生計を立てている心理療法士や介護士ではない、と直美は心の内でつぶやいていた。家族は、仕事としてのケアを終えたら、自宅に戻って一息つけるわけではない。

父の残してくれた大きな家と土地はあるが、将来の生活の保証はなく、逃げ場もない。そのうえ母の一挙一動に、同じ遺伝子を持つ自分の老いた姿を重ね合わせて嫌悪（けんお）し、絶望する。「家族だからできる」と赤の他人が信じていることは、家族だからこそできない。血縁だからこそきしみが生じる。

専門医のアドヴァイスは、介護者の心構えを説く説教に過ぎなかった。

それでもそのアドヴァイスに従うしかない。通帳を盗まれたと訴える母に「一緒に探してあげる」と答え、二時間も家捜しをし、いるはずのないユキちゃんに着せるカーディガンを手渡す。もちろん二十四時間、そんな母に付き合っていられるはずはない。

そうして一週間後、一人で抱え込めるような事態ではないと悟った。たとえ母が拒否しても、以前から勧められていた公的介護を頼む段階に入っていた。

ヘルパーを頼むにしても、デイサービスを利用するにしても、まずはケアマネージャーを通さなければならない。ところがその前に大きなハードルがあった。

まずは役所に申請書を提出して介護認定してもらわなければならなかったのだ。申請には主治医の診断書が必要だが、これまでのかかりつけといえば内科医で、認知症についての診断書は書いてもらえない。となると精神科か物忘れ外来にかからなければならないが、もう一度、沼野のいる精神科に母を引っ張っていくのは難しい。

地域包括センターに電話をかけて幾度か相談した結果、以前からかかりつけの整形外科に、認知症ではなく骨粗鬆症の方で診断書を書いてもらうことになった。

申請書を提出しただけでは、もちろん認定はされない。区の調査員による訪問調査があるのだが、役所が指定してきた日は、担当している国際会議の開催日だった。

他の日はと尋ねると、翌月以降、あらためて連絡すると言う。双方の都合の良い日をすりあわせる、などということは、こういう場合にはあり得ないのだ。どうにもならずに、その日は半休を取った。会議の裏方の責任者は後輩の男性社員に任せた。

当日、朝の十時きっかりに中年の女性調査員がやってきた。母には、介護保険を使うために必要な手続きだから、と言い含めてある。

応接間のソファで、調査項目に従い、質問を受ける。

にこやかに答えていた母が、「着替えはご自分でできますか」「食事や買い物は」といった問いに、次第に口が重くなっていく。

「ちょっと立って、はい、片足を上げてみてくださいますか。あ、けっこうですよ、ありがとうございました」

調査員に命じられ、しぶしぶ立ち上がって言われた通りにした母の眉間に皺が寄る。それでも一通りの調査は終わった。玄関先で調査員を見送った後、振り返ると母の形相が変わっていた。

「なぜあんな失礼な人を自宅に呼んだの、それも玄関先で応対するならまだしも、応接間にまで上げて、何のつもり？」

母の眉がつり上がる。

介護保険制度について、それがどういうものか再び説明をする。ついつい上司やクライアントを相手にするように、正確に説明したのが間違いだった。認知症の老人というよりは、女の年寄りの扱いに、直美はまだ慣れていなかった。

「それじゃあなたは、私の世話をさせるために他人を家に上げたの」

突然、母は金切り声を張り上げた。

「ちゃんと家族がいるというのに、どこかの知らない人がお台所に入ったり、私のお洋服に触るなんてとんでもないことだわ」

「本郷のお婆ちゃまの家にだって、おチヨさんがいたでしょう」

おチヨさん、というのは、母の実家で働いていた家政婦のことだ。母の母は「家政婦」とか「お手伝いさん」とかいう言葉を使わず、いつも「女中」と言っていた。

「ぜんぜん違うでしょう。ごまかさないでちょうだい」

母はますます激高する。まったく物事がわからないわけではなく、直感的に本質を理解するから、やっかいだ。

「そのうえ、親を老人ホームに入れようとするなんて」

「老人ホームじゃありません。デイサービスです」

思わず口調がきつくなった。

「同じことじゃない。どっちにしても私をここから追いだして、この家を自分一人のものにしようってことなのね。なんてこと、お父様さえ生きていらっしゃれば、こんな情けないことにはならなかったのに。どうして娘にこんな仕打ちをされなければならないの」

いつ果てるとも知れない罵詈雑言が続く。

あんたみたいに身勝手でわがままな年寄りは、老人ホームからだって追い出されるよ、と直美は腹の中で吐き捨てる。

ふと黙りこくった母は、独り言のようにつぶやいた。

「なぜ、あのとき真由子をお嫁にやってしまったのかしら」

そう、母が言うとおり、妹の真由子が婿取りという形でも、二世帯同居でもかまわないから家に残り、自分が出て行けば良かったのだ。

真由子の夫は、元々は母の遠縁が直美のために持ってきた見合いの相手だった。

当時、直美は、通訳として大きな会議の仕事をようやく担当させてもらえるようになったばかりで、結婚するにしてもそうしたキャリアを捨てなければならない相手を選ぶつもりはなかった。何より学生時代から付き合っていた恋人がいた。

母を通してはっきり断ったはずが、ある日、親類に誘われて姉妹で訪れた観桜会の会場に、相手の男が現れた。そして男は一目で恋に落ちた。妹の真由子の方に。

美人姉妹、と愛想を言われることはよくあったが、若い女の顔立ちなど、身ぎれいにしていればだれでもそこそこ美人に見える。そして真由子は姉より五つ若かった。分別ある男が、二十五歳の姉を見に来て二十歳の妹の方に一目惚れする、というのもありうる話だろう。しかしそれ以上に、姉より少し背が低く、父に似て少しだけ角張った輪郭をしている真由子の笑顔に出会ったら、たいていの男は心を奪われる。社交でも営業でも愛想でもない。瞳の奥から信頼感を滲ませて相手を見上げ、媚びなどには無縁のまま、愛玩用の小動物のようにそろりと相手の懐に滑り込んでいる。もともと真由子にはそんなところがあった。

「私、結婚してもいいよ」

親類を通しての先方からの熱心な申し込みに、真由子はあっさり答えた。まだ若すぎるし、普通のサラリーマン家庭と違って、あちらは何かと面倒な家のようだから、と両親が止めたにもかかわらず、真由子は屈託のない笑顔で、「大丈夫」と答えて嫁にいった。それも見合い結婚でありながら、挙式のときにすでに妊娠三ヶ月という状態で。

直美がつききりで教えても、家庭教師をつけても、いっこうに成績がふるわず、最低の成績で高校を卒業した後、真由子は入試でそこそこの点数を取れば寄付金で入れるはずのお嬢様大学にさえ不合格になった。

娘が高卒で就職、あるいは家事手伝いなどというのは、この近所ではいささか世間体が悪い。紅茶コーディネーターになりたいという本人の希望もあって両親は妹をイギリスに語学留学させた。ホームステイ先の家庭に温かく迎え入れられ、可愛がられ、留学生仲間の日本人とも親しく交際していたのは、真由子の人柄によるものだろう。日常会話は一年でそこそこ上達した。しかし努力を伴わない語学学習の限界で、内容のある話はできず、当然、紅茶の勉強に必要な歴史や文化に関連した文献も読めない。

早い結婚を決めたとき、本人はわかっていたのだろう。「女の自立」という言葉がもてはやされた時代にあって、自分の生きるべき道がどこにあるのかを。そしてその後の社会が、「女の自立」を一時の流行り物として消費し、やがて捨てていくということも。


その日の夕刻、妹から電話がかかってきた。

口論の後、母は妹に電話をかけてこの日にあった有ること無いことを話し、助けを求めたらしい。携帯電話が不倫を加速させたなどと言うのは、それしか頭にない暇人の話だ、と直美は思う。嫁いだ娘から実家の親に、実家の親から嫁ぎ先の娘に、婚家の人間にはばかることなく電話をかけるのに、これほど便利な道具はない。

「お姉ちゃん、実際にデイサービスなんて、見たことあるの？」

のっけから詰問する口調だった。

「私、後援会の関係で奉仕に行くからよくわかるの。うちのおばあちゃんや、ましてやお母さんをあんなところに行かせるなんて考えられない。それは体操の時間とか、あるけれど、その間は何もなくて、みんな椅子とか、車椅子に座らされて、じーっとうつむいて座ってて……ごめん」

涙声になって、鼻をすり上げるのが聞こえた。

「後ろから見ると、灰色の頭が、いくつも並んでいるの。悲しくて惨めで、胸がはりさけそう。あれって家族の都合だけなんだよ。仕事とかして、面倒みれないから、預けてるだけなんだよ。それにヘルパーさんだっていい人に当たればいいけど、来る人がころころ変わるから、中には嫌なことを言ったり、雑なお掃除をしたりする人もいるのよ」

「それはあなたがたまたま見に行ったところとか、知り合いがそうだっていうことだけでしょ。現場の人はみんなちゃんとやっているし、施設だっていろいろなプログラムを工夫して取り組んでいるんだから、失礼な言い方は止めなさいよ」

反発して言い返されると思った。しかし少しばかりの沈黙の後、諭すような口調で真由子は言った。

「お姉ちゃんは制度とか法律とか、そういうのは知ってても、人の気持ちとか世間のことは何も知らないんだよ。そういうのは自覚しておいた方がいいよ」

「はあ？」

この偉そうな物言いは何なんだ、と仰天した。

「お母さんのことだって、お姉ちゃんは昔から頭が良いから理屈が合わないところがあると、すぐに呆けたって思うかもしれないけれど、そんなことで精神科なんかに連れていかれたらお母さんだって怒るのあたりまえだよ。うちのおばあちゃんだって、たくさん変なことを言うけれど、そんなときは私は……」

その先は本格的な説教が始まった。年寄りがどんなものか、自分は嫁ぎ先でどう振る舞ってきたか、だからあなたはどうすべきか。

これが「上から目線」と言うやつなのか、と思えば、怒るより先に薄気味悪くなった。この根拠無き優越感は何だ、と、娘時代の真由子の小動物のような愛くるしい黒い瞳と、1と2ばかりが並んだ成績表を思い出す。

いや、優越感に根拠はある。今の真由子にとって、社会的地位や仕事ができるできない、などということは、まったく意味がない。嫁として、母として、家の中での役割を全うしていることを誇りにし、自信をもって人の道の何たるかを説く。

「お姉ちゃんは制度があれば使えばいいと思っているのかもしれないけれど、福祉とかって、家族の代わりにはならないんだよ。女の人が家にいるって、ちゃんと意味があるんだから。長い歴史の中で、そうやって生きてきたってことは、それが一番、自然だってことでしょう」

長い歴史って？　言葉の意味がわかっているのかと首を傾げた。

「言っておくけど、私は仕事しているのよ。この歳になれば責任だって重くなっているの。始終休んだり早退したり、机の前で居眠りしたりするわけにはいかないの」

「その仕事って、自分のためのものでしょ。この間、お母さんが気分が悪くて朝、起きれなかったときも、枕元にちっちゃいパン一つ置いただけで、さっさと仕事に行って夜遅くなって、酔っ払って帰ってきたんですって。お母さん、泣いてたよ」

「冗談、止めてよ」

吐き捨てるように答えた。

ちっちゃいパン一つどころか、気が狂いそうに忙しい出勤時、冷凍にしておいたスープを温め、パンを焼き、昼の用意までしてから家を出た。大嘘つき、と寝ている母に怒鳴りたいところだが、本人にとっては嘘の意識はおそらくない。心細さと不満が作り上げた架空の記憶だ。そう思えば母は可哀想だが、それを真に受ける妹の頭の悪さに腹が立つ。

「あなたがお母さんの面倒を見るわけじゃないのよね」

「お母さんはだれかに面倒なんか見られてないよ。ちょっと弱っているだけで、身の回りの事なんかみんな一人でできるじゃない。この間だって、私の方が心配してもらったり力づけられたりしたんだから」

「そういうことは一週間ほど、ここに泊まり込んでから言ってくれる」

「できるわけないじゃない。私はお嫁に行って、もうこっちの家の人になっているのに」

「だったら、金輪際、うちのことに口を出さないで」

それだけ言って受話器を置いた。

いったん眠ったが、夜中にたたき起こされた。手洗いではなかった。

幻の孫がやってきたのだ。幼い少女の姿をした優紀は、直美に会社を辞めさせ、家にいて母の面倒を見させるように進言したらしい。

「いつまでそんなろくでもない仕事をしている気なの」

「専業主婦しかやったことのないあなたに、ろくでもない仕事とは言われたくないわね」

相手は認知症とわかっているにもかかわらず、ついつい強い調子で言い返していた。

「だって、ろくでもない事をしている会社だって、ユキちゃんが言ってるわ」

どうせ妹が無自覚に放った言葉の切れ端が、病による豊かな妄想力を得て膨らみ、母の中にドラマを作り上げたのだろう。頼むから母に余計なことを言わないでくれ、と痛切に願う。

母は明け方まで眠らなかった。会社を辞めて家にいるように、と執拗に迫ってくる。朝出かけようとするとまた始まる。

「私が会社辞めたら、どうやって食べていくのよ」

思わずたたきつけるように言う。

「お父さんがちゃんと財産を残してくれているでしょう」

クソの役にもたたない、草むしりのたいへんなだだっ広い庭と、古くて暗くて掃除のしがいのある大きな家、固定資産税、家屋修繕費、植木屋への支払い、考えただけで頭が痛い。バブル期の記憶が鮮やかな母ももともと愚かな妹も、それを莫大な資産であると信じて疑わない。父の残した預貯金もいずれ底をつき、不動産にしても必要に迫られて売るときには、信じがたい値段まで叩かれる。いや、相続税を払うために切り売りするという話になった段階で、妹が横やりを入れてくるに違いない。親族として法定相続分を要求して来るのならまだいい。

「お父さんとお母さんと私たちの大切な思い出の詰まった家なんだから、お姉ちゃん、お嫁に行く私の代わりに大事に守ってね」というのが、父から相続財産の代わりにそれなりの現金を渡されて嫁いでいった妹の口癖なのだ。

区から介護認定の通知が来たのは、それから二十日あまりもしてからだった。診断書は骨粗鬆症で取ったが、面接した調査員の専門家としての目が、他人の前ではまったく普通に振る舞う母の受け答えや表情の中に、紛れもない認知症の症状を見て取ったらしい。要介護2の判定が出た。寝たきりが要介護5であるから、それなりに重い部類に入る。訪問介護から民間の老人ホームまで、かなりの金額がそれで賄(まかな)えるのだが、本人が拒否する以上、どうにも使えない。

ヘルパーに来てもらうどころかケアマネージャーとの接触もままならないまま、直美は年度の切り替わる四月を前に、二十一年間勤めた会社を退職した。急な休みや早退もたび重なり、責任ある仕事はできなくなった。降格を申し出ることも考えたが、母の介護とフルタイムの仕事の両立は、すでに体力の限界を越えていた。

送別会は、夜の時間帯では出席できない直美のために、ランチパーティーになった。親しい同僚と直属の上司だけで、近所のイタリア料理店に行き、リモーネで乾杯した。

つい二ヶ月ほど前に別れたばかりの男は、花束をもらった直美に向かい、隅の席から控えめな拍手をしていた。

四十三で退職した自分が、無収入のままこの先どうやって生きていくのか、皆目見当もつかない。

そして翌日から、住宅地の広い家に住み、父の残した財産を食いつぶしながらの、端から見れば優雅で、その実、どこにも逃げ場のない介護生活が始まった。

ろくに子供の世話さえしたことのない、仕事一筋で生きてきた女は、こうなってみると無力で無能だ。妹は偉そうな口を叩くだけで、結局何の頼りにもならないということがわかった。ただただ、医師や保健師などのアドヴァイスに従い、新たな事態に対処するしかない。

否定せず、理解し受け入れなければならない、とあらためて自分に言い聞かせる。母の妄想の中に存在している優紀も含めて。しかも幻の優紀は、バスケットボール部に所属して身長が百七十センチを越え、休日にはてかてか光るリップグロスをつけて渋谷に遊びにいく高校生ではない。十二、三の少女らしい。いまどきだれも見たことのないような、質の悪い生地のワンピースを身につけ、和室にやってくる。

現実の優紀に重なるのは、その長めのチュニックだけだ。てらてらと光るポリエステル素材と、季節はずれの半袖が、戦中戦後に子供時代をすごした母の記憶の中で粗悪な再生繊維「スフ」のワンピースに重なり、妄想の中で蘇（よみがえ）らせたらしい。

聞き覚えのある社名を、付けっぱなしにしていたテレビで聞いたのは、退職してからわずか二十日後のことだった。思わず振り返り画面に目を凝らした。

ニュース番組で、「詐欺商法」の特集をしていた。

画面では、若い男がヘッドフォンを付けて英語の発音練習をしており、その傍らでスーツ姿の女性が何やらアドヴァイスしている。

見慣れた光景だ。どこから見ても直美がほんの少し前まで勤めていたロータス・インターナショナルの経営している語学教室だ。

若い男は囮で、実はテレビのレポーターだった。

形だけの入学試験に合格し、高い教材費と法外に高い授業料を払って所定の講習を受ければ、ビジネス通訳の資格が取れ、仕事を回してもらえ、高給が保証される。

もちろんそんなうまい話があるわけはない。

資格は公認のものではなく、社内でしか通用せず、仕事は滅多に来ない。あってもギャラは極端に安い。報酬を上げてほしければ、さらに高い金を払い、会社の提供するプログラムに沿って講習を受け、スキルアップしなければならない、という仕組みだ。

直美が就職した頃は、契約書の翻訳や会議への同時通訳者の派遣、語学教材や児童書の制作出版といった堅実な商売をしていた会社は、経営者が変わって以降、この三、四年、もっぱらその手の怪しい商売で、収益を伸ばしていた。そして鉄槌はある日突然下った。

全国放送の特集番組に続き、週刊誌が特集を組んだ。社員であった直美さえ知らなかった悪事が次々に暴かれていく。

それからわずか二週間後には社長による廃業宣言がなされ、続いて社長と役員が詐欺罪で逮捕された。

ある朝、母に食事をさせながらテレビを見ていると、通い慣れたオフィスビルが画面に映った。霙の降りしきる中を出勤してくる社員に、レポーターが駆け寄っていく。

「たくさんの人々が、資格を取れば高給が保証される、と信じていたわけですよね、そうして懸命に努力して、もちろんそのために大切な貯金をはたいて、そういう人たちの努力が裏切られたことになりますよね」

数人の社員がレポーターを振り切って、早足で歩き去っていく。

レポーターはさらに別の社員を捕まえ、食い下がる。

「被害者の方々に向かい、世間に向かい、何か、言うことはありませんか。社員としてはどう考えていますか」

レポーターが絶叫し、カメラは社員の黒い傘の内側を映し出す。

あの夜別れた同僚の男が、青ざめた顔で唇をかみしめ、決死の形相でビルの中に逃げ込もうとしていた。

花形の総合教育産業であったかつての会社は、今、犯罪組織へと大きくイメージを変えている。

「ろくでもない仕事、ろくでもない会社」という母の言葉は当たってしまった。

全国放送で囮取材の番組が流れる二十日前に退職した直美には、規定通りの退職金が支払われていた。しかし今、世間から後ろ指を差され、逃げるようにビル内に飛び込んでいく人々には、退職金はおろか、今月分の給料も支払われることはないだろう。高い能力を持った者もいるが、あの会社での職歴がある限り再就職は難しい。

唖然（あぜん）として直美は画面を見詰めていた。

母のわがままと幻の孫娘によって、自分は辛くもその不運から逃れたのだ。

その一方で、母の幻覚は生々しさを増している。仕事を辞めて、二十四時間母に付き合うようになったせいで、目の当（まあ）たりにする機会が増えてそう感じられるだけかもしれないが。

あたかもそこに優紀がいるかのように振る舞うのは、あの夜、居間にいきなり「斎藤さんの奥様」が出現したときから変わらない。

実際には高校生になっている孫が幼い姿で現れるのは、頻繁に経堂の家に来たのが、そのくらいの年代までだったからだろう。祖母にとっての孫は、たまにやってきても、せっかくつくった食事にもろくに手を付けずに去っていく、愛想は良いがそっけない高校生ではない。「おばあちゃんおばあちゃん」と自分を慕ってくれた幼い少女を懐かしみ、幻覚まで見る母の姿は気の毒ではある。

わかってはいるが、母が視線でその姿を追い、その仕草や様子の驚くほど細かなディテールを口にし、幻の少女を相手に自分の生まれ育った家のこと、父母や親類のこと、果てはだれか知らない人間のことなどを話題に、空間に向かって会話する様には戦慄する。ときおり直美の方を振り返り同意を求めたりするのはさらに不気味だ。

そうしたことが度重なってくると、自分の対応に問題があるのではないか、と思えてくる。

沼野という女医の指示を鵜呑みにして、否定せず、説得せず、同意し、あるがまま受け入れてきた。

「ああ、ユキちゃんがいるの。そう。で、どんな様子なの？　何て言っているの？」

女医に言われたとおり、母の目をみつめてそう尋ねた。自身の将来を思い不安に押しつぶされ、苛立(いらだ)つ心を営業用の笑みで覆(おお)い隠して。

出来る限り優しく共感のニュアンスをこめた態度と言葉で応じること。そのやりとりの中で、老人の抱えた淋(さび)しさや人恋しさに気づいてやることができる。そんなマニュアル通りのやり方に、想定内の結果など出なかった。

「どんな様子って、何を言ってるの？」

母は眉(まゆ)をひそめて、不審そうに直美を見つめる。

「ちょっと最近、おかしいんじゃない、あなた」

あんたに言われたくはないね、と直美は心の内で吐き捨てる。

「だからユキちゃんはお父さんから手紙を預かってるって言ってるじゃない。人の言ってることなんか、何も聞いてないのね、あなたは」

あるがまま受け入れ、相手の言うことを否定しない結果が、妄想を強化してしまっているだけではないか。

いや、これは妄想なんてものではない。

その視線の動き、一挙一動を追う限り、これは母の「思いこみ」ではない。認識する、思考するというレベルの話ではなく、老眼の進んだ両目で、母ははっきりした像を追っている。いや、その存在を五感で捕らえている。

直美の元同僚にもそういう女がいた。会社のロッカールームで昔の事務服を着てたたずんでいる中年女を見たり、旅行先の温泉旅館の欄間からのぞき込んでいる老人の姿を見たりして、その方向を指差す。もちろんそんなものがいるわけはない。本人に言わせれば霊感体質、客観的に見れば精神疾患だ。

冗談じゃない、と直美はつぶやいていた。認知症なら諦めて受け入れられるにしても、狂気を受け入れ、寄り添うことなど自分にはできない。

人の精神はわからない。ひょっとすると精神医学などというものは、素人が思っているほど学問的に確立されたものではなく、医者個人や学派によってまちまちの解釈をし、患者に対してそれぞれの医者、派閥ごとに異なる対処を指示し、たまたま好転すれば良しの八卦の世界なのではないか。

沼野の、医師というよりどこか教祖じみた、ことさらにもの柔らかでそのくせ押しつけがましい口調を思い出す。医療行為を行う者としての自覚を欠いた医者が、ときにイデオロギーに、ときに哲学に寄り添い、効果がないどころか有害な対処法を示唆することだってあるのではないか。

医学書をめくり、インターネットで認知症をキーワードにして、あちらこちらのホームページに当たるほどに、直美の中で不信感がふくれあがっていく。

II

　それからまもなくして、直美は母を、骨粗鬆症のいい薬を使ってくれるところがあるからと偽り、自宅からほど近い清和大学病院に連れていった。

　アルコール依存症や統合失調症の治療に積極的に取り組んで効果を上げている精神病院が東京郊外にあり、そこの勤務医の一人が、最新の認知症治療についてホームページに意欲的な文章を載せていた。そこでその小川準という精神科医にぜひ診てもらいたいと考えたのだが、重篤(じゅうとく)な精神障害者を受け入れることで有名なその病院名を聞いただけで、母が激高することは目に見えている。幸いなことに、その小川医師は週一回、その清和大学病院で外来を担当していた。

　広々とした敷地の一角にある駐車場に車を入れたとたん、母は何かを感じ取ったのだろう。不安そうにあたりを見回して、ここはどこ？　と尋ねた。適当にごまかすと、

「え、なあに？　本当なの？」と背後のだれもいないシートに向かって話しかける。

「ちょっと、あなた、私を精神病院に入れるつもり？」

「何を言っているの」

「ごまかしたってわかるわよ。ユキちゃんが教えてくれたわ。あなた、きのう、ここの先生に電話をかけていたらしいわね、私がちょっとおかしいって」

電話などかけていない。病院のホームページにアクセスして質問メールを送り、診療の予約を取っただけだ。

「ばかなことを言ってないで。ほら、老人外来って書いてあるでしょう」

確かにそう書いてある看板を指さし、無理矢理母を車から降ろす。

「ユキちゃん、何か言ってやって。この人、私をここに入院させるつもりなんだから」

「だれも入院なんかさせないって」と答えた後に、今どき、家族が土下座したって、ただの呆け老人を引き取ってくれる病院なんかあるものかと、密かに悪態をつく。

「痛い、痛い、痛い」

腕を摑まれた母が悲鳴を上げ、連れて行かれるのを拒否するようにその場にしゃがみ込んだ。

「もうっ」

玄関に走っていき、折りたたみ式の車いすを取ってきた。

戻ってみると、母が泣いている。それだけなら心が痛む。反省し後悔する。しかし母は何もない空間を両手で摑んで、泣きながら訴えていた。

「かわいがって育てたのに、愛情も何もあったものじゃない。歳取って他人におしめを取り替えてもらうなんて、絶対に嫌。そんな恥ずかしくて惨めなことにならないように、必死で娘を育てたというのに」

つまり自分のおしめを替えさせるために、ずっとそばに置いておいたわけだ……。妹の方が出戻ってくる気配がないから、長女の方を。

相手は歳取って、自分の事以外考えられなくなっている、とはわかっているが、あまりの身勝手さに腹が立ち、無言のまま車椅子(いす)を開き、母の両脇に腕を入れ、乱暴に持ち上げる。

骨はすかすかになっているというのに、美食家の母の体にはたっぷりと脂肪がついている。いらだってその体を車椅子の座面に下ろそうとしたとたん、母は「痛い、痛い、いたぁい、何するの」と悲鳴を上げた。直美の腰と膝(ひざ)と背中には、それ以上の激痛が走っていた。手洗いや食卓まで立たせるたびに、こらえているいつもの痛みだ。

このまま車に戻して、高速道路の中央分離帯に激突してやろうか、と一瞬、本気で考えた。そうすれば二人揃(そろ)って、痛みとはおさらばだ。あの世で、永遠に仲良し母子をしてやる。

「大丈夫ですか？」

不意に声をかけられ、よろめいた体を支えられた。男が立っている。黒のジャケットに黒のポロシャツ。日焼けした顔の目尻に深く皺が刻まれている。頬から顎にかけての髭に白髪が交じっているところからして、それなりに歳がいっていることがわかるが、一目見て魅力的な男だった。

「すみません、どうも」

「お姑さん？」

「いえ、母です」

男は微笑し、車椅子の取っ手に手をかけた。

母はびくりと身を震わせ、「けっこうです」とつっけんどんに断った。

他人に世話されることをもともと嫌がっていたが、最近は、ますますひどい。

「どちらへ？」

男は頓着する様子もなく母に尋ねた。駐車場の先の小道は二股に分れ、一方は老人用の療養病棟に通じる芝生の道、もう一方が外来も含めた病院玄関に向かうアスファルトの歩道になっている。

「あちら」と直美は病院玄関の方を指さす。直美さん、自分で押しなさい。ユキちゃん、この人に帰ってもらって」

「嫌だって言ってるでしょう。直美さん、自分で押しなさい。ユキちゃん、この人に帰ってもらって」

男が苦笑して、車椅子から丁寧に手を離した。

「申し訳ありません、認知症で」と直美は男に向かってささやく。

「わかります。僕は父があちらですので」と療養病棟を指さす。男は「ごめんなさい、驚かせて」と母に向かい、驚くほど感じのよい笑みを浮かべて一礼すると去っていく。

ふと振り返ったときには、その後ろ姿は植え込みの向こうに消えていた。

小川医師は、ホームページの文章そのものの、小柄な体に意欲をみなぎらせた中年男だった。力強くテンポのある物言いも、良く動く目の強い光も、異様なほど精力的な感じを与える。

患者や家族の話を聞きながら、机の上のコンピュータを操作し、様々な写真やデータを素早く取り出しては、相手に見せる。視線は決して画面にも直美にも母にも固定されない。絶えず動いているにもかかわらず、ずっとこちらを見ているような気にさせられるのは、一瞬止まったときに強く注視されるからだろう。

かかりつけ医の紹介状もなくいきなり来てしまったために、母は再び検査に回され、ぶつぶつ言いながら機械の中に入っていく。MRIに加え、今回はPETの画像診断も行われる。

PETは、癌の検査で知られているが、一部の最先端のところでは、脳の活動状態を見るためにも使われる。最初に放射性同位元素の混ざった糖を注射し、しばらくしてから撮影する。

いささか検査疲れの見える母を連れて、再び診察室に呼ばれ、小川医師の前に座った。

MRIについては前回同様の診断だった。萎縮は多少あるが極端な病変は見られない。

「年相応の」という主治医の言葉は、格別、患者に配慮した穏やかな表現ではなく、まさにその通りだったようだ。

「ここいらへんですが、アルツハイマーが進んだものは、本当にもっと大きく隙間が空いてきますからね」と小川医師は、ペンの頭で画像の脳と頭蓋骨の間に、大きく空間を描いて見せる。

それではなぜ、という無言の問いかけに答えるように、「精神科というのは、内科や外科とは大きな違いがありましてね」と、初めて慎重な口調になった。

「お腹が痛い、胸が苦しいなんてときは、血液や組織を取って検査に回せばいいんですが、脳をちょっと切り取って検査に回すってわけにはいかないでしょう。ここにタンパクが溜まっているの、アミロイドが溜まっているのなどというのも、それは死後に解剖に回して初めてわかることなんですよ」

患者を前にして、「死後に解剖」などという言葉を発することに躊躇がない。いったいどういう人物なのかと驚きながらも、直美は目の前の医師が何か重要なことを言い出しかけていると感じ、無言で待つ。

「たとえば脳の中のどこの部位に病変があるか、ということで、症状というのは出方が違うわけね」

梗塞によって血管がふさがれその先の組織が壊死する。特殊な物質が溜まって機能できなくなる。原因は様々だが、やられた場所によって様々な症状が出る。

記憶に関わる部位、感情や行動のコントロールに関わる部位、そして生命の維持に直接関わる部位……。

ここに至るまでに、一般向けの医学書やインターネットから仕入れた知識の範囲内の話だった。

それがもし手足の皮膚感覚に繋がる場所であるなら、その部位に何も刺激が加わらなくても、痛みやかゆみ、場合によっては虫が這っているような感じを覚えることがあるし、視覚を司る部位に病変がある場合は、目が見えなくなったり反対にそこに無いものが見えたりすることがある。

はっとした。

「目から刺激が入れば、たとえばこの部分が興奮するわけね」と医師は画像の一部を差す。「けれど、たとえば何か特殊な物質が溜まって本来の働きを阻害したり、炎症が起きたりすると、特別な刺激がなくても、勝手に興奮が起きることもあるんですよ。そこで存在しないものが、あたかもそこにあるかのように見えるという可能性もあるということです」

小川医師は机の上の端末を操作すると、ディスプレイをぐるりとこちらに回した。病院との付き合いが長く、医師の話はたいてい理解してしまう母だが、こうしたやり方にはなれていないらしい。機械自体を拒否するようにうつむいた。

黒い背景に、赤、黄、緑、青の光が楕円形に滲む画像が現れた。

小川医師の説明によると、母の脳はＭＲＩで形を捕らえた限り、目立った萎縮は見られないが、ＰＥＴ画像で糖代謝の状態から機能を調べると、後頭葉の視覚を司る部位の血流が低下しているらしい。

「えーと、ところでお母さん、お名前は？」

小川医師は、母の方に視線を向けた。

「は？　島村松子ですが」

「生年月日は」

母は正確に答えた。

「ええと、今日は、何月何日でしたっけ」

母は口ごもった。よく知られた認知症の知能検査だった。しかし答えられないのは、娘の直美も同様だった。仕事を辞め、二十四時間母に付き添うようになってしばらく経つ。定時に出社し、予定表を確認して、仕事を開始していた日々が遠い昔のように感じられる。近頃、日付や時刻さえ、定かでなくなっている。ぞっとした。

質問を続けられると母はいきなり不機嫌になった。

「そんなこと聞いて、どうするんですか」

声色が変わっていた。

医師はすばやく質問内容を変えた。

「パーキンソン病と言われたことはないですか？」

「いえ……」

直美の方が答える。

今まで受けていた治療は、骨粗鬆症と高脂血症だけだ。

「よちよち歩きはないようですね」

「もちろんです」

むっとしたように母が答えた。

「立ちくらみがあったり、よく転んだりしませんか」

「あります」

直美は即座に答えた。夜中に手洗いに立てない。だから抱き起こし、支えて連れていかなくてはならなかった。確かに、「くらくらして立てない」と訴えてはいたが、自分で起き上がるのが億劫(おっくう)なので、娘の手を借りて楽にすませようとしているだけだと思っていた。しかし本当に立ちくらみがあったのかもしれない。また骨折という結果にばかり気を取られていたが、転倒という原因があるからこそ、骨折も起きる。

「それでは母は」と言いかけたところを小川医師が遮った。

「パーキンソン病の患者さんの脳に特徴的な変化なんですが、まあ、生きているうちに見られるわけじゃなくてね、亡(な)くなった後に組織を取って切片を染め上げて顕微鏡で見ると、ぽつぽつとこういう物が現れるわけですよ」と画面を切り替えた。細かな黒点のあるグレーの視野の中央部に、楕円形の物が見える。中心部は灰色が濃く、周辺は明るい。

「レビー小体といって、これの正体はまだわかってないんですが、これが脳幹部、小脳に現れれば、手足が思いどおりに動かせないとか、細かな震えが出たりといったパーキンソン病の症状が出るし、大脳の方に出てくると、知能が侵されてくるんですよ」

レビー小体型認知症、と小川医師は聞き慣れない病名を言った。インターネットで当たったときに字面を見た覚えはあるが、直美はおそらく母はアルツハイマー型認知症を発症しているのだろうと、素人判断していたので読み飛ばしていた。

レビー小体型認知症の特徴的な症状が、幻視や見間違い、など視覚に関する障害だと小川医師は説明する。

「幻覚、幻視などというのは、認知症に限らず他の病気でも出てくるし、ススキが幽霊に見えるなんていうのは普通にあることですが、レビー小体型の場合は特に著しいということですね。僕が診た限りですが」と医師はいくぶんか控えめな口調になって付け加えた。

「他の病気で現れる幻視に比べると、生々しい。たとえば、小人が現れる、みたいなのは統合失調症やアルコール依存症でもありますが、僕が診たレビー小体型の患者さんの場合は、もっと実在感がある等身大の人物がやってくる。家の中に隣の家族がどかどか入ってくると訴えた患者さんがいました」

「それです、それ」

せきこむように直美は言った。ごみ袋を持って侵入してきた「斎藤さんの奥様」だ。

母は自分にとって不本意な内容だということは感じているらしく、小川医師のてかてかと光る額のあたりを睨(にら)みつけている。

医師は肝心の治療について話し始めた。

沼野医師のように、介護者の心構えを説くこともなく、まず薬について説明した。

「幻覚や妄想のような症状がひどくて、ということなら抗精神病薬ということになるんですが、レビー小体型認知症の患者さんの場合、使い方が難しくて副作用がでてしまうことが多いんですよ。体が勝手に動いてしまったり、すくんだようになって動けなくなったり、やっかいなことが起きる。一般的にはコリン作動薬を使うという手がありますね」

「コリン……？」

「商品名で言うと、アリセプトね」

「あれはアルツハイマー病で使われるものじゃなかったんですか」

かかりつけの病院で、最初に使おうとした薬だ。

「コリン系の障害の場合、たとえばレビー小体型認知症でも使いますよ。治るというより進行を止めるだけだと言われるんだけど、僕が診た限り、けっこう効くみたいなんですよね」

言葉自体は断定的ではないが、歯切れの良い口調に、何とはなしの頼りがいを感じる。

「人にもよるんだけど、『先生、へんなものが消えましたよ』なんてさっぱりした顔で報告に来る患者さんもいますね」

「お願いします」

医師の言葉を最後まで聞く前に、直美は反射的に頭を下げていた。

今度は、前の病院で行ったような、まずは少ない分量で副作用を確かめ、といった手続きはない。いきなり治療のための分量が出た。

四週間分の薬が入った小さな袋には、希望が詰まっていた。

肩にかかる体重も、外出できない不自由さも辛(つら)い。しかし母と二人きりの家の中で、妄想に付き合わされていると、こちらの気も狂いそうになる。

せめて正気でいてくれるなら、母のどんな我が儘にも応えようという気持ちになっていた。

しかし期待は打ち砕かれた。

母はがんとして薬を飲まなかった。

医師が薬の説明をしている間中、黙りこくっていた母は、その残された知能で、アリセプトという、一般の素人にとってアルツハイマー型認知症の特効薬であるかのように認識されている薬のことを、ちゃんと理解していたからだ。

「私は呆けてなんかいませんよ。失礼な。歳を取って、体のあちこちが痛くて動けないだけだというのに。そんな薬を出すお医者様もお医者様です。だいたいあなたが実の母親のことをよくも、あんな風に……。普通ならかばうものでしょうに。本当に情けない」

何をどう説明しても、一度思いこんでしまったら、いくら新たな情報を与えても考えを変えるのは不可能だった。そのどこまでが性格で、どこまでが老化で、どこまでが病気なのか、もはやわからない。

こうなれば砕いて食べ物に紛れ込ませるしかないが、水薬ならいざ知らず、錠剤を砕き、母に気づかれないように朝夕の食事に雑ぜる手間を考えただけで心が萎えてくる。

携帯電話が無いことに気づいたのは、言い争うのに疲れ、「決して間違いを正そうとしたり、強制してはいけない」という沼野医師の言葉を思い出し、自己嫌悪に駆られながら、母の寝室を離れたときだった。

鞄の中も、机の引き出しも、充電器の上も、ざっと探したが見あたらない。勤めていた頃なら、無ければすぐに気づいたはずだった。母のために残業を途中で切り上げては帰っていたので、緊急の連絡や重要なメールは携帯電話に転送されるようにしておいたからだ。

しかし今、そんな必要はなく、うっかり充電し忘れることもあった。今日も病院に持っていったかどうか記憶に定かでない。

取りあえず、と固定電話でその番号にかける。室内で見あたらないときは、これが一番早い。新聞や脱ぎ捨てたジャケットの下で、呼び出し音が鳴り始めるからだ。

しかし甲高い電子音はどこからも聞こえてこなかった。どうやら本当に無くしたらしい。ため息をついて受話器を下ろそうとしたとき、「はい」と男の声が聞こえた。

「あ、すみません。私、その電話の持ち主です」

なんとも間抜けな物言いをした。

「良かった」という快活な声が答えた。「一昨日、病院の駐車場で会った方ですよね」

小さな歓声を上げていた。母の車椅子を押してくれようとした、あの親切な人だ。

父親が療養病棟にいると言っていた。

「駐車場に戻ったら、落ちていたんですよ。お母さんを車から下ろすときに落とされたのではないですか」

「そうです、そうです」

小さなバッグを肩にかけて屈んだときに、胸ポケットかバッグから滑り落ちたのだろう。丁寧に礼を述べた上で、取りに行くと言った。まさか着払いで送ってくれ、とは言えない。

「どちらから来られるのですか」

「経堂です」

「もしかすると鷗友学園のあたり」

「いえ」

直美は説明した。

「なんだ」と相手は笑った。「すぐそばです。届けてあげますよ」

男の自宅はその鷗友学園の東側だという。ここからそれほど距離はないが、拾ってもらった上に届けてもらうのも気がひける。あわてて辞退すると、「あまり、家、空けられないでしょう」と畳みかけてきた。

こちらの事情を理解してくれている。

「ありがとうございます」と電話機に向かい深々と頭を下げていた。

翌朝早く、男は約束通りやってきた。黒のポロシャツ、ツイードのジャケットという服装は普通のサラリーマンではない。玄関先で携帯電話を手渡しただけで、通勤途中とのことで、こちらの礼の言葉さえ遮るように、あわただしく去っていった。

辛うじてもらうことができた名刺から、新堂という男の名前と勤め先がわかった。

「日本非鉄金属研究センター」という財団法人の研究員だ。

礼のつもりで用意した菓子折さえ固辞され、途方に暮れる。

朝食を取って体が温まった母が、壁を伝うようにそろそろと出てきた。

「あの髭の人、この間の病院の……」

居間のガラス戸から見ていたのだろう。必要なことはすぐに忘れるというのに、どうでもいいことは覚えている。

「携帯電話を駐車場に落としてしまったら、拾ってわざわざ届けてくれたのよ」

「嫌ね、女所帯だと思って、様子を見にきたのね」

薄寒い思いでその顔をみつめた。育ちの良さを鼻にかけ、上品ぶってはいるものの、品性の卑(いや)しさが丸出しだ。

「電話だってあのとき盗んだのよ。お母さん、見ていたもの。あなたの鞄に手を入れて抜いたのを。そうよね、ユキちゃん」

得意の物盗られ妄想が出た。

口を開けば、医師の忠告を忘れ機関銃のような反撃の言葉が出そうで、直美は喉(のど)までこみ上げた怒りを呑み込み、居間に戻ってお茶をいれる。

隣に水を用意し、漆塗りの菓子皿に骨粗鬆症(こつそしょうしょう)の薬とビタミンE、それに高脂血症の薬、さらにアリセプトも置いて、母の前に差し出す。どれも飲みやすいようにケースから取り出してある。

「ま、おいしくなさそうなおやつだこと」

冗談とも憎まれ口ともつかぬことを言い、母はそこにある薬を一粒ずつ飲み下す。

アリセプトだけが残った。

「これも飲んで」

「必要ありませんよ」

母は視線をすらりと脇にずらせ、「ねぇ」と空間に向かってうなずいて見せる。

「いい加減にして」

ついに切れた。

「飲めって言ってるんだから飲んだらどうなのよ。自覚ないだけで、完全に呆けてるんだから」

「よくも人のことを、呆けてるのなんのと。あなたこの家の財産が早く欲しくてしかたがないんでしょう」

何かというと、すぐに「財産」だ。呆けが入ると、素の人間性が丸出しになる。何かにつけて金の話というのが、直美は嫌でしかたがなかった。母だけではなく、以前勤めていたあのロータス・インターナショナルも、経営者が変わって以降、二言目には収益、になった。

「いいわ」

母は首筋を反らした。

「この家も土地も、あなたのために残すのはやめにして、真由子にあげることにするから。あの子は優しいから電話すればすぐに来てくれるわ」

「どうぞ」

テーブルの上のものを乱暴に片付け、電話の子機を母の目の前に置く。

「ぜひそうしてください。真由子が戻ってきてくれるわよ。相続のときになったらね」

そのときには生計を立てるための仕事もなく、ぼろぼろに年老いた自分と、修繕の手が回らず崩れかけただだっ広い家、そしてジャングルのように植木が生い茂った庭が残される。そこに相続税が無情に追い打ちをかけてくる。真由子はともかく夫の方が選挙資金欲しさに、法定相続分を妻に請求させるかもしれない。一番ありそうなのは、介護で流した汗と葬式で流す涙の量は反比例、という言葉の通り、ただただ泣きじゃくる真由子が、「お父さんとお母さんの思い出が詰まった大切な家なの。絶対、売ったり、壊したりしないで、お姉ちゃん、守ってね」と懇願してくることだ。

家も土地も金も母も、何もかも捨てて、とっとと逃げ出せたらどんなにいいだろう。

いや、逃げ出してやる。今すぐ。

私がいなくたって幻の孫がいる。妹に電話をかければ、支持者への接待も、息子の塾の弁当作りも、姑の世話も、何もかも放り出して、快速エアポート成田と総武線と小田急線を乗り継いで飛んできてくれるだろう。もしそんなに母親思いの娘であるなら。

トートバッグに財布と携帯と化粧ポーチだけを入れた。

這って手洗いに行って、手すりにつかまって便器にはい上がり、一人で用を足すがいい。

そうつぶやき本当に家を出た。

風は冷たいが日差しは明るい。目を細めて太陽に顔を向けた。この道を駅に向かって急いでいたわずか一、二ヶ月前のことが遠い昔のように感じられる。

イタリア語で書かれた分厚いドラフトを手渡され、明日までに訳せ、と命じられたことも、通訳泣かせの粗暴なオーストラリア人社長の二泊三日の接待役を仰せつかったことも、メガバンクから降ってきた上司と対立したことも、同僚と険悪な関係になったことも、悩みのうちになど入らなかったのだ、と改めて思う。忙しいの過労死するのと大騒ぎしたところで、自宅で不愉快な年寄りに二十四時間付き添うのに比べれば、会社の仕事など遊んでいるようなものだ。

会社は天国、とつぶやいていた。

その会社も今はない。

自宅のある経堂駅前には、喫茶店もファミリーレストランもあるが、近所の人間と会って言葉を交わすのは面倒だ。

小田急線に乗って新宿に出た。南口方面に歩いて行き、サザンテラスにあるカフェに入った。つい最近まで当たり前にあったそんな生活が、涙が出るほど懐かしい。

感情的になって家を飛び出しても、母のことが気になり、きっと苦しい時間を過ごすに違いないと思っていたが、実際に出てしまうと、心も体も軽くなった。

一時間かけてコーヒーとベーグルサンドのブランチを取った後に地下鉄で六本木に出て、映画を見た。シネコンプレックスでは、数本のロードショーがかかっていたが、何も考えたくなかったので、能天気なラブコメディを選んだ。しかし予告編も終わらないうちに眠気が差してきて、上映が終わるまでぐっすり眠った。

目覚めたとき、初めて母が心配になった。エスカレーターを駆け下り、大江戸線の駅まで走る。

何かにつまずいて倒れ、骨折して動けなくなっているのではないか、娘の姿が見えなくなって混乱し表に出て車にでも撥ねられたらどうしよう、ろくでもないことばかりが頭に浮かぶ。

代々木駅の通路を走り抜け、小田急線に飛び乗り、息せき切って自宅の玄関前に立った。何も起きていませんように、と念じながら玄関のドアを開ける。

母が立っていた。全身から生暖かい汗が噴き出す。

しかし顔つきがおかしい。妙に穏やかだ。

「お帰りなさい。疲れたでしょう」

ショックで完全に呆けた、と思った。

「ご飯作っておいてあげようかと思ったけれど、ずっと立っていると足が痛くて」

仲良し母娘の物言いに戻っている。

「いいよ。仕事じゃなかったんだから」

慌てて台所に入り、冷蔵庫の中に入っていた水菜と油揚げ、卵とできあいの漬け物などで、あり合わせの食卓を整える。

その間、母はテーブルの前に腰掛けている。生活のメリハリがあった方が良いので、よほどのことがないかぎり、直美は寝室に食事は運ばない。無理してでも食卓の前に連れてきて、座らせることにしていた。

手早くテーブルに茶碗を並べる。

「ユキちゃんの分がないじゃないの」

母はテーブルのだれもいない空間を指さす。

ここにいるのは二人きりだ、という言葉は呑み込んだ。無理だと思った。今朝のようなやりとりはもうたくさんだ。幸い、今、母は機嫌が良い。機嫌良く呆ければそれで良し。いずれ身の回りの一切のことができなくなり、さらに重い負担がのしかかってくる。それより今の方がとりあえず楽だ。先の事は考えたくない。

黙って客用の、木蓮の模様のついた茶碗と漆塗りの汁椀（しるわん）を並べる。テレビをつけた。食事は和やかに始まった。母は上機嫌でテレビの画面に目をやり、次にだれもいない席に向かって話しかける。

「あら、大変だこと。あんなに雪が積もったら、お店にだって何もなくなっちゃうわね」

ニューヨークを襲った寒波の映像を見た母は直美ともう一人に語りかける。

「そうね。でもどこの家も大きな冷蔵庫で一週間分くらい買い物しているから大丈夫なのよ」と直美は話を合わせる。母はときおり軽やかな笑い声を立てる。幻の優紀が、何か冗談を言ったり、子供らしいかわいい仕草をするらしい。

これでいい、と直美はその空間に目をやる。あの女医の言葉を初めて受け入れた。母の異常を来（きた）した後頭葉が出現させる幻を受け入れれば事は済む。母に見えている孫娘がいるものとして生活していれば、何も起こらない。とにかく今日は、今は、この瞬間は、穏やかに過ぎていく。

　夜間に体が固まったように動かなくなり、痛みが出るのは相変わらずだが、昼間は母は自分から動くようになった。幻の孫「ユキちゃん」の相手をするためだ。

「ユキちゃん」は寝ている母の周りを歩き回り、母を庭に連れ出したり、居間のテレビの前に呼ぶ。一緒にアニメ番組を見ることをせがんだり、庭を散歩してくれと服を引っぱったりするらしい。

「ごめん、ユキちゃん、疲れちゃったから少し寝かせてちょうだいね」と布団に潜ることもある。

　日常生活は平和に過ぎていく。おかしなことを口走っても幻視があっても、機嫌が良ければとりあえずそれほど困ることは起きない。

　ありがたいことには、昼間、直美が二、三時間外出する分には、母はほとんど不安定な状態にならない。とりあえず手すりを伝って手洗いに行き、間に合わずに失禁することがあっても、汚れた下着を隠すように自分で洗濯かごに入れる。それから直美が用意しておく濡れタオルで肌を拭いて、新しい下着にはき替え、何も失敗などしていないような、素知らぬ顔をしている。直美さえ、それに気づかぬふりをして後片付けしておけば、上機嫌のまま過ごす。

誤りを正し知的適応を強制するのでなく、痴呆(ちほう)への適応をはかる。かかりつけ病院の女医のアドヴァイスを咀嚼(そしゃく)するように心のうちで繰り返す。

新堂という、携帯電話を拾ってくれた男から電話がかかってきたのは、それからまもなくのことだった。身辺が少し落ち着き、精神的にも余裕ができたので、名刺にあった勤め先に、礼状と菓子折を送ると、翌日の夜に礼の電話があった。互いに恐縮しあうような会話を交わす。

さほど親しい間柄でもなく、相手の身の上について尋ねるのも失礼なので、直美は名刺にあった財団法人「日本非鉄金属研究センター」という組織について尋ねた。

「国の役人の天下り先ですよ」と新堂は自嘲(じちょう)的な口調で答えた。民間企業数社で運営しているシンクタンクで、新堂はさる財閥系企業からの出向組だと言う。

「私をかわいがってくれた専務が失脚しまして、専務派の人間が一掃されたんです。すみません。こんな社内の派閥抗争の話など、女性にとっては不愉快なだけで、関心もないでしょうね」

「いえ」と直美は、少し前まで自分もさる教育関連企業に勤めており、そうした場面での管理職の事情はよくわかると話した。それを機に話が弾み、母に呼ばれて気がつくと三十分近く経っていた。慌てて切る直前に、何の不自然さもなく、どちらからともなく、こんど一緒に飲みましょうという話になり、メールアドレスを交換した。

その週末、直美は経堂の駅からほど近い居酒屋に行った。夜に家を空けることについては抵抗があったが、男と二人で酒を飲むことについての抵抗はない。仕事をしていれば飲みながらの根回しは日常的なことであるし、うまの合う同僚に焼鳥屋で愚痴をこぼすこともある。その相手がいつでも女であるわけはない。

それでも久しぶりの外食のために、ヒールのある靴を履き、マニキュアをすると、何とはなしに心が浮き立った。

新堂が独身だと知ったのは、双方とも、少しばかり酔いが回った頃だった。

ただし二度の結婚歴がある。二十代での最初の結婚は、死に別れだった。急性白血病を患った妻との結婚生活はわずか二年半だったという。二度目の結婚は、上司の強い薦めに従ってのことだったが、六年目に妻は失踪してしまった。置き手紙も残さず、印鑑と通帳が無くなっていた、という。

「行きつけの美容室の男性美容師と一緒だった、と教えてくれた人がいました。本当かどうか知らないけど」

それ以上、突っ込むわけにはいかない。

「女運、悪いのね」と、月並みななぐさめの言葉で話題を締めくくる。

そのとき新堂はあの病院で母に微笑みかけたときの魅力的な笑顔を見せ、はにかむようにつぶやいた。

「そうとも限らないと、今夜、思えてきた……」

「どういう意味よ」

久しぶりにはしゃいだ声を上げて笑い転げていた。

大人の男と付き合うときは、年下の男を相手にするのと違って、いい女のふりをする必要はない。

新堂には母の病気のこと、定年後まもなく亡くなった父のこと、若くして千葉に嫁いだ妹の事などをざっくばらんに話した。

新堂は幻の同居人の話を聞いても、少しも驚かない。父も昔は大蔵官僚だったが、今では自分の年金さえ管理できない。歳を取れば多かれ少なかれそんなものだ、と鷹揚に構えている。もちろん結婚するつもりがなければ、構える必要もないのだが。

母が待っているから、という理由で、二時間ほどで別れた。

「久しぶりに楽しかったよ」

別れ際に新堂はそう言うと、「せめて握手だけ」と右手を差し出した。

「次はハグだね」と冗談を飛ばしながら、直美もまっすぐに右手を伸ばす。その手を力強く握りしめ、新堂は直美の目を見つめ「また誘わせてください」と言った。

良い出会いであり、良い別れだった。

家には、しだれ桜の大木があり、春一番に梅と競うようにして咲くので、見に来てほしいとその夜、新堂は誘ってきた。

「一人住まいなので、見るのが僕だけというのも、もったいない」

子供ではないので、それがどんな誘いなのか、何とはなしに想像がついた。そんな想像をくつがえすように相手はもう一つの提案をした。

「お母さんも一緒に来たらいい。年寄りは喜ぶはずだよ。もう花見に出かけるのは無理だろう」

胸が熱くなった。

「ありがとう、酒のサカナ、たくさんつくって行くね」

万感の思いを込めて答えた。

家に戻ると、母は以前のような険しい表情で待っていた。

時計を見ると十時近い。食事をさせて出かけたのだが、やはり夜の外出は気持ちを不安定にさせてしまうらしい。

「男の人と会っていたのね」

おかえりなさいでもなく、いきなりそう言った。

「隠したって、お母さん、知ってるのよ。ユキちゃんがちゃんと教えてくれるんだから」

またユキちゃんだ。妄想だが、当たっている。

「言っておくけど、私、独身なのよ」

売り言葉に買い言葉で、ついきつい口調になった。さすがに「あんたは先に死ぬからいいけど、その後、ひとりぼっちになる私の立場なんて、考えたこともないよね」という台詞(せりふ)は呑(の)み込んだ。

「この間、電話を盗んで、この家の様子を見に来た得体の知れない男でしょ」

「得体なんか知れなくないわ。経済産業省の外郭団体に勤めてて、家だってご近所ってほどじゃないけれど、線路の向こうよ。鷗友学園のそばで、庭に大きなしだれ桜のある家。お花見に招待してくれたのよ、お母さんも一緒にって。あまり失礼な言い方しているとバチが当たるわよ」

母はあっけにとられたような顔をした。

「鷗友学園のそばで、庭に大きなしだれ桜って……、あの……、ほら、何て言ったかしら」

「新堂さんよ」

「そんな名字じゃないわ」

母はだれもいない空間に向かい屈み込み、そこにいる幻の孫に尋ねる。

「ああ、そう、寺方さん。寺方小夜子(さよこ)ちゃんよね。真由子の同級生の。あそこのお母様とはよくバザーなんかでご一緒したもの」

直美も真由子もさる私立大学の付属小学校に通っていた。滅多に固有名詞の出てこなくなった母だが、昔の知り合いの名前は忘れない。しかしその姓は、「新堂」ではない。

「別の家じゃない？」

「いいえ。あのあたりでしだれ桜の大木があるなんていったら、寺方さんだけよ。ご主人は大蔵省で」

確かにその通りだ。

「でもおかしいわね。あそこ、一人お嬢様のはずなのに」

「だから別の家よ」

「そんなことないわ」

母の顔が険しくなったので、反論するのはやめた。

いずれにしてもしだれ桜の季節が来ればわかるはずだ。

新堂からの誘いのメールは、しだれ桜が咲くより早く来た。居酒屋で会ってからわずか十日後の事だった。

やはり経堂駅の近くに雰囲気の良いフランス料理店があり、月に一度はシャンパンディナーの日として、様々な種類のシャンパンとそれに合わせたコース料理を出しているという。

「この前は、女性を連れていくような店ではなくて、申し訳ないことをしました。もし『泡』が嫌いでなければ、おつきあいください」

「『泡』は大好きです。調子に乗って飲み過ぎると、あとでお腹が張って苦しいので要注意ですが」と返信する。

もはやその先の進展など期待していない。母のことを考えれば、双方とも独身とはいえ、結婚などという展開はありえない。しかし将来の展望どころか、自身の老後の保障さえ失った今、閉じられた生活の中で、友情以上恋愛未満の新堂との交流は唯一の安らぎだ。それ以上のものを期待すれば、再び手痛い目に遭う。
送信ボタンを押して、携帯電話を折りたたんだとき、ぎくりとした。灯油の臭いが
ただよっている。
慌てて台所口に走った。
母がぺたりと床に尻をついて何かしている。コンクリート張りの土間に置いてある
赤いポリタンクの脇にポンプが投げ出してあり、土間に灯油がこぼれている。
灯油を吸ったボロ布が数枚、床の上に置かれているのは、床に垂らした灯油を拭い
たものらしい。
「余計なことしないで」
頭に血が上り、そう怒鳴りそうになるのをぐっとこらえる。
「叱責はいけません。逆効果です。困った行動にもちゃんと理由があるのですから、
その気持ちを汲んで対応してください」
女医の言葉がよみがえる。
「理由」は単純だ。古くて広い一軒家をエアコンで暖房するのは電気代がかかるので、
この家ではもう二十年近くも石油クリーンヒーターを使っている。しかし母の部屋だ
けは、西ドイツ製のパネルヒーターとホットカーペットで暖めている。安全で快適な

温もりなのだが、母は気に入らない。昔ながらの石油ストーブが欲しい、と言う。

認知症だからといって、論理的思考がまったくできなくなるわけではない。暖房のコストが、そうした快適暖房では高いということを母はよく知っている。

島村家の暮らし向きは、世間一般に比べればよい方だった。しかしそうした家の専業主婦の金銭感覚は、一般企業のOLやパート主婦に比べてさえつましい。かけるべきところには惜しみなくかけるが、日常生活の経費はできるかぎり押さえようとする。

今も、何か母なりに考えがあって行動を起こしたのだろうが、段取りをつけ、手順にしたがって目的の事を行うというのが、最近できなくなっている。取りあえず石油を入れなくては、とポンプを取り出したものの、長年、納戸にしまいっぱなしになっているアラジンの古い石油ストーブを取り出すことが出来なかったのだろう。

「寒いの？　お母さん、今、ヒーター入れたから」

できるかぎり優しい声色で言い、母の腕を取って抱えるようにして居間に連れ帰る。

直美の腕に身を任せたまま、母は視線を泳がせ抵抗した。

「ユキちゃん、ユキちゃん」

助けを求めるように呼ぶ。

冗談じゃない、と直美はつぶやく。失禁も水回りの失敗も、自分が後始末をすれば済む。しかし火だけは困る。

翌日、直美は、納戸にある石油ストーブと石油クリーンヒーターを、灯油とともに処分した。居間や座敷はエアコンで暖房することにした。電気代はかかるがしかたない。さらに台所のガスコンロをＩＨクッキングヒーターに替えた。こちらも鍋からやかんまで、すべてそれ用のものに買い換えなければならないので金がかかる。収入ゼロの身では、こんな出費も痛い。

直美は、母が機嫌良く話しかけている幻の優紀の方に顔を向けた。小学生の頃の優紀を思い浮かべながら、直美は半泣きでつぶやく。

「ねえ、ユキ、おばあちゃんを何とかして。ママを助けてよ」

もちろんそのあたりの空気はそよりとも動かず、幻は幻のまま直美を助けることはない。

とにかくやるだけのことはやった。施設ではなく一般住宅での家庭介護である以上、これが限界だ。

火災保険には入っている。隣の家さえ焼かなければそれでよし、だ。

火が出たら古い木造家屋が焼け落ちるのは早い。母は自力で逃げることは出来ない。母を背負った自分もろとも、そのときはそのとき……。

知るものか、と思う。

その夜、直美は家を抜け出した。母には夕飯を食べさせ、かかりつけの医者からもらった睡眠剤を飲ませてある。気絶するような不自然な眠りが訪れることはないが、中途覚醒がなく、朝までやすらかに眠ってくれるはずだ。

シャンパンコースと言ってもせいぜい二時間、近所の店だから十時過ぎには帰れる。

少し離れたスーパーマーケットに買い出しに行くのと、さほど変わらない。

美容院に行く暇はなかったが、髪はカーラーで巻いた。売り出されたばかりのマスカラをたっぷりつけ、まつげをカールさせているところを母に見られた。

「だめよ」

畳の上を這うようにやってきて、母が止めた。

「ユキちゃんが、だめって言っているじゃないの。少しは人の言うことをききなさい。あんな素性も知れない……ええ、そうよね」と頭上の空間を見上げる。そのあたりに立っている少女の顔があるらしい。

「とんでもない人よ」

反論したら火に油を注ぐことになる。無言でカシミアの半袖ワンピースのファスナーを引き上げる。今時、パールを合わせたのでは普通のおばさん風になるので、絹糸のような銀の糸を束ねたプラチナのロングネックレスを垂らす。

「二時間で必ず帰るから大丈夫」

寝室に入り、母の枕元に、電話の子機を置く。短縮ダイヤルで直美の携帯につながるようになっている。

「何か心配になったら電話をちょうだい。必ず出るから」

「だめよ。あの人は、うちの財産が目当てなのよ。うちは女ばかりなんだから、それで狙われたのよ。この前だって下見に来たじゃないの」

これ以上不愉快な言葉を浴びせかけられたら、呆けが言わせていることとわかってはいても逆上する。

玄関先に用意しておいたアルパカのコートを手に、ブーツを履く暇はなく、パンプスで飛び出す。駅向こうのフランス料理店まで、走れば十分足らずだ。

十五分ほど遅刻して店に着いたが、説明しなくても新堂は事情がわかっていたようだ。

「出にくいよね」と気の毒そうに言う。

「そう。まだら呆けの上に、骨粗鬆症であちらこちら痛がる母を家に残して、夜遊び。考えてみれば、とんでもない親不孝娘よ」

「今からいっぱいいっぱいやっていたら保たないよ」

静かな口調で新堂は続けた。

「この先が長いんだ。症状が進めば、家族は夜遊びどころか、コンビニにさえ出られなくなる。自分一人で背負おうなんて思わないことだ」

そんなことはわかっている。しかし本人がヘルパーもデイサービスも絶対嫌だ、というのだから、一人で背負うしかない。

「ま、私がいない間、おばあちゃんを見てくれる人はいるけどね」と皮肉っぽく言うと新堂は微笑した。何のことを言っているのかわかっている。母に生々しい幻視があることは前に伝えてある。

「僕も父を入院させるまで、ずいぶん長かった。母が亡くなってから、急にわけがわからなくなってしまって。男というのはだめだね」

それから新堂は付け加えた。

「女房の両親の方ね。僕の両親は郷里に居るから。兄が跡を取っているので安心して任せている」

「お婿さんだったの？」

「一応。もっとも離婚してしまったので、戸籍上は別々だけどね」

鷗友学園の近くでしだれ桜の大木がある家の名字は、「新堂」ではなく、寺方さんの「一人お嬢様」という、母の記憶は間違ってはいなかった。

「それじゃ奥さんのお父さんのお見舞をしてたわけ、この間は」

「そう」

「なぜ、また。奥さんって、失踪したとか言ってなかった？」

美容師と、という言葉は呑み込んだ。

「ああ、それで義父は天涯孤独になってしまったから」

「いい人ね……」

「いや」と新堂は照れたように笑う。

妻が突然、自分の実家を出て行ってしまったのは、結婚六年目のことだった。その前年に妻の母が亡くなり、父に痴呆の症状が出始めていた。両親にせっつかれたものの子供ができず、失意のうちに母を亡くしたことで、妻は何もかもが嫌になったのかもしれない、と新堂は言う。

「男がいたのは事実のようだが、僕との結婚自体が妻の意志ではなかったのだからしかたない」

直属の上司が義父と出身大学が同じで、あるときその上司から、新堂は三十をいくつか過ぎた一人娘との縁談を持ちかけられた。イタリアに留学したきり、なかなか帰って来ず、ようやく帰ってきたもののどうしても結婚しない。何とか婿を取らないと、家が絶えてしまう。義父はそんなことを上司に話したらしい。そこで、地方出身で三男である新堂に話を持ってきた。自分には結婚歴はあったが死に別れということで、特に問題はないと判断されたのだろう、と言う。

「上司は入社当時から僕を高く買ってくれていた。その上司に勧められて義父に会ってみると、男としての器が大きく、尊敬できる人物だというのがわかった」

妻となる人の人物を見るのでなく、その父を見るというのが、ある階層以上の男たちにとって当たり前であることは、直美自身も承知している。

二十代も前半の頃、自分の父も、そうした話を持ってきたことがあったが、直美ははねつけた。最初の結婚に失敗した後、幾度か男と交際しながら、結局、独り身のまま終わりそうな娘の行く末を案じ、父は失意のうちに亡くなったのだろうと今にして思う。

直美の生まれ育った家やそれを取り巻く人々の世界と、会社の同僚や大学時代の友人たちの生きている世界は極端に違った。高校を卒業したときから、その二つの世界の狭間で直美は生きてきた。どちらが常識なのかわからないが、とにかく両親の人間関係の中では、本人の意志による結婚は珍しい。自分の意志で相手を選んだ直美の結婚は、相手の家族が介在した時点で破綻した。

新堂の妻の場合は、いったんは親の意向に従ったが、留学経験も社会経験もある三十過ぎの女が、何の葛藤もなくそんな人生を歩み続けられるはずはない。ある日すべてをリセットして、やり直そうと考えたのではないか。その原因となった家柄も財産も捨てて。

妻が出て行っても、新堂は婚家を出て行かなかった。

「義父は僕を信頼して、養子として迎え入れてくれたわけだし、その信頼に応えたかった。それに実の娘に出て行かれて途方にくれているのを知らん顔して、こっちまで出て行くほど、人でなしじゃない。一時、親類の息子夫婦にも入ってもらったけれど、うまくいかなかった。普通に話していると気づかないんだけど、義父には認知症があるので、言ってることとやってることのつじつまが合わない。義母が亡くなって、その上、娘まで出て行ったもので、精神的に不安定になって、やたらに怒鳴り散らす。いくら財産があったって、とても面倒見られない、とその夫婦の奥さんの方が音を上げて出て行ってしまったんだ」

婿に対しては、義父はそれほど荒れないので、新堂は介護サービスを利用しながら男一人でなんとかやってきたが、二年前に義父の糖尿病が悪化し、現在は療養病棟に入院しているということだった。

「苦労があったね」

「いや。義父にはいろいろと世話になったから」

控えめな言い方に、この男の方がよほど、器が大きく、尊敬できる人物なのではないか、という気がした。

「介護する中でこちらもいろいろ勉強させてもらったよ。企業の中にいたら、気づかないことも多々あった」

感動とも恥ずかしさともつかないものがこみ上げてきて、直美は目の前の男の手を両手で握りしめた。

「あなたに会えてよかった」

新堂は少し照れたように言った。

「もう家に帰る時間かな？」

「いえ……まだ大丈夫」

コース料理は終わり、デザートが残っていた。母に帰ると約束した十時までは、まだ三十分ある。

「デザートがケーキっていうのもメタボだな」

新堂はちらりとメニューに視線をやって、自分の腹を撫(な)でた。歳は行っているはずだが、それほど出てはいない。

「うちに来て、ポートワインでもどう？」

「大人の趣味ね、大賛成」

つとめてこだわりのない口調で答えたが、心臓が激しく打っている。

「うちに来て」と、新堂が軽い調子で口にした言葉の持つ意味を、大人なら理解できる。

年下の男が逃げ出した母の存在を、彼は受け入れたようだった。職を失い、残された財産を食いつぶし、やがて孤独と貧困のうちに沈むであろうと思われた自分の老後に、光が見えてくる。

ほぼ同時にカシミアの下に身に付けている自分のランジェリーのことに思いが及んだ。着替えたときにそんな可能性を考えなかったわけではない。しかし母の罵(のの)り声を背に、甘い気分は自分で削(そ)ぎ落とした。病気の母を置いて出かけることに、夫ある身で男に会いに行くような後ろめたさがあった。結局、気を入れて着込んだのは、アウターだけで、その下は補正力だけ強力な、ベージュの「アンダーウェア」という言葉がふさわしい実用下着だった。それが母に対する無意識の言い訳だった。

新堂はウェイターにデザートとコーヒーはいらないと告げ、会計をしてもらっている。

店からさほど遠くもないのに、外に出ると新堂はタクシーを止め、有無を言わせず直美を押し込む。自宅を長時間空けていられない直美の立場に配慮し、一刻でも早く着こうとしている。

少しばかり混乱した気持ちで、窓の外に目を凝らした直美の手を新堂は力強く握りしめた。その瞬間、母のことを忘れベージュ色のランジェリーをどうしようか、という気持ちだけが、心の大半を占めた。

数十秒後、車は道を折れた。

「通行止めだよ」

ドライバーが舌打ちした。

サイレンの音が鳴り響いている。パトカーが追い越していく。

「火事だよ、やだね」と言いながら、ドライバーは無線を操作している。

胸騒ぎがした。石油クリーンヒーターもガスコンロも処分した。しかしホットカーペットやパネルヒーターが百パーセント安全とは言えない。

携帯電話を取り出し、自宅の電話番号を押す。子機は母の枕元だ。出て、お願いだから出て。

電話は呼んでいるが、だれも出ない。不安に胸が押しつぶされそうだ。

そのとき車内の無線が何かがなり立てた。火災現場の町名と地番、そして現場周辺の道路の状態についてだった。

胸をなで下ろした。自宅ではない。

そのとき隣の新堂の体が強ばっているのに気づいた。

「まさか……」

「うちだ」

ドライバーが、「ええっ」と声を上げた。

野次馬と渋滞する車が進路を阻むところまで乗り付け、タクシーを下りた。直美は素早く料金を払う。

ずいぶん明るいと思ったのは、高く上がった炎のせいだった。火の粉が降ってくる。無数の黒い蝶のように煤が舞う。二階建ての住宅の窓から吹きだした炎が、庭の植木に燃え移り、地面に突っ立ったまま赤々と燃えている。

顔色が蒼白になった新堂は、一言も発しない。

手は、と見ると、ぶるぶると震えている。

「大丈夫」とその腕を取った瞬間、びくりとして体を離した。肝の据わった男のように見えたが、ひどく取り乱している。自分の家が焼けているのだから当然だ。警察官が野次馬を遠ざけようと走り回っている。ふと気がつくと新堂がいない。野次馬の中に紛れてしまったらしい。

騒然とした現場に直美は取り残され、混乱したまま、燃えていく建物を眺めるだけだった。

我に返って、自宅に向かって歩き出した。

何もかもが一変した。期待も目論見も消えた。ランジェリーどころではない。

新堂には落ち着いたところで連絡を取ってみることにして、少し現場から離れたところでタクシーを拾った。歩けない距離ではないが、いくら電話しても出ない母が心配だった。

庭の踏み石の上を飛ぶように走り、玄関ドアの鍵穴に鍵を差し込み回す。開かない。もう一度回す。開いた。

首を傾げた。玄関の鍵がかかっていなかったということだ。かけ忘れて出て行ったのだろうか。

強盗……。

鼓動が激しくなった。

体も頭も衰えた年寄りを一人おいて、夜の外出をした。男と会うために。

パンプスを脱ぎ散らすようにして上がる。

寝室のドアを開けた。

布団が平らだ。

悲鳴を上げていた。

手洗い、洗面所、風呂場(ふろば)、台所……。母が一人で行くことのできない二階の座敷まで駆け上がり探す。

後悔の念が押し寄せる。

二度と外出などしません。だから何も起きないでください。

電話のところに行き、震える手で受話器を取った。どこにかけたらいいのかわからない。

親類はいるが、文京区の本郷だ。そこに母が家出するはずはない。

受話器を置いたとたんに、呼び出し音が鳴った。

「成城警察署ですが」

「はい」

全身が強ばった。お願いだから無事でいて、と心の内で叫んだ。

「島村さんの家族の方ですか」

「娘です。母のことで何か」

息を弾ませて尋ねた。

母は無事だった。人の家の庭に入り込んでいたところを住民に保護された旨を、相手はひどくのんびりした口調で告げた。

「申し訳ありません。認知症がありまして」

電話を終えて、すぐにタクシーを呼んだ。

娘がいないので不安になって外に出てしまったのだ。手洗いに立つのさえ不自由な体で。夜の住宅街は人通りが途絶える。家々のほとんどが高い塀を回らせる一帯でもあり、体の不自由な年寄りが道に迷ったり倒れていたりしても、住民は気づかない。いったいどれほど不安で寂しかったのだろうと思うと、胸がつぶれそうになる。曲がりくねった路地を走り抜け、ようやく環八通りにある警察署にたどり着く。

母は取調室にいた。

傍らの警察官から事情を聞き、直美は母がなぜそこにいるのか初めて知った。

取り調べを受けていたのだった。放火の容疑で。

「放火……どこに」

ほんの少し前に自分の頭上で赤々と輝いていた夜空と、吹き上がる火の粉、消防車とパトカーのサイレンの音、「危険です、近づかないで」というスピーカーのがなり声、興奮に目を輝かせた野次馬たちの顔、諸々(もろもろ)のものが脳裏をかけめぐる。

警察官が簡潔に説明した。

母が火をつけたのは、新堂の自宅だった。新堂の名は出なかったが、警察官の語った住所からしてそこだ。

新堂の隣家の住人が、家の前にタクシーが止まったので顔を出してみると、体の不自由な年寄りが自宅の庭にいる。驚いて外に出ると老人は庭木に摑(つか)まるようにして、庭を通り抜け、裏口のしおり戸を開けて新堂の家に入っていった。

不審に思いながらも、何も問いたださなかったのは、父母の代には、そこが私道になっており、近所の家族や家政婦などが普通に通行しており、最近になって「通り抜け禁止」の立て札を立てた後も、近所の子供が学校やコンビニへの近道として使っているのを、家の者も黙認していたからだ。

大方、一人住まいをしている娘婿の母親あたりがやってきたのだろう、と思っていると、ぱちぱちと音がして、妙に明るい。外に出てみると隣家の庭が燃えている。ふとしおり戸の方に目をやると、先ほどの老女が庭木に摑まりながら、足を引きずりながら必死でこちらにやってくる。とっさに助け、すぐに一一九番通報をした。老女の失火だろうとは予想したが、まさか放火とは助けた隣家の者も思わなかったらしい。

事情を聞くためにパトカーに乗せられた母は、警察の取調室に着く前に、車内で自分から一部始終をしゃべった。興奮していて、だれかれかまわず話さずにはいられない様子だったと言う。

「なんてこと……」

ほんの二、三時間前に自分が期待したような、虫の良い未来などあるはずはなかった。母は、それが仕事であれ、男であれ、娘の視線と関心と労力が他に向くことを決して許さなかった。

そこまでして私の人生を邪魔したかったの、あなたが私を産んだのは、自分の分身としてそばにおいて、いたぶりたかったから？

なぜ生きているの？

言葉にならない恨みの言葉を心の内で吐きながら、母をみつめる。

「痛い、痛い、こんなに痛いのに、いつまでここにいなければいけないの」

母は甲高い声で訴えながら、自分の腰のあたりを忙しなく掌でさする。

産まれたくなかった。

小さな声でつぶやいた。

あなたなんかから産まれたくはなかった。

ふと目を上げると母は、直美に向かってうなずいた。

「もう大丈夫よ。ちゃんと燃やしてあげたから、二度とあの男は近づかないから」

それから何もない空間にしっかりと視線を固定し、笑いかける。

「ね、ユキちゃん、私、ちゃんと言われたとおりにしたわよね。ちゃんと言われた通りにあの家を燃やしたわ。ああ、腰が痛い。早くお医者さんに連れていって。ほんとにたいへんだったんだから」

愕然とした。三人目の幻の家族、幻の孫娘が、母に火をつけろと命じたらしい。

自分はそういう危険な状態を、受け入れていたのだ。

「精神病歴はありますか？」

傍らの警察官が直美に尋ねた。

「認知症です」

何もない空間に向かって語りかけたりしていなければ、母は一見、正常に見える。

「レビー小体型認知症、と診断されました。幻視があるのです」

それから痛恨の思いを込めて、付け加えた。

「薬を処方されたのですが、飲ませていませんでした……本人がどうしても飲まないもので、お医者さんの判断は仰がずに、そのまま、放置しました」

たとえ幻視であっても、母に幸福感をもたらすならそれで良し、と腹をくっていた。それがこんな結果になるとはだれが想像しただろう。

激しい後悔が押し寄せてきた。自分が男にうつつを抜かしたりさえしなければ、自分が目を離さなければ、こんなことは起きなかった。母が女を捨てて母に徹したように、自分が色気など振り捨ててこの母の娘に徹していたなら、母の幻視はもっと穏やかで幸福なものだっただろう。

「なんとか留置場だけは勘弁してやってくれませんか。認知症の上に、骨粗鬆症（こつそしょうしょう）があって、全身が痛むのです。体も弱っています」

直美は懇願した。恨みと怒りと後悔と憐憫（れんびん）と情愛がないまぜになって心を締め付ける。このまま無理心中でもしてしまいたい気持ちだったが、混乱の一方で、諦（あきら）め冷え切った心が娘にふさわしい言葉をはき出させていた。

Ⅲ

その夜、母は警察署から病院に搬送された。

取り調べの最中に、腰部の痛みを訴えて、警察指定の整形外科病院に連れて行かれたのだ。レントゲンをとったところ、ごく軽い程度だが、脊椎(せきつい)圧迫骨折を起こしていることがわかった。新堂の屋敷に忍び込んだ際、どこかで転んだのかもしれないし、単純に脆(もろ)くなった骨がずれたのかもしれない。それを幸いというべきか、母は留置場には入れられずに済んだ。取り調べは翌日からベッドの上で受けることになるらしい。

直美が自宅に戻ったときには、とうに日付が変わっていた。どこかに相談の電話をかけられる時間でもなく、家族が逮捕された場合のあれやこれやをインターネットで調べたり、入院に必要なものを準備したりで、あっという間に夜が明け始めたとき、警察から電話がかかってきた。

すぐ母の入院している病院に来るように指示された。容態が急変したのかと血の気が引いたが、警察官に尋ねても、「ちょっと不安定になっていますので」と言うだけでそれ以上の説明はしない。

わずかに明るみ始めた幹線道路を車で飛ばして病院にたどり着き、駐車場から夜間救急口まで走った。

入り口で警察官が待っていたが、どんな事態なのか尋ねても説明はない。

病棟フロアのエレベーターを降りたとたんに、女の金切り声が聞こえ、立ちすくんだ。警察官に促され、廊下を進む。

ナースステーション近くの個室のカーテンを開けると、医師と看護師二人がいた。

その向こうで、母が両手と胴体をベッドに固定され、真っ赤な顔に目をぎらつかせてフロアの隅々まで届くような叫び声を上げていた。

「夜勤の看護師が三人かかっても抑えられなかったんですよ。突然、興奮し始めて」

医師が説明した。くしゃくしゃの髪をした若い医師の目の下には、隈が浮いている。

「お母さん」

金切り声を上げている母親の上に屈み込んで、直美は呼びかける。

環境の変化と不安、逮捕と取り調べのストレスが、壊れた脳に大きな負荷をかけたのだ。

「助けて、助けて、お姉ちゃん」

切羽詰まった母は、「お姉ちゃん」と娘を呼んだ。それが幼い頃の家庭内での長女の呼称だった。今、妹の真由子がいないにもかかわらず、母は幼児に戻ったような口調で、直美に向かってそう叫んでいた。

「だから認知症だと言ったじゃないですか」

振り返り、だれに対するでもなく、憤慨するように直美は訴えていた。

「血圧が二百十を越えてしまいまして、非常に危険な状態です」

医師は、警察官と直美の双方に向かい言った。

「どうにかならないんですか」と直美は医師に訴える。

「鎮静剤と睡眠剤、ダブルでやったけど、まったく効きません」

疲労感を滲(にじ)ませた口調で、医師が短く答える。

「大丈夫よ、私がついているから」

どこまで面倒をかけさせれば気が済むのだ、という気持ちを押し殺し、直美は意味不明のことを叫んでいる母に優しく語りかける。

「なんで早く来ないのよ、私を捨てる気なの、あなたという子は」

突然、母は正気の言葉を発し、師長とおぼしき中年の看護師が苦笑した。若い医師と違い、こんな場面には慣れているらしい。

捨てられるものなら捨てたいよ、と心の内で吐き捨て、大人の分別で穏やかな表情を作り、母の乱れた白髪を撫でる。母は首を振った。

「やめてよ、それよりこれを取るようにあなたから看護婦さんに言ってちょうだい」とベッドに固定された拘束用のグローブを引っ張る。

「ごめんね、だめなの。今は」

胃がよじれるような思いで、穏やかに話す。

「何もしてくれないのね、お母さんが一番苦しいときに、あなたという子は。本当に冷たいんだから」

娘を罵りながらも母は落ち着いてきた。真っ赤だった顔色も、すでに頬に淡いピンクを残すくらいだ。

医師は警察官に向かい、こうした状態なので家族の付き添いが必要であることを説明する。

「特に夜間は看護師が昼間の半分ですからね、こんなことが何度も起きたらうちでは対応できませんよ」

警察官から家族の付き添いの許可を取った後、医師はふう、と吐息をついて、額の汗を拭(ぬぐ)うと足早に病室を立ち去った。

「お手洗い」

命令するような口調で母は直美に言う。

はっとした。ベッドの下におまるがあった。寝たまま用を足す差し込み式便器だ。

「軽い圧迫骨折ですから、立って行けないことはないんですが、転倒のおそれがあるので夜間はそれを使うことになっています。どうしても自分で手洗いに行くと言って聞かなくて」

中年の看護師が説明した。抑えつけておまるで用を足させようとしているうちに、興奮して手がつけられなくなった、と言う。

「わかりました」

直美は看護師に母の拘束を解いてもらうと、母をベッドから起こす。

「痛い、痛い。もっと丁寧にできないの」

ギブスで胴体を固定された母を、手洗いに連れていく。

個室で手洗いは室内にあるのだが、腰部を包むギブスなので、下半身を露出して便座にかけさせるまでが一苦労だ。人手が少ない夜間に、いちいちこんなことを看護師がしていられるわけはない。おまるを使うのは当然のことだった。

用を足した母はベッドに戻ってきた。看護師も警察官もいなくなった病室で、しばらくの間、母はぶつぶつと不平不満を口にしていたが、やがてそれも静かな寝息に変わった。

翌朝、母がいったん目覚めたところで直美は自宅に戻ったが、後で聞いたところによれば、前夜に入れた鎮静剤と睡眠剤が、日が昇った後にもまだ残っていて、取り調べはかなり難儀したということだった。

「ユキちゃん」は、そこにも来ていたらしい。半ば朦朧とした母は、幻の孫にいちいち確認し自分の曖昧な記憶を補うようにして、一部始終を語ったという。

あの晩、直美が出かけた後、母はタクシー会社に電話をかけ、迎えのタクシーに乗って新堂の家の前に行った。以前、出入りしたことのある小道を通り、裏口から侵入し、自宅の仏壇から持ってきた灯明用の蠟燭と線香にマッチで点火した。その火が伸び放題になって家を囲んでいた松に移り、脂を含んだ葉が勢いよく燃え上がって、あっという間に炎が家を包んだということだった。

高齢で認知症、しかも本人は骨粗鬆症から圧迫骨折している。犯罪歴もなく、まさか事件にはされまい、というのは素人考えだった。

入院したまま、母はその日のうちに送検された。放火、という罪の重大さをあらためて思い知らされながら、直美は妹の真由子に数ヶ月ぶりに電話をかけた。

「どうしたの」

老齢の母を看ている姉からの久々の電話に、良くないことが起きたととっさに悟ったらしい。挨拶抜きで真由子はそう尋ねた。

直美は、母が近所の家に放火した、と告げた。

「うそ……」

電話の向こうで真由子が低い声でつぶやいた。事故にあったか、容態が悪化したか、あるいは別の病気で医師に余命を告げられたか、そんなことを予想しはすれ、だれが自分の母親がそんな重大な罪を犯すなどと考えるだろう。

「そんなの嘘よね。間違えて逮捕されてしまったのよね」

直美は事件の経緯をかいつまんで話した。しかし母が放火したのが、真由子のかつての同級生の家であったこと、その同級生の元夫と自分が関わりを持っていたことについては話さなかった。

「どうして、そんな……」

語尾が嗚咽に変わって崩れた。

「病気がさせたことよ。お母さんではなくて」

精一杯の優しさをこめて、直美は言う。

「で、お母さん、今、どうしてるの」

「病院で取り調べを受けて、そのまま送検された」

「病院って、お母さん、怪我とか火傷とかしたの」

真っ先にそちらを心配するのは、肉親ゆえか、それとも性格か。

「いえ。歳だし、圧迫骨折したから。整形外科病院に入れてもらってる」

「骨折？　どうしたの、何があったの」

「圧迫骨折。もともと骨粗鬆症があるでしょ。保存療法でギプス巻いてる。幸い軽かったんで、寝たきりとかじゃないから大丈夫。なるべく早いうちにコルセットに変えるそう」

できる限り大げさにならないように説明した。

「で、お母さん、まさか、刑務所に入れられたりしないよね」

「わからない……私には」

悲鳴のような泣き声が聞こえた。

「何とかならないの、お姉ちゃん。私、すぐ行きたいけれど、おばあちゃんの手術なのよ。心臓カテーテルの」

「そっちについてて。あなたが来ても今、できることはないから」

「でも……私」

それからはっとしたように尋ねた。

「お母さん、一人でタクシーで出かけたのよね」

「ええ」

「夜だったんでしょ」

「……」

「お姉ちゃん、お母さんが出て行くの、気がつかなかったの」

咎める口調だ。

「出かけていたのよ」

吐息とともに答えた。

「なんで？」

「用事を思い出して」

「そんな時間に、どこに」

受け答えの口調からピンときたのだろう。もともと人の感情には敏感なところがあった。

「どこでもいいでしょ」

「なんで一人にさせたの？　夜中に目が覚めて、気がついたらお姉ちゃんがいなくて、暗い家に一人っきりなんて、不安になるじゃない。いろいろ悪い方向にばかりものを考えて、不安に押しつぶされてパニックになってしまったのよ。それで自分でも何をしているのかわからなくて」

「ええ……だから病気がさせたことなのよ」

「病気なんかじゃない」

真由子は叫んだ。

「歳を取ってるんだよ。体だって、思い通りにならないんだよ。心細くて、怖くって、きっと自分は捨てられた、と思ったんだよ、お姉ちゃんに。年寄りってそういうもんなんだから。うちのおばあちゃんだってそうだからわかるの。だから私は夜とかには絶対一人にしないし……」

悪いのは自分。わかっている。男と会うために深夜に、母を一人残して外に出た。そして男の家を焼かれた。そして実の妹に、「上から目線」でなじられる。

その途中で、再び涙声に変わった。

「お母さんかわいそう……」

直美は沈黙したまま、通話終了ボタンを押す。

十分ほど経った頃、呼び出し音が聞こえた。画面に妹の名前が出る。さきほどは携帯にかけたのだが、今、表示された番号は、自宅の固定電話だ。

「もしもし」

男の声だった。妹の夫だ。

「家内から話は聞きました。たいへんでしたね」

社会人の男らしいねぎらいの言葉。

「すぐに私もかけつけたいのですが」

「いえ、それには及びません」

社会人の男女のやりとりだった。

「話を聞いた限り、すぐに弁護士さんに相談した方がいいですね。どなたか心当たりはありますか」

「いえ、まだ」

「父が懇意にしている先生がいるので、話を通しておきますから、そちらに電話を入れてください。いいですか……」

電話番号を告げられる。

「私は素人なので何も言えませんが、おそらくそこまで認知症が進んでいるということとなら、いくらなんでも刑事責任能力は問われないでしょう。不起訴処分だと思うのですが。たとえ起訴されても実刑はないでしょう。問題は民事でどのくらい請求されるかですが、その点についても弁護士に相談してください」

「ありがとうございます」

思いも寄らないところから差し伸べられた手に感謝した。

「いえ、そんなことはいいですが」と義弟は続けた。

「くれぐれも新聞沙汰にならないようにしたいんですよ。新聞どころか、少し前、やはり認知症のお婆さんの放火事件があったんですが、いや、けっこう多いそうです、そのときには本人がしゃべってるのが、ニュース映像で流れたんですよ。ニュース専門チャンネルだったので繰り返し。どこの家のだれか、すぐにわかりますよ。そんなことで、取材に応じたり、知らぬ間に写真を撮られたりしないように極力、気をつけてもらえますか。記者によっては取材だと告げずに、さり気なく話しかけてきたりしますからね、電話は留守番に設定して、インターホンにも出ないでください」

次回の県議会議員選挙に夫が立候補する、という話を、以前、妹からそれとなく聞いていた。

市長をしている父親の立場もあるのだろう。

「了解しました」

そう答えて電話を切った。承知しました、ではなく、了解しました、と。

教えられた弁護士事務所の電話番号を書いたメモを無意識に握りつぶしていた。

その直後、自宅に刑事が二人やってきた。新堂に会った夜、家を出てから帰宅するまでの行動を尋ねられた。

自宅に放火された新堂その人と外で会っていたこと、母が新堂について、被害妄想のようなものを持っていて、その夜、自分の外出を止めたということは、事件のあった夜にすでに話してある。だが、今回、母のことではなく、新堂について執拗に尋ねられたのは、意外だった。その理由について説明するでもなく、刑事は引き上げていった。

弁護士の手配をする間もなく、その日の夕刻、直美は再び病院に戻った。

昨夜入れた鎮静剤と睡眠剤からようやく覚醒した母が、看護師が局部の清拭をしようとした際に拒否し、また暴れて叫び始めたのだ。夜間、少人数の看護師で回している一般病院では対応できない。精神病院に移そうにも、骨折してギブスのはまった状態の患者を受け入れてくれる精神病院はない。

結局、直美が検察の許可を取り、付き添うことになった。狭い個室には、デッキチェアより寝心地の悪い小さなベッドが運び込まれ、直美はそこで寝る。

翌日、母は他の病院からやってきた精神科医による簡易鑑定を受けた。

別室で待っていた直美が数時間後に呼ばれたとき、室内には医師しかいなかった。母はいったん病室に戻ったということだった。

「母の状態は、どうですか」

入るなり尋ねたが、医師は言葉を濁しただけで答えず、以前の治療歴や通院した病院や担当医師の名前、母の普段の様子やこれまでの経緯などについて手際よく尋ねてくる。

テーブルの上では、今時珍しいカセットテープレコーダーがかすかな走行音を立てていた。そのときになって直美は、これは責任能力の有無を判断するための精神鑑定であって、治療が目的の精神科の診療ではなかったのだ、とあらためて理解した。

医師の手元には、いくつかのテスト用紙とともに、検察庁の名の入った簡易鑑定書の用紙がある。そちらに視線をやった瞬間、医師はさりげない仕草で、他の書類をその上に置き、隠した。

結論が出るのは早かった。

心神喪失状態での犯罪ということで、母は責任能力なしとして不起訴処分になり、事件の五日後には自宅に戻ってきた。義弟の言った通りだった。

母が勾留されている間、ほぼ病院に詰めていた直美は、帰宅して真っ先に留守番電話を確認したが、大手の不動産会社からまた電話します、というメッセージが入っているだけだ。このところ朝になって自宅に戻るたびに、同じ内容のメッセージが入っていた。おそらくマンションの営業か何かだろう。

着信履歴も見たが、知り合いからのものはない。真由子からの電話もない。携帯の方にもかかってはこなかった。

真っ先に新堂に電話を入れて謝罪しなければならない。損害賠償も請求されるだろうが、それは覚悟の上だ。しかし新堂の携帯電話は通じなかった。電源が入っていないらしい。

母は馴染んだ自宅の和室でくつろいでいる。

「やれやれ、やっと帰ってこられたわね」と母は何もない空間に向かい語りかける。

「あ、お茶、いれてちょうだい。それからユキちゃんは、ジュースよね」

自分が何をしたのか、まったくわかっていない。

朗らかな母の声を聞きながら、直美は台所に立つ。返事もせず、仏間に入り、仏壇に残っていたマッチや蠟燭、線香などを袋に入れ、しっかり封をして可燃物入れに放り込む。

明日にでも時間をみつけて、電灯式のものを買って来て取り替えなければならない。

母の妄想と幻視は家に戻ってきても消えない。放火事件を起こした年寄りを受け入れる施設などあるはずはなく、たとえ受け入れてくれるところがあったにせよ、無理矢理入所させれば、そこで何をやるかわからない。老人ホームでトラブルを起こせば、退所を命じられる。

出口無しだった。自分はこの先、最低でも十数年は母の介護と監督のために生きていくのだろう。

火の気のまったくなくなった静かで清潔な自宅で、恨みとやり場のない怒りの青白く冷たい炎を胸に灯(とも)したまま、直美はＩＨヒーターの平らな面にやかんを乗せる。

母を寝かせた後、この数日、火事の記事を見たくないがために、そのまま積み上げておいた新聞を広げた。

ごく小さな見出しが目に飛び込んできた。

「民家の焼け跡から遺体」

目を凝らすと、世田谷区の民家とある。確かにあの火事についての記事だ。殴られたような気がした。

義弟の願いも空しく母の犯罪は「新聞沙汰」となり、それどころか死者が出たのだ。

しかし記事を読むと、遺体は火災による死者ではなかった。白骨化した古いものが、焼け跡から発見された、とある。それ以上のことはまだわかっていないらしい。

とっさに新聞の日付を見る。事件の二日後のものだ。

何がなんだかわからないが、それ以上のことを知るのが怖くなった。

数日後、裁判所から一通の通知が届いた。

呼び出し状だ。

事件自体は不起訴となっている。なぜいまさらと不安な気分でいっぱいになり、震える手で封を切る。

母は無条件で釈放されたわけではなかった。

そこには「心神喪失等の状態で重大な他害行為を行った者の医療及び観察等に関する法律」に基づく医療を受けさせるため、検察官による申立てがあった旨が書かれていた。

「医療行為を受けさせる」

放火事件を起こしたものの、罪に問われることもなく、そのまま家に戻された母に、積極的な治療の機会が与えられる。

だが検察による申立て、というのがひっかかる。「心神喪失等の状態で重大な他害行為を行った者の医療及び観察等に関する法律」という長い名前の法律も聞いたことがない。いずれにしても、「認知症の年寄りのやったことだから」では済まされないらしい。

訳がわからない。今さらながら義弟から教えられた弁護士の連絡先を書いたメモを探すが、バッグの底にも、ジャケットのポケットにもない。

あのとき自分の選挙と父親の保身を真っ先に慮(おもんぱか)ったとおぼしき義弟の言葉に腹を立てて、握り潰(つぶ)したことを後悔した。

そちらに再度電話をかけて尋ねる気にもなれず、元の勤め先の同僚に電話をかけた。ロータス・インターナショナル社が廃業した後、現在も職探し中という元同僚は、別の弁護士を紹介してくれた。

現在、あの会社の社員たちは、不払い分の給与を払うように、会社を相手取って裁判を起こす準備をしている。その件で世話になっている弁護士だった。労働法が専門だが、たぶんこの件も引き受けてくれるだろうと言う。事務所の所在地も代々木で直美の家から近い。

落合という、その弁護士とは、すぐに繋(つな)がった。

事情を話していると、相手は「今、あなた、どこに居ますか？」と途中でこちらの言葉を遮った。「経堂の自宅です」と告げると、すぐに事務所に来るようにと言う。急がなければならないのだ、というのだけはわかった。何かまずいことが起きているのかもしれない。

燃えそうなものがないかどうか、もう一度、家の中を確認し、母に「すぐに戻ってくるから、ここにいて」と何度も念を押し、代々木に向かった。

老朽化したビルの三階にある事務所の受付で名前を告げると、薄っぺらいパーティションの向こうから、上着もなく、外したネクタイを丸めてシャツの胸ポケットにつっこんだ中年の男が現れた。落合だ。挨拶もそこそこに、話に入る。

落合の説明を聞いて、直美はようやく、母宛に裁判所から送られてきた呼び出し状が、何を意味するものなのか知った。

精神障害者の起こした殺人や放火などの重大犯罪について、責任能力なしということで不起訴処分になったり執行猶予がついたりした場合、これまではたいてい行政処分によって一般の精神病院に強制入院させられており、その時点で刑事司法の手から離れてしまっていた。しかしそれでは、必要な専門的な治療が難しく、退院後の継続的な医療も保証されない。そこで国と地方の責任で、再犯防止と社会復帰に力点を置いた、専門的な治療と継続的な医療を行うために、「心神喪失等の状態で重大な他害行為を行った者の医療及び観察等に関する法律」略して「医療観察法」による新しい医療制度ができた。

適切な治療を国の責任で行ってくれるのならありがたいと、直美は思った。

「しかしこの法律の対象になるのは、本来、改善の見込まれるケースですよ。認知症の老人がこの法律の対象になった例はあまり聞かない」と落合弁護士は首を傾げた。

老人性認知症の患者が刑事事件を起こした場合、引き取り手の家族がいる場合には、処分保留のまま釈放され、家に帰される例が多いらしい。知的能力が衰え調書さえ取れないケースもあり、そうでなくてもこの先、弱り衰えて行くだけで、社会復帰の可能性もなければ、再犯性もないケースがほとんどだからだ。

「それにお母さんの場合、骨粗鬆症と骨折もあって、体の方の治療が必要なんだよね」

「ええ。圧迫骨折については、順調に回復しています。あとは、内服薬と食事療法ですか……」

裁判所に出頭すると、その日の内に鑑定入院命令が出て、その場で病院に移送されるだろうと落合は言う。

「もう入院中に精神鑑定は済んでいますが」

「それは刑事責任能力を問うための鑑定で、『鑑定入院』っていうのは、この新しい法律に基づいて、医療を受けさせるべきかどうか判断するためのもので、別物なんですよ」

「それで二日くらいは入院するんですか」

この前の精神鑑定は、確か、四時間くらいかかった。

「二、三ヶ月」

えっ、と言ったまま落合の顔を眺めた。

「それって、鑑定のためというか、治療するかどうか決めるためだけのものなんですよね」

「ええ、この法律による治療という意味ですが」

病院での鑑定結果や生活環境調査の結果などを元に、専門家の意見なども聞き、裁判所が、この制度による治療を行うか否かという決定を下すのに、二、三ヶ月かかるという。その間、本人は入院している。

また前回同様、夜になると興奮して騒ぎ出し、危険なほど血圧が上がってしまうのではないか。二、三ヶ月も毎夜、付き添うことになるのかと思えば気が滅入るが、そもそも、家族の付き添いなど許可されるのか？

落合によると鑑定入院は、もちろん鑑定や医療観察のためのものだが、同時に身柄拘束を目的としたものでもあるらしい。

それでは医療刑務所に入院するのか、と尋ねると、裁判所の指定した一般の病院だと言う。

そうであれば勾留期間中の入院とほぼ同じだ。

「そこではちゃんとした治療をしてくれるんですか？」

「そこが問題でしてね」

ぎしりと落合は、椅子をきしらせ、身を乗り出した。

検察は、精神疾患のため責任能力なしと判断されて不起訴処分になったり執行猶予がついた者については、原則としてこの中立てを行わなければならないことになっている。しかし直美の母の場合は認知症を発症しているため、これまでかかりつけの病院で治療を受けている。本人と家族が治療に協力するということなら、馴染みのない指定病院で医療を受ける必要はないのではないかと落合は言う。

鑑定入院によって患者が二、三ヶ月もの間、それまで受けていた治療からも、それまでの生活からも遠ざけられることを落合弁護士は懸念しているのだ。

確かに医療という点から言えば、その弊害は大きい。特に、環境が変わること自体が大きな負担となる認知症の高齢者の場合には、日常生活から切り離されることで症状は著しく悪化する。実際、逮捕後の実質四日間の入院だけでも、母はひどい混乱状態に陥ったくらいだ。

「実は」と直美は、母がかかりつけの病院でもらった薬を飲むことを拒み、自分もそれを容認することで、こんな結果を招いてしまった、と告白した。

「つまり医者の指示通りに、ちゃんと薬を飲んでいれば、今回のようなことは起こさなかったと」

「ええ、断定はできませんが、たぶん」

落合は腕組みした。

病院に入院させてしまえば、投薬管理が行われる。とはいえ鑑定入院は、あくまで審判のための資料を提供するのが目的で治療が目的ではない。骨粗鬆症という身体的な問題も抱えていることを考えれば、同じ精神科でもかかりつけの病院に入院して、治療を受けた方がいいだろうと落合は言う。

いずれにせよ落合に動いてもらうためには選任届けを裁判所に出し、彼に付添人になってもらわなくてはならないらしい。

「付添人って？」

直美は尋ねた。また聞いたことのない言葉が出てきた。

「本人の権利を守るために働く人。つまり弁護士。検察から申立てがあると、裁判所がつけることになっているけど、もちろんその前に私選でつけることもできます」

刑事裁判の弁護人と同じだ。起訴はされなかったが、母の立場はあくまで犯罪者だ。

そのうえで落合は、真っ先に裁判所に対して鑑定入院命令の取り消しを求めると言う。

しかしこれはよほどのことでないと認められない。その必要があるかないかという話なら、鑑定入院の結果、審判で争う内容だからだ。

至急必要な書類を集めて準備に入ると言うが、それでも裁判所に出頭する日には間に合わない。いずれにしても鑑定入院命令はそのとき発令されるので、取り消しが認められるにしても、その間、母は指定された病院に入院していなければならない。

「で、それまで、やはり数日はかかりますか？」

落合は渋い顔をした。

「こちらの資料が出そろって提出するまで一、二週間。検察から返事がくるまで一ヶ月……。それで取り消されるかどうかはわからない。争っている間に二、三ヶ月が経って、結局、審判の日になってどうするのか決まる、ということになるでしょうね」
逮捕されたときにすぐに連絡をくれたら、処分を見越して準備できただろうに、と落合は悔しそうに漏らし、「それにしても認知症の老人に対して、なぜ検察はこの申立てをしたのだろう」と再び首を傾(かし)げた。

精神遅滞や人格障害は、治療による改善の見込みがないという理由から、一般的には医療観察法による治療対象にはされないという。改善の見込み無しといえば、老人性の認知症も同様ではないのか、と直美も思う。

二日後、コルセットを巻いて裁判所に出頭した母には鑑定入院命令が出て、その場で裁判所の指定する病院に連れて行かれた。

事情はあらかじめ話してあったが、母は裁判所にいる間中、怯(おび)えていた。

「なぜ私が精神病院に入れられなければいけないの。ユキちゃん、何とかして」と幻の孫にすがりつくように呼びかけ続けている。前回、留置場や拘置所のかわりに入っていた整形外科病棟と違い、「精神病院」という言葉の響きに、母は強い恐怖心を抱いている。

そして直美との別れ際に、ふと毅然(きぜん)とした表情に戻って言ったのだった。

「あなたのためにしたことなのだから、お母さんはどんな目にあっても、後悔してないわよ。あの男の家を焼かないと、絶対に、とんでもないことになるって、ユキちゃんが言ったのだから」

落合は渋い顔をした。

あなたのため、という言葉を、幼い頃からどれだけ聞かされてきただろうか。刑務官に付き添われて乗用車に乗せられ、固まったような無表情で去っていく母を、直美は苦い思いで見送る。

落合が資料を閲覧し、検察官に会って話を聞いたところ、母のケースがこの医療観察法による治療の対象として申立てをされた理由は、その病名と症状にあった。

事前に受けた簡易精神鑑定と、以前に通院した大学病院で「レビー小体型認知症」と診断をされたときの診断書などから、再犯の可能性が高いと判断されたのだった。

母は発作的に火を付けたわけではないし、何か漠然とした強迫観念に駆られたわけでもない。日常的に幻視して、共に日常生活を送っているような錯覚に陥っている「人物」から、「火をつけろ」と執拗に指示されていたのだ。

症状としての幻覚、妄想、特にこの病気に特徴的な生々しく実在感に富んだ幻視が消えない限り、この「人物」に患者は支配され続け、その指示に従い、何度でも同じことを繰り返すだろう、と判断されたのだった。

その話を聞いて、直美の背筋が冷えた。母のためにいろいろ手を打ってくれる落合弁護士にはすまないが、検察の判断が妥当なような気がした。

今回の火事については、すぐに激高する母に逆らうのもなだめるのも面倒になって、その幻覚妄想を受け入れた自分の責任だ。自分がそれを在るもの、として肯定したことで、母の妄想を強化し、幻覚をエスカレートさせてしまったのだから。

収監されるような形で母を入院させる結果になったことと、そうなるに至った自分の言動を悔やみながら、その夜は、だだっ広い経堂の家で一人で眠った。

翌日、直美は早朝から、母の身の回り品を揃えて、病院に向かった。鑑定入院の費用についても身の回り品についても、家族が用意する必要はないのだが、肌が過敏になっている年寄りのことで、お仕着せの肌着やパジャマでは、かぶれを起こすことがあるからだ。

入院先は八王子の奥にある精神神経科病院だった。経堂の自宅からは遠く、面会に行くのも一日がかりで、建物は古い。しかし一歩内部に足を踏み入れると、廊下も病室も清潔で、庭に植えられた樹木の緑も美しい開放病棟だった。病院側から面会を制限されないこともありがたい。広い窓から病室内に外光が降り注ぎ、「身柄拘束」という落合弁護士の言葉に心を痛めてやってきた直美は、ほっとした。

病室内に老人の姿はあまりない。老人性認知症対応の療養病棟ではないからだが、むしろそのことが、何とはなしに回復の可能性を期待させる。

母は意外にも落ち着いていた。単にぼんやりしているようにも見えたが、ちょうど昼食時間にかかり、出された食事を大人しく食べている。

プラスティックトレイに載った食事も、そう悪くない。デザートの柑橘(かんきつ)まで付いていた。ただ年寄りが食べるには、総菜などが硬そうに見えるのが気になった。

若い看護師がやってきて薬を渡す。さりげなくそばにいて、飲むのを見届ける。

次の瞬間、看護師はにっこり笑って母の顔に自分の顔を近づけた。

「はい、べー、して」と自分の舌を出す。

不機嫌な顔で母は舌を出して見せる。薬を口の中に隠して後で吐き出されたりしないか、確認しているのだ。投薬管理、とはここまでしなければならないものだった。

看護師が去った後、母は、「私はなぜ入院しているの？」と尋ねた。

直美は言葉に詰まる。母には、悪いことをしたという自覚が、最初からない。

病気の検査のため、と答えると、いつまで入院しているのか、と尋ねる。言葉を濁すと、「まさか私をここに捨ててしまう気なの？」と詰め寄ってくる。「ここは老人ホームなのね。騙(だま)して私を老人ホームに入れてしまったのね」

「老人ホームのわけないでしょう。周りは看護師さんだし、老人の患者さんなんかいないでしょう」と答えると、今度は周りの患者が怖いと言う。手洗いに行くのに廊下を歩いていると突き飛ばされそうになった、大声で罵られたと訴える。事実かどうかはわからない。

帰りに主治医に会った直美は、母が未だに、圧迫骨折の治療中のうえ、骨粗鬆症で骨折しやすいことを話し、他の患者との接触を怖がっている旨を伝えた。医師はここの病院は、看護師の目が行き届いているので大丈夫だと説明した後、「皆さん、偏見をもたれていますが、暴力を振るうような患者さんはごく一部ですし、そういう方は、こちらの開放病棟にはいませんよ」と、たしなめるように付け加えた。

自分の母が何をしてここに連れてこられたのかを考えると、直美としてもそれ以上の事は言えない。

翌日、病室に行くと「ユキちゃん」は母のベッドの脇からいなくなっていた。

いつ、どうやって立ち去ったのかは、わからない。ただ、母はもう、隣の無人のベッドや、だれも座っていない円形の椅子などに目をやることがなくなり、そこにいないだれかと会話することもなかった。

おそるおそる「お母さん、ユキちゃんはいる?」と尋ねてみると、母はぼんやりした様子で首を左右に振る。

「いなくなっちゃった。全然、こなくなっちゃった。考えてみれば変よね、あの子、あんな小さいままのはずはないわね」

正常な判断力が戻っている。

「いるはずのないところにいつもいたし、いつも同じ服を着ていたし。考えてみればおかしいわね。やっぱりちょっと、頭が変になってて無いものが見えたのかしら」

半信半疑の口調だ。

「そうよ。変になっていたの。だけど、もう大丈夫。治ったのよ」

直美は、長い間日に当たっていないために、真っ白に変わった母の手を握りしめた。

「ちゃんと治ったじゃないの。お薬を飲んだら」

認知症自体が治るわけではなく、問題行動を引き起こす異様な症状が消えただけだ。それはわかっているが、家族にとっては、大きなありがたい変化で、まさに回復だ。

申立てをしてくれた検察と適切な治療をしてくれた医師に感謝した。

落合弁護士は、この鑑定入院の取り消しを求めて動いてくれているが、このままでいいという気がする。行き届いた投薬管理によって、母はきちんと薬を飲み、幻覚が消えた。こんなことなら人の家に火をつける前に、先生に無理矢理頼んで入院させ、治療を受けさせればよかった。

帰りに吉祥寺で途中下車した。こんな軽やかな気分で外出したことはこの数ヶ月間なかった。

解放感に後ろめたさを感じながら、ショッピングモールを歩き、気がつくとカードの限界まで買い物をしていた。

「ユキちゃん」が幻視であったことを認めた母が、何かの拍子に、ひどく寂しげな顔をするのに気づいたのは、翌日のことだ。消えた孫娘に思いをめぐらせた様子で、それが幻であったことを悲しむかのように、小さく眉間に皺を寄せ、ため息をつく。

そうこうするうちに目の輝きが失われ、見舞いに行っている間も、うつらうつらしているようになった。何か尋ねても言葉がなかなか返ってこない。

運ばれてきたものを食べ、看護師に促されるまでもなく、トレイに乗せられた薬を飲む。生気を失うことで母はすっかり従順になっていた。

「さすが秋口になると涼しいわね」

ぽつりと言う。

「まだ三月よ。お母さん」

「え……こんな涼しいのに」

日時や時間の観念が失われていた。空調が効いた室内の温度はいつも一定で、窓辺に近づいても植栽された常緑樹と駐車場しか見えない環境が、認知機能の衰えを加速させているようにも見える。

「三月だと、もう庭の豊後梅（ぶんご）は咲いたころね」

そんな木は、家にない。

「今年は少しホワイトリカーで漬けてみようかしら。氷砂糖を買っておくようにおチヨさんに言っておいてちょうだい」

本郷にある母の実家の話だ。

「本郷の家にはもう豊後梅はないよ。ほら、叔父さんが二世帯住宅にしたときに、駐車場を広げて……」

母はぽかんとした顔をした。

「私が入院している間に建てかえたの？　じゃ私の部屋の荷物は……」

愕然（がくぜん）とした。

母は、自宅が本郷の実家だと思いこんでいる。嫁いできて四十数年住んでいる経堂の家の記憶が消えた。

「お母さんの家は経堂よ、結婚して本郷の家は出たの」

しばらくぼんやりしていた母は、「経堂って」と尋ねた後、「ああ……」と納得したようにうなずき、その後、途方にくれたようにつぶやいた。

「お嫁に行ったのはわかるんだけど、どんな家なのか、思い出せないの」

「大谷石の塀をめぐらせて、大きな五葉松とシュロの木があって……玄関の脇に水琴窟を置いた、古くて大きな二階建ての家よ」

ため息とともに言葉を吐き出す。

ごそりと母は起き出した。直美の両肩に手をかけて手洗いに行こうとする。

はっとした。おむつを当てられている。ここも個室だが、手洗いは室内にない。自宅にいるときのように、その都度看護師が手洗いまで連れていかれないし、失敗することがあるからだ。

医療観察制度は、症状を改善し社会復帰させることを目的としたもので、衰えて行くだけで改善の見込みのない老人については対象外、という落合の説明が残酷な現実感をともなってよみがえってきた。

それにしてもこれほど急速に衰えるとはだれが思っただろう。

「おかあさん、お手洗い行く？　行きたいんだよね」

おむつのために一回り胴体の太くなった母を立たせ、その体重を受け止めた瞬間、悲しみがこみ上げてきた。

その不憫さと悲しみの隙間から、より現実的な危機が見えてきた。

母はずっと病院には居られない。審判の結果がどうなるかわからないが、いずれにしても、精神科での入院の必要がなくなれば家に戻される。施設という選択肢はない。連れてこられた初日に、ここを老人ホームと間違えてパニックになったことを思えば、説得などできるはずはないし、入所させたにしても適応はできない。

それ以前の問題がある。施設の方が、犯罪歴のある年寄りはトラブルを嫌って受け入れない。

入院生活で痴呆が数段進み、体もいっそう動かなくなった母を、自宅で介護するしかなくなる。しかも母はまだ七十を少し過ぎたばかりだ。その状態を悪化させながら二十数年生きても不思議はない。

慌てて主治医に相談に行った。しかし直美のそんな危惧に医師は答えなかった。

入院している以上、そうした問題が出るのはある程度はしかたないことであるし、これ以上の手厚い看護は、スタッフの数からしても無理だと言う。何よりあくまでこれは鑑定入院であって、病院側の裁量の余地はない。勝手な外出や転院も認められない。

自分と母の周りに、分厚い戸が立てられていくような気がした。

いったん家に戻り、落合弁護士に連絡を取った。

鑑定入院命令の取り消しについては、決着が着くまでまだ時間がかかるらしい。しかも入院したことによる心身の衰えや生活能力の低下は、全く問題とされない。それが任意の入院と、刑事司法の手にゆだねられた医療の差でもあった。

翌日には、いったん異様な症状の消えた母に、これまた別の症状が現れていた。前日に来たとき、手が震えているのには気づいていた。しかしこの日は、物を食べてもいないのに、頬のあたりをもぐもぐと動かす。色の薄い乾いた唇の間から、忙しなく舌を出し入れする。

驚いて主治医のところに行ったが、この日は別の病院に行っていて不在だった。看護師に尋ねても、特に異常はみとめられないと言うだけだ。

落合に電話をかけると、明日にでも病院に来て、母の様子を見た上で、主治医に会って話し、場合によっては早急に転院させるように裁判所に申し立てをすると約束してくれた。

翌日、落合と連れだって病院に行くと、事態はさらに悪化していた。胸が痛い、と母は訴えた。他の患者と廊下ですれ違って突然殴られ、肋骨が折れたと言う。

すぐに落合を通じて主治医に問いただしたが、骨折はもちろんしていないし、他の患者による暴力という事実はない、という答えだった。不満が、痛みという形で噴出したらしい。それにしても蒼白な顔で痛い痛いと訴える様は、精神的なものと説明されても心配で、居てもたってもいられない。

不安を抱えたまま帰宅し、テレビをつける。バラエティ番組が終わってニュースになった。

「寺方」容疑者、という言葉が聞こえてきた。はっとした。新堂も、寺方も、後ろめたく、忘れたい名前だった。

画面に目をやると、頭からジャケットをひっかぶってはいるが、一目で新堂、とわかる男が、捜査員に挟まれて車に乗るところだ。

死体遺棄容疑で指名手配された新堂弘樹こと寺方弘樹は、約一ヶ月間、逃げ回った挙げ句、地方都市の小さな温泉宿で発見され、逮捕された。

あの新堂が、と目眩を感じ、畳の上に崩れるように座り込んだ。

そういえば、焼け跡から古い死体が発見されたのだった、とぼんやり思い出す。そして新堂自身は、あの日火災現場から確かに姿をくらましたのだ。

驚きと同時に、「やはり」という失望が、じわじわと湧き上がってくる。

新堂の戸籍上の名は、母が記憶していた通りの「寺方」で、まだ戸籍は妻の方に入っており、「新堂」は彼の実家の姓だった。

テレビの脇に繋いであったノートパソコンでインターネットを立ち上げ、名刺にあった「日本非鉄金属研究センター」という文字を打ち込んでみた。

そんな名前の組織は出てこなかった。おそらくその住所は、彼が都心に借りていたマンションか何かなのだろう。

妻の母が他界し、妻の父が呆け始めたとき、新堂はある決意をしたのかもしれない。そして妻の失踪宣告がなされ、寺方の家と土地を手にするめどがついた後、次の獲物を狙ったのだ。この役にも立たないだだっ広い土地と大きな古い家が、知らないうちに彼の標的になっていたのだ。

「うちの財産が目当てなのよ。うちは女ばかりなんだから、それで狙われたのよ」という母の言葉が、妄想によるものだったのか、それとも直感だったのか、わからない。しかし結果的に正しかった。結婚に至らないにせよ、あのまま付き合いを深めていたら、惚れた弱みと新堂の口のうまさに乗せられ、家屋敷を抵当に入れて貢ぎ、結果、床下から発見された戸籍上の妻と同様のことになっていたかもしれない。

母は、幻の孫にそそのかされ、あの家に火をつけ、新堂こと、寺方の正体と犯罪を暴(あば)いたのだ。

さらにもう一つの記憶が呼び起こされる。

将来への不安を抱えたまま辞めた会社、ロータス・インターナショナルは、その後、社員に給料も払わぬまま廃業した。

ヘルパーもデイサービスも嫌だ、という母のわがままと、幻の孫娘の言葉によって、危ういところで難を逃れた。

そうしたことが単なる偶然なのか、深いところで繋がっている母の愛情によるものなのか、わからない。

夜の十時を回ったとき、携帯電話が鳴った。落合だった。母が、別の病院に移されたと、早口で告げた。

転院の希望が受け入れられたのだろうが、それにしても遅い時間に連絡をよこしたものだと驚いていると、落合はさらに忙しない口調で続けた。

「心不全を起こしています。搬送先は」と、鑑定入院先の病院のある八王子市内の大学病院の名を言う。

「心不全？」

「とにかくそういうことなので、すぐに来てください」

通話停止ボタンを押したその直後に、今度は固定電話の呼び出し音が鳴った。

女性週刊誌の記者と名乗る男が、寺方という男について、話を聞かせてほしいと言う。

「今、忙しいので」と切ろうとすると、「お母さんが、寺方の家に放火して捕まっているんですよね」と食い下がる。

無言で受話器を下ろし、留守番電話に切り替え、家を飛び出す。

妹にも連絡を入れなければ、と思ったがやめた。

もし母がこれきりになったときには、大いに泣いてもらえばいい。疎んじながらも面倒を見る者と、まったく役には立たないが、無条件の信頼と愛情と同情を寄せ、死後に滂沱の涙を流してやる者、きっと年寄りにはその双方が必要なのだろうと思う。

夜とはいえ、高速に乗るまで一般道が渋滞するため、電車で京王八王子に向かい、駅前からタクシーを拾った。

病院につくと、母は集中治療室に入っていた。廊下のベンチに落合がいた。

「たまたま院長に連絡を取ろうとしたところで、今夜、こちらの病院に搬送されたことを知りました。冗談じゃないですよ、発見があと何分か遅れたらあの世行きか脳死です」

落合は青ざめた顔で話した。

ぐったりしているところを看護師に発見され、入院先の病院では手に負えず、急遽、こちらの大学病院に搬送されてきたのだと言う。

数分後に集中治療室から出てきた医者が、母の容態が持ち直し、命に別状はない、と短く伝えた。呼吸困難から心不全に陥ったということだったが、原因はわからない。

まさか自分の置かれている状況に絶望して自殺を図ったのか。その心中を想像すると体が震え出した。

落合は転院先の病院の診断書と医師の話を元に、即刻の入院命令取り消しを求めて、裁判所と厚生局を回ると言う。

母の容態は数時間後には回復し、一般病室に移された。

いったん帰宅して翌朝、そちらの大学病院に行ってみると、主治医は意外にも麻酔科の医師に代わっていた。

手術するでもないのに麻酔医というのが不思議だったが、説明されて納得した。

肋骨を折ったという母の訴えは、嘘ではなかった。ひびが入った程度なのでレントゲンには写らないが、本人にとっては痛い。

「呼吸する度に胸に激痛が走るんですから、拷問ですよ」と麻酔医は言う。

「それでおじいちゃん、おばあちゃんの場合は呼吸が浅くなって、呼吸数も減らしてしまうのです。ずっと低酸素状態に置かれていると、苦しさも感じなくなってしまうので、肺炎を起こしたり、今回のように呼吸不全から心臓をやられたりするんです」

鑑定入院中の病院は、精神科ということもあり、身体の病気に関しての発見が遅れたのだろうと言う。

落合弁護士の危惧した通りの結果だった。

今は、神経ブロックで胸の痛みをとり、正常な呼吸ができるようにしてある。麻酔医が担当した理由はそうした治療のためだった。

肋骨は、成人男性でもゴルフのスイングのようなひねりの動作でひびが入ることがある。ましてや骨粗鬆症（こつそしょうしょう）の患者の場合には、日常的な動作で簡単に折れたりするので注意が必要だ、と医師はつけ加えた。

他の患者に殴られたという本人の言葉の真偽はともかくとして、骨粗鬆症のある高齢者にとって、鑑定入院先の環境が危険であることは間違いない。

結局、搬送先の大学病院に三日間入院した後、母は審判を待つこともなく、不処遇という形で自宅に戻ってきた。

「本当によかった。私としてもこれで安心です。後は、かかりつけ医の下で、きちんとした治療を受けてください」

落合は、母の手を握りしめ、そう語りかけた。

ぼんやりしている母に代わり、直美は落合に深々と頭を下げて、礼の言葉を述べた。

手足の震えと、何かを食べているように見える口の周りの不随意運動、舌の出し入れは退院後数日で治まった。自宅に戻ってから通院を再開した老人科病院の女医、沼野によると、そうした症状は、おそらく抗精神薬の副作用であったのではないかと言う。

「お薬っていうのは、万能ではないんですよ。認知症に効くとされている薬もありますが、進行を緩やかにするという効果はありますが、元通りになるわけではないのです。でも人間は歳をとれば、若い頃のようにはいかないんですから、そのことを受け入れて……」と前回と同じ説教をたれながらも、別の薬を処方してくれた。

病院での徹底した投薬管理で習慣づけられたのだろうか、母は渡された薬について、いちいち吟味することもなく、言われた通りに飲むようになっていた。

根気良く手洗いに連れていくうちに、退院当初に比べ、粗相の回数もしだいに減ってきた。

しかし一回り小さくなった体を覆っている、悲しみと淋しさに苛まれたような無気力なたたずまいは、鑑定入院中と変わらない。いつもうつらうつらして、もはや悪態をつくことも、母親の権威をかさにきて高飛車な物言いをすることもない。

一度だけヘルパーに来てもらったが、体を支えようとすれば静かに拒否して振り払い、少しでも家の中の物に手を触れようとすると、無気力なりに不機嫌さを爆発させる。あげくに意図的なものかどうかわからないが、失禁してみせる。

どうにも手がつけられず、直美は結局、ヘルパーを断った。

元の木阿弥だった。落合弁護士の晴ればれとした顔が、こうなってみると恨めしい。

母に縛り付けられる日々は、この先もずっと続く。

真由子には、事の顛末について、母が退院してきた当日に、簡単に電話で伝えた。

相変わらず涙声を聞かせた後、真由子は早いうちにお母さんの顔を見にいくから、と言って電話を切ったが、今に至っても連絡はない。向こうの家でも、義母の心臓の手術、息子の受験、夫の選挙と、様々なことがあり、それに加えて義父が市長を務める自治体で、工事の入札を巡っての不祥事が発覚した。とても実家に戻っていられる状態ではないのだろう。直美にしても他家の人間の手を借りるまでもない、というよりは、これ以上、かき回されるのはごめんだ、というのが、本音だ。

食料品の買い出しのためにスーパーマーケットに行くのさえままならない生活の中で、人間関係は断ち切られた。

最近会った人間といえば、新堂こと寺方の殺人罪立証のために聞き込みをしている刑事と、あやうく第二の被害者にされかけた女の話を聞きにやって来た女性週刊誌の記者だけだった。

彼らの話を総合すれば、彼の素性も二度目の結婚の実態もほぼ、直美に語った通りのものだったようだ。本当に妻の意志の反映されない結婚であったかもしれないし、美容師の存在もひょっとすると本当だったかもしれない。

母が寝入った深夜など、直美はふと彼と過ごした宝石のような時間を思い出す。友情というには甘く、恋まではあと数歩という、信頼感に裏打ちされた大人の関係に見えた。妻の父に対する尊敬と感謝、直美とその母に対して示してくれた理解と共感、そのすべてが嘘だったとは、未だに信じたくはない。

それからまもなく、もう一人の人間がやってきた。

幻の孫だ。本物の孫は、直美が懇願しても、部活や塾や友達との約束にかこつけ、経堂の家に顔を出すことはなくなったが、幻の孫は、ある夜、不意に戻ってきた。

表情も乏しく、寝ているか、肩を落として虚ろな目で座っているだけだった母の表情が、光が射したように突然生き生きと輝き、中空に向かい話しかけ始めたのだ。

　母の通院は二週間に一度で、薬も二週間分だけ処方されていた。ところが予約していた通院日に、自宅前から母を車に乗せたとき、免許の更新を忘れていたことに気づいて引き返した。予約を取り直して翌日行くつもりでいたところ、その朝、折からの豪雨の中、母の寝ていた布団(ふとん)の上に、シャワーのような勢いで雨水が降ってきた。放火騒ぎでしばらく留守がちにしている間に、古い家のどこかに傷(いた)みがきて、一階の天井と壁の間に、大きな隙間ができていたのだ。対応に追われている間に、その日も病院に行き損ねた。電話をかけて、窓口の看護師に自分が一人で行くので、診察は後日ということにして薬だけでももらえないか、と頼んでみたがあっさり断られた。

　そうこうするうちに、母の薬が切れてから一週間近くが経過していた。そして幻の孫は、母の体から薬の効果が消えるのを待つように、律儀(りちぎ)に舞い戻ってきたのだった。

　再び事件を起こしたら、という心配がないわけではない。保護者としての責任を感じていないわけでもない。ただ、鮮やかなばかりの母の変化に、このままでいい、という気持ちになった。

　薬によって押さえられていた活動性が戻ってきたのか、それとも現れた孫が、老人の心に喜びや安定をもたらしたのかわからない。母の体と心に活力が戻ってきた。

言うようにして手洗いに立ち、朝、起きれば真っ先に髪に櫛を入れ、揃えておいた服に着替える。

ユキちゃんとしゃべっている母を置いて、直美は納戸に入りアルバムを引っ張り出す。

沼野医師に勧められた「回想」をさせてみようと思いたったのだ。

カメラが趣味だった父は、たくさんの家族写真を残している。

数冊のアルバムを寝室に運び、母に見せながら、思い出話をさせる。

どの写真で見る母も、センスの良い服装と髪型をしていた。明るく知的で家庭的な、六〇年代アメリカの中流家庭の主婦を思わせる雰囲気をまといつけている。経済面でも愛情面でも恵まれた家庭に生まれ育ち、同じような階層の、そこそこリベラルな家風の家に嫁いだ母の人生がそこにあった。

圧倒的に多いのは、長女である自分を抱いた母の写真だった。七五三や、誕生日の他に、ピアノの発表会、入学式と、妹の真由子に比べ、数倍の数の写真が残されていた。親友母娘、というのはともかくとして、父母が自分に向けた期待の大きさが切々と感じられた。他家に嫁いだ後も、そんな母を素朴に慕い、母のために心からの涙を流す妹が少し気の毒でもあった。

それから以前から気になっていた一冊を開けた。棚の奥に押し込まれていたそれは古ぼけた包装紙に包まれ、まるで封印したかのように十文字に紐がかけられている。よほど大切にしているアルバムなのだろうとは思いながら、紐をほどくのも面倒で中を見なかったものだ。

色の褪せた紐をほどき、包装紙を取ると、革張りの表紙が現れた。母が実家から持ってきたものだ。

変色したモノクロ写真が、黒い台紙にのり付けされている。母の生まれ育った本郷の家、そこの居間で写した集合写真が最初のページにあった。

ページをめくるうちに現れたのは、意外に貧しいたたずまいの家と、それを背景に立っている質素な服装の少女二人だった。

はっとして目を凝らす。おかっぱ頭の方は母、もう一人、いくぶん背が高く、髪を三つ編みにしているのが、母の二つ上の姉だ。小学校卒業を待たずに、他界したと聞いている。

身に付けているのは、だらりと布の垂れ下がった半袖ワンピースだった。スカート部分が皺だらけになっている。

スフのワンピースだ。戦中、戦後に出回った質の悪い再生繊維のワンピース。

写真に直接ペンで書き込まれた文字は、一つは母の名前、もう一つは「雪子　十二歳」とあった。

この少女が「ユキちゃん」だった。

幻の少女は孫の優紀ではなかった。栄養状態も医療水準も低かった戦後まもなくの頃、空襲で焼け出され、相模原にある親類の家に身を寄せていた折に亡くなった、と聞いている。

みぞれの降る中、自分の持っていた雨合羽を妹に貸して、学校から濡れてもどってきたのが元で、肺炎を起こしたのだ。

なぜかそのことに思い至らなかった。豊かで幸せな人生を過ごしてきた母の人生のどこかに、そんな時代があったということ自体を失念していたし、戦中戦後の話や亡くなった姉の話を母の口から聞いたことは絶えてなかったからだ。

夫に死なれた後、自分の脳が変性していくことや、実の娘に疎んじられていることを確実に感じとりながら、母は侵された視覚野に侵入してきた幻の少女に、苦しい時代に自分をかばい、守ってくれた姉の姿を重ねたのだろう。

そうして実在感を持った「ユキちゃん」は、姉として、母に命じたようだ。

「あの家を焼け」、あるいは「娘の仕事を辞めさせなさい」と。

今、母の傍らには、常にユキちゃんがついていて、母を見守っている。

不思議なことに直美の方も、しんと静まり返った家の中で、話し声といえばテレビだけという、すさまじいばかりの閉塞感(へいそくかん)から解放された。まさにそこに幻の少女が座っているような、和やかな空気を感じ取っている。

母に言われるままに、ユキちゃんのために、果物をむいてやり、カーディガンを出す。

母と一緒に空間に向かって話しかけることも、相づちを求めることも、最近ではためらいがなくなった。

母は呆け、自分は気が狂っていく。それで幸福感と気持ちの安定を得られるなら、別に悪いことでもない、という気がしてきた。

母が死んだ後、財産を食いつぶした独身娘に、老後など来ない。どうせ自分は、呆ける前にのたれ死ぬのだという諦念(ていねん)は、明るい脱力感を伴って、直美の心を解放している。

居間のソファに横になり、薄いダウンの膝(ひざ)掛けで足を覆ってうつらうつらとした夜半、何かがつま先に触れるのに気づき、直美は目覚めた。

奥の座敷の、染(し)みの浮いた天井が見えた。布団にもぐり枕(まくら)に頭を乗せた直美の顔を三つ編みの少女が覗き込んでいる。夏物ワンピース姿の小さな体とお下げ髪に似合わぬ大人びた表情で、少女は微笑んでいる。紛れもない「長女」の顔だった。

直美はうなずいた。怖さも薄気味悪さもない。

「わかったよ、とりあえず、三人で暮らしていこう」

そう呼びかけると、「大丈夫だから」と少女ははっきりした声で答えた。

「もう大丈夫だから」

そうしてもう一度目覚めた。テレビのリモコンを手にしたまま、直美はソファに横倒しになって眠っていた。

再び浅い眠りに落ち、次に目覚めたのは、母の声でだった。のろのろと起き、手洗いに連れていくために母の布団のそばに行く。腰が鈍く痛んだ。

翌日の午前中、訪問者があった。大手不動産会社の営業マンだった。

以前、留守番電話に、「またお電話いたします」と吹き込んでいた大手の不動産会社で、バブルの頃には、引きも切らずにやってきて、土地の売却だの等価交換方式のマンション建設だのといった話を、父に盛んにもちかけてきたところだ。

そろそろ日本の景気も上向き加減なのか、というかすかな期待とともに営業マンを応接間に通した。

ソファに腰掛けた男は、手にしたノートパソコンをテーブルに広げると、予想外の話を始めた。同じ系列の鉄道会社が新規参入したサービス付き高齢者向け住宅の建設用地として、この土地を借りたい、と言う。

バブルの頃のように、土地を売れという話ではない。二十年の借地権を設定したいという。二十年後、自分は六十三歳になっている。そして母は九十二……間違いなく生きている。自分はともかく、母の方は。想像しただけで目眩がしてくる。

いきなり飛び込んできた話に戸惑った後、ひょっとすると出口が見えたのかもしれない、と気づいた。いずれにせよ、老朽化しただだっ広い日本家屋は、そろそろ限界だ。耐震工事を含めた修繕費だけで普通の住宅の新築分くらいは軽く超える。新築などということになったら壊す費用を含めてもかなりの額になる。母の年金だけではとても無理だ。

かといって借金をして、この土地にマンションの類を建てるのは、あまりにもリスクが大きい。それ以前に銀行がそれほど多額の融資をしてくれない。そしてバブルの頃に流行った等価交換も必ずしも地主側に有利ではない。

しかし地代ならそう大きな収入にはならないが、借金をする必要はない。諸経費は先方が持ってくれる。しかも相手は小規模な福祉法人や得体の知れないNPO法人ではなく、半公共企業とも言えるような鉄道会社だ。

だが、戦後まもなくから、島村家の人々が住んできたこの土地を人に貸して、別の場所に引っ越すということは……。

気乗りしない風を装いながら、直美は尋ねる。

「私はともかく、母が、この土地を離れることについては、難色を示すでしょうね」

「はい、それについてはですね、たとえばこれは私どもが建てた物ですが」と渋谷区内の高層ビルの画像をコンピュータ画面に写し出す。最上階はリゾートホテルを彷彿とさせるような豪華なオーナー用住居になっていた。

「いえ」と直美は首を横に振った。

勝手にキーを操作して、前の画面に戻した。そこにこの会社が持ってきたサービス付き高齢者住宅の概要があった。

一階部分にデイサービスと地域の支援センターが入っている。

「要支援1～要介護5　寝たきり、認知症の方にも対応」という文字が躍っている。

「私たちに豪華な部屋は必要ありません。他の入居者同様、必要なサービスを受けることは可能なのですか」

「それはもちろん。島村様のご希望にはできる限り添えるようにいたします」

営業マンは愛想良く、しかし慎重な口調で答える。

パンフレットにどんな口当たりの良い事をうたっているにせよ、いざとなると有料老人ホームからもサービス付き高齢者住宅からも弾き出される人々がいる。介護士たちの手を煩わせるタイプの認知症患者だ。だが地主となれば話は別だ。予め契約書にうたっておけば良い。必要な経費は地代によってかなりのところまで賄える。

それとも一括借り上げシステムの方が有利なのか、あるいは他に方法があるのか……。

家屋敷をいずれ相続する長女として、これまで断片的に集めていた知識と情報が頭を駆け巡る。

「いずれにしても、もう少し詳しい資料をお送りいただくことにして、しばらく考えさせてください。私の独断で、軽はずみに決められることでもないので」

もちろん独断で決めるつもりだった。

「はあ、それは早急にお送りします。いや、お持ちした方がいいですかね」

脈有りというのは伝わったらしく、相手は大きくうなずいた。

身内以外の介護の一切を拒んだ母の土地に、公的介護の拠点が建つ。皮肉で幸運な偶然、などではない。

この場所に位置する、この広さの土地に対しての時代の要請、という必然だった。

「他に道はないのよ、お母さん」と、心の内で呼びかける。

ちらりと妹の顔が脳裏をよぎった。母への愛情と思いやりに何の打算もないが、母の病気にも、介護にも、母の引き起こした重大な事件にも、何一つ責任は果たさなかった、他家に嫁いだ、この家のもう一人の娘。

お父さんとお母さんの大切な思い出の詰まった家。自分が訪れたときに、存分に郷愁に浸れるように、必要な管理修繕をして、そのまま残しておいて。そんな虫の良い要求に応(こた)える必要はない。

「大丈夫だから」

昨夜現れて、はっきりした口調でそう言った少女の大人びた顔を思い出す。その通り大丈夫、と確信した。

父の残してくれた、草むしりと掃除の手間と莫大(ばくだい)な維持費のかかる大きな家屋敷に、直美は初めて感謝し、自分の恵まれた境遇を思った。

今後さらに弱っていくであろう母と自分の身の上に、一筋の光が差し込んだ。密室の壁に、小さな空気穴が開いた。やがてその空気穴の周囲には無数のひびが入り、密室は崩壊する。

外部の手を否応（いやおう）なく母の寝室と居室に招き入れ、自分は再び外の世界と繋（つな）がるチャンスを得る。

そう決意した。

女の人生に必ずしも男は必要ないが、食べていく手段は必要だ。一人の人間としての誇りを持ち続けるためにも。二十年の契約期間が経過した後、この土地が収入を生み続けるか否（いな）かはわからない。しかし自分の手で生活費を稼ぎ出すことができれば、少なくとも母亡き後にやってくるであろう、女一人野垂れ死に、というシナリオは消える。

とりあえずは、と直美は痛む腰をさすりながら立ち上がり、電池の切れて久しい電子辞書を手にした。裏蓋（うらぶた）をあけ、弾丸を込めるように、その商売道具に単四電池を一つ一つ装塡（そうてん）していく。

ミッション

鋭い刃先で削り上げたような峻険(しゅんけん)な峰々の間に、ぽつりと開かれた飛行場は、滑走路さえ舗装されていなかった。デリーから飛んできた小型機を降りて、古びた倉庫のようなロビーで三時間あまり待たされた後に、ようやく迎えの車が現れた。

「ようこそおいでくださいました。パルデンと言います。旅はいかがでしたか」

紺のシャツにすりきれたダブルジャケットを着た男が、型どおりだが礼儀正しい英語で挨拶(あいさつ)した。

「雄大なすばらしい景色でした。こうしたところで私がお役に立てるのは幸せです」

やはり型どおりの挨拶を返すと、彼は褐色に日焼けした彫りの深い顔に、笑みとも困惑ともつかない微妙な表情を浮かべた。そこにわずかばかりの侮(あなど)りのようなものが交じっているのを頼子(よりこ)は感じ取った。

女が来たからか？

最初のハードルが現れたような気がした。

西に向かい峠を二つ越えた村には、彼と同じ顔かたちをしたモスレムが住んでいる。彼らは女が学校に通うことも、職業を持つことも許さない極端な男尊女卑の文化を持っているが、幸いなことに頼子がこれから向かうマトゥ村の住民にそうした差別意識はない。そう聞いているのだが。

急峻な山肌に彫り込まれた曲がりくねった未舗装道路を、NGOの所有するジープはうなりを上げて走る。すれ違いもままならない道の片側は、ガードレールもないまま千尋の谷に落ち込んでいる。遥か下に逆巻く水の流れが見え、見渡す限り灰褐色の景色の中で、そこだけが鮮やかな青緑色にきらめいている。

「園田先生が事故に合われたのも、こんな場所だったのですか」

頼子はすり減ったタイヤが岩を噛んで昇っていく路面に目を凝らした。車窓直下のほぼ垂直な崖下を見る勇気はなかった。

「いえ。車ではありませんでしたから」

パルデンと名乗る村のドライバー兼通訳は短く答えたが、それ以上語らない。そう、彼ら村人にとっても園田和宏の死は、思い出すのもやりきれない出来事だったのだろう。

彼は特別だった、と頼子は思う。

秋本頼子の母は五十代で逝った。最初に見つかった卵巣がんの切除後、再発、再々発と繰り返し、がんは全身に広がっていった。大きな手術が終わりほっとしたのもつかの間、苦しい抗がん剤治療が始まる。それが終わり普通の生活に戻ってまもなく、検査で異常が見つかり再び手術、数ヶ月かかってようやく封じ込めたかと思ったが、翌年には別の場所に発見された。これで終わりかと思えば、しばらく経つと再発を告げられる。不安と希望、苦痛と苦痛からの解放、その繰り返しの中で体より先に心が萎えていった。

「なぜ」と母は周囲に問い、嘆き続けた。

「私だけがなぜこんな病気にかかったの。何が悪かったの。何も悪いことなどしてこなかったのに、なぜこんな風に苦しまなければならないの」

三年近くも同じような繰り言を聞かされた大学病院の主治医は、さすがに面倒になったのか、コンピュータのマウスを操作しながら無造作に答えた。

「なぜと言われても、確率の問題ですからね。運が悪かったというしかないですね」

医師という職業についた今、頼子はそれがまさに正答であったことを理解している。

たとえそれが患者のこれまでの生活習慣や本人の遺伝形質によるものであったにせ

よ、助かる見込みのない者に対して、本人に原因があるような物言いをしてはならない。「確率と運」。それしか答えようがないのだ。

しかしそのときは主治医の冷たい態度に憤慨し、頼子は母に病院を変えさせた。紹介状もなかったので、高校時代の先輩のつてで園田を頼ったのだった。

革新政党系のその病院の診察室で、余命幾ばくもない母のいつもの問いに園田は答えた。

「原因はまだわかってないんですよ。でもそんなことに悩むより、この病気についてよく理解しましょう。僕は最善の治療をします。だから秋本さんも一緒にがんばっていきましょう」

がんばるという言葉を使ってはいけない、などというマニュアル対応はなかった。その口調にも視線にも、真摯なものが籠もっていた。

母はそうして確かにがんばった。余命半年のはずが三年生きて、兄の結婚式に出席し、ハワイへの新婚旅行にも付いて行き、孫の顔を見てから逝った。

その三年の間に頼子は人生の舵を大きく切った。入退院を繰り返す母の枕元で、数学と物理学の参考書を広げて受験勉強を始めた。

母を見送って四十九日が過ぎた頃、勤めていた素材メーカーの研究所を辞め、翌年、二十六歳で、日本の南の端にある国立大学医学部への入学を果たした。

担当医、園田の人柄と一挙一動、その言葉の一つ一つが頼子の心を捉（とら）え、悲嘆の中で前向きな決意をさせ、生まれて初めて彼女が自分自身で定めた人生の目標に向けて背中を押してくれたのだった。

卒業後、奨学金の返済を免除してもらうかわりに、大学の地元にある指定病院に数年間勤務した後も、頼子はその地を離れなかった。市内の総合病院に勤務する傍ら、離島の診療所を掛け持ちで担当した。

実家は東京郊外の土地持ちではあったが、ほとんどは農地で、医院を開業できるような金はない。一生勤務医として生きていくつもりだった。

園田が、日本から六千キロも離れたヒマラヤの麓（ふもと）の村で事故死しなかったら、頼子は今でもあの南の都市と騒々しいクマゼミの鳴き声にあふれかえった島を、一週間に一度、連絡船で往復する生活を送っていたに違いない。

エンジンのうなりを聞きながら峠の頂上にたどり着こうかというとき、車はつんのめるようにして止まった。まず土埃（つちぼこり）が上がり、続いて岩を踏む無数の蹄（ひづめ）の音が聞こえてくる。

山羊(やぎ)の群れだ。薄汚れた山羊が、灰色の雲のように斜面の向こうから湧(わ)いてくる。

「空港のそばのヒンドゥー教徒の村で祭りがあるんですよ。山羊はそこに持って行って売るんです」

この先の道は冬期は雪に閉ざされ通行できなくなる。一年のうちで、今がもっとも輝かしく開放的な季節なのだ。

山羊の雲が途切れ始め、車はじりじりと動き出す。群れの最後尾にチベット風の長い上着を着た男とジャンパー姿の男児が見えた。頼子は笑顔で手を振る。男と男児が、はにかんだような笑顔を返してよこした。

ようやく鞍部(あんぶ)を越え、山羊たちの巻き上げた土埃が地面に沈んだとき、頼子は歓声を上げた。

灰褐色の景色は一変していた。緑濃い山肌が広がっている。その急斜面にやはり雲のような山羊の群れがいて、ゆっくりと移動している。二回りほど大きな黒っぽいものは、牛かそれともヤクか。澄み切った空は、青を越えて深い群青(ぐんじょう)色だ。善行を積んだものだけが死後に昇っていける世界があるとすれば、こんなところかもしれない。間違いなく園田和宏の魂の行き先もここだと思った。

「村はもう近いんですか？」

「あと一時間ばかりでしょうか」

　山を登り切ったらしい。道は相変わらず細く曲がりくねっているが、なだらかだ。ここの標高はおそらく四千メートル近い。幸いなことに高山病の症状は出ていない。趣味の登山が役に立っているのかもしれないし、四十も半ばを過ぎて、若い頃に比べ代謝が落ちていることも幸いしているのだろう。

　そのとき道端の草の上に老人が一人座り込んでいるのが見えた。岩にもたれて半ば仰向いた顔色は灰色で、黒い線が入れ墨のように縦横無尽に走っている。

　頼子の心臓が飛び跳ねるように打った。息苦しさに襲われ無意識のうちに大きく口を開けていた。

　車が近づくにつれ、入れ墨を施した灰色の肌、と見えたのは、陽に焼け深い皺を刻んだ褐色の肌に、土埃が張り付いたものだとわかった。髪はワックスで固めたように、数本ずつが束になっててんでの方向に立っていた。衣服の色はわからない。元は黒だったのか、茶だったのか、今はただの襤褸だ。

　物乞いだ。トランジットで立ち寄ったデリーではずいぶん見かけたが、こんなところで出会うとは思ってもみなかった。

傾いて荒れた路面に目をやったまま、パルデンが尋ねる。

「どうかしました？」

「いえ。何でもありません」

二十年近くも前のことなのに、今でもときおりあの光景がよみがえり、後悔とも反発とも罪悪感ともつかない、苦く重たい塊が胸を圧する。

父はあんな姿で死んでいた。

その少し前から電話にも出なくなっていた。

最後に電話で話したとき、父はそう言った。

「面倒だからかけてくるな。そんな遠くにいるんでは、何も役に立つわけじゃなし」

大学のあった南の都市で、頼子はたくさんの年寄りを見た。出入りする食堂でも、町の市場でも。たくましく明るく働き者のおばぁや風流人のおじぃたちがいた。八十をとうに過ぎた彼らは頼子をかわいがってくれた。

そのとき父はまだ六十代半ばだった。連絡が取れないからといって、心配するような歳(とし)ではなかった。それに都心の官舎には兄一家が住んでいる。

実習やら試験やらで、そのまま二週間ほどが過ぎた頃、なぜか胸騒ぎを覚えた。いや、胸騒ぎではなく耐えがたい疚(やま)しさだったのか。

父同様に連絡が取れなかった兄の携帯電話にようやく繋がったとき、兄はモスクワに出張中で、兄嫁と子供はその間、神戸の実家に戻っていることがわかった。

「心配なら学生のおまえが様子を見に行けばいいだろう」と、兄は言った。

ジェット機とリムジンバスを乗り継いで戻ってきた実家は、畑も庭も荒れ果てていた。屋根に届くほどに生い茂った夏草に覆われた母屋に近づくほどに、異様な臭いとともに、飛び回る蠅が目につき始めた。そのとき何が起きているのか、これから目にするのがどんなものなのか、頼子はうすうす勘付いていた。

金蠅が顔にぶつかったのを片手で払い退け、叫び出したいような思いをこらえて携帯電話を握り締め、玄関の引き戸を開けたとたんに衝撃を受けた。

騒がしい人のしゃべり声が耳を打ったからだ。いつから点けっぱなしになっているのか、テレビのワイドショーが、すさまじい腐臭の中で鳴っていた。

寝室にも居間にも父はいなかった。奥まった仏間の、金糸銀糸を織り込んだ分厚い座布団の上で、座椅子の背もたれに体を預けて灰色の遺体となっていた。いったいどんな生活を送っていたのか、服の体をなしていないぼろぼろの股引と肌着の上に、数十年前に母の縫った、やはりボロ布のような浴衣を身につけていた。

バックミラーに映り込んだ物乞いの姿は、一瞬後にはカーブの先に消えた。通り越してきた白い仏塔が岩の向こうに見えるだけだ。その回りに五メートルほどもある縦長の祈禱旗が風に煽られている。

やがて車は、石積みの家屋が斜面にへばりついた小さな集落を望む平地にたどり着き、止まった。

パルデンに医薬品やちょっとした器具、パソコンなどの入ったスーツケースを持ってもらい、自分は身の回りの品をパックしたリュックを背負い、石畳の細道を歩く。彼方に見えた集落が次第に近づいてくる。

急峻な斜面には、階段状に耕地が開かれ、大麦とおぼしき作物が金色の穂を垂れている。

まもなく収穫が始まるのだろうか。あたりに漂う薫香や竈で燃やす牛糞と石油の入り混った匂いに、村に来たと実感する。しかし人と家畜の排泄物と肌の臭い、柑橘類や死骸の腐っていく臭い、屠畜した動物の血と臓物の臭いは、ここにはない。

ひょっとするとこれが七年間、ここで暮らした園田の実績なのかと、以前トレッキングの際に立ち寄ったネパールの村の雑然として不潔なたたずまいと比較している。

「着きましたよ」

パルデンが振り返り、石積みの土台を持つ堂々たる三階屋を指さすより先に、打ち合わせ式のブラウスにロングスカート、長い前掛けをつけた高齢の女が現れ、両手を軽く合わせて出迎えてくれた。

この村の村長の妻で、アグモという名前だという。英語は通じない。

村人が集まってきた。村長は伝統的な衣服を身につけているが、男や子供たちはラインの入ったスポーツウェア風の上下やセーターにズボン、女は黒いジャンパースカート風のロングスカートにカーディガンといった服装だ。

物珍しそうに子供たちが近づいてきて、頼子に触れる。シャツを引っ張って飛び退いたり、足に抱きついたりするのを相手にしてやると、快活な笑い声を立ててどっと飛びついてくる。

土埃と垢で少々汚れているが、臭いがほとんどないのは、あっという間に唇がひび割れてくるほど乾いた風と、夏とはいえ冷涼な気候のせいだろう。乾いた空気の中で子供たちの黒い瞳の潤いと輝きが印象的だ。

その背後に、犬たちが群れている。耳の垂れた長毛種の犬で、筋肉質な体をしているがいかにも穏やかそうな顔つきをしている。一際大きなボス犬とおぼしき一頭の首の周りに、ライオンのたてがみを模した派手な毛皮飾りがまきついているのは、ご愛嬌だ。

「おいで」と合図すると、吠えながら飛びついてきた。手と言わず顔と言わずなめ回して歓迎してくれる。その人なつこさに辟易していると、パルデンがその一頭の頭を撫でながら言った。

「こう見えて精悍な犬で、オオカミから人と家畜を守ってくれるんですよ。ほら、けっこうがっしりした顎をしているでしょう」とその口を開けて見せてくれた。つきだした牙は黄色みを帯び、意外に長く太い。しかしたくましい顎と大きな犬歯を持っているのは、ゴールデンレトリバーも同じだ。

「今の季節は村人も犬も少ないんだけどね」とパルデンは鮮やかな緑に輝いている山の斜面を指さす。夏の間、ヤクや山羊を高地に放牧するために、若い夫婦や年長の子供たちはそこに行き、乳搾りをしたり、オオカミの群れが近づいてこないように監視したり、といった仕事をしているらしい。

パルデンが村人に頼子を紹介する。言葉はわからない。以前、園田からネット配信されてきたニューズレターによれば、ここで話されているのは、チベット語でもパシュト語でもない。部族の特有の言葉らしい。英語はほとんど、ヒンディーはまったく通じない、とあった。

二人の英語のやりとりに村の女たちが眉をひそめている。赤黒く日焼けした顔の皺がいっそう深くなる。子供たちは手放しで歓迎してくれたが、今は微妙な雰囲気が漂っている。いったいどんな紹介がなされたのだろう。

大柄で屈強な男であった園田の後釜に、女が来た。そのことに頼りなさを感じているのかもしれない。

痩せていて背丈も百五十センチそこそこ、しかも独身で子育てと所帯の苦労を知らないせいか、頼子はいつも十以上若く見られる。はなはだしいときは研修医と間違われる。

男たちの視線にいくぶんか非難がましいものがあるのは、やはり「こんな小娘に何ができる」と思われているのかもしれない。

愛想良く英語で挨拶しながら、頼子は早く実績を上げると同時に、ここの言葉を覚えなければと焦りを感じる。

とそのとき強い視線を感じた。顔をそちらに向けると、取りまいた人々の輪の外側に、一際、長身の男の姿がある。長身、と感じたのはその男の被った奇妙な帽子のせいだ。黒地にきらきら光るガラスや石を縫い付けた冠のようなもので、高さ三十センチくらいある。髪は編み下げにして、貫頭衣風の長衣の上に、すり切れた金の縁飾りのついた長い前垂れを付けている。

「あの人は?」

パルデンに尋ねると、「ラマ」と答えた。

そんなはずはない。ラマ、すなわちチベット仏教の僧侶の服装は、それとはまったく違う。えんじ色の衣に山吹色の下着、髪は常にそりたてではないが短い坊主頭だ。

「どう見てもシャーマンだけど」

「いや、僧侶。今日は葬式があったんであんな格好をしている」

「お葬式が」とあたりを見回す。こうした村では死人が出たとなれば、野辺送りの大げさな儀式を行いそうなものだが、格別、そんな様子もない。

「村の人間が死んだわけじゃないからね。巡礼路で行き倒れが出たので、村はずれに持って行って焼いた」

「家族に連絡は?」

「家族はいない」

いないわけではなく、死者の身元がわからないのだろう。せめて名前と住所くらい記した御守りの類を身につけていればいいものを、と思う。

「心配はいらない。この村の人間と同じさ。葬儀場に運んでいって火葬用の石棺に入れて焼いたから。ラマがちゃんと経文を唱えて魂を送り出してくれた」

もう一度、その「ラマ」と呼ばれたシャーマンのような僧侶に目をやって、頼子はすくんだ。

彫りが深く、皺の刻まれた褐色の肌は村の長老たちと変わらない。しかしその顔は彫像のように表情がない。深い眼窩の底で、漆黒の瞳だけが強い光を帯びて、こちらを凝視している。

「ちょっと怖い感じのお坊さんね」

無意識にうつむき、ことさらに軽い口調で言った。

「そうかな。村ではみんな頼りにしている。僧侶だけど同時に薬草医でもあるんだ」

「薬草医？　アーユルヴェーダの伝統医みたいなもの？」

とすれば、やっかいな相手かもしれない。

「ちょっと違う。インドの伝統医は薬草や鉱物を買ったりするけれど、薬草医は野山を歩いて自分で植物や昆虫や鉱物を見つけて調合するんだ。もちろんこのあたりで手に入らないものは、お金を出して買うけれど」

近代医療の恩恵を受けられないような辺境に住む人々は、長い間、薬草や施術、とさには呪術で病いを癒す民間医に頼ってきた。国内外から医療援助が入るようになった今でも、村の人々は遠く離れた病院に行ったり、ヘルスポストにいる衛生兵、看護師などに診てもらう一方で、聖職者やシャーマンとあまり区別のつかない人々に病身を委ねる。

予算もマンパワーも乏しい政府は、そうした民間の治療者に「伝統医」として一定の地位を与え、辺境での医療の一端を担わせてきたが、頼子は当然のことながら「伝統医」の治療や薬については疑問を持っている。呪術の類は論外だ。

しかし逆に伝統医からすれば、顔立ちも肌の色も異なるよそ者の存在も、よそ者の持ち込んでくる近代医療も、胡散臭く、自分の領域を侵害するものに映っているのかもしれない。

不信感を持たれても不思議はない。それが村人にも伝わって、微妙な表情を見せていたのだろうか。

その夜は村長の家で、簡単な歓迎会が催された。

村にはゲストハウスのようなものはなく、今のところ空き家もないので、頼子は以前園田がそうしていたように、村長の家に世話になることになった。

村人の家は石と日干し煉瓦で建てられているが、この家は内装にふんだんに木が使われている。木の少ない地域だけに木材は貴重品で、それは村長の財力を示すものなのだろう。一階は家畜小屋になっていて、斜めに掛けた丸太に刻みを入れただけの、はしごより危険な階段を上った二階が家族の居室、風通しの良い三階は、干し肉を作るための物干し場になっている。

ケロシンランプのほの暗い灯の下には、二十人近い人々が集まっている。村長や長老たちの他に、その妻や親類縁者の女も同席し、共に飲食していることに、頼子は心地良さを覚えた。

その皺深い顔からしてみんなかなりの高齢だというのがわかる。若者や中年の男女がいないのは、この季節は、家畜とともに高地にある夏の家に移動してしまっているからだ。

最高齢と見える村長が、歓迎の言葉を述べ、仏の加護を祈念する。通訳してもらわないと意味はわからないが、言葉つきはしっかりしている。いや、他の長老たちも、容貌(ようぼう)こそ十重二十重に刻まれた皺のために高齢者そのものだが、体の動きは機敏で、驚いたことに歯も比較的揃(そろ)っている。絶え間なくたばこの煙を吐き出しながら議論している内容は、パルデンによれば家畜を山から里に下ろしてくる日や屠畜する頭数などについてらしい。この冬の気候を予測し、確保できる干し草の量などを推し量りながら話しあっている、という。

日本では、たとえ健康であったにせよ、このくらいの年齢になれば第一線から退き、たいていの場合はリーダーシップを手放す。重要なことを話し合い、実質的な決定権を持つのは、せいぜい六十代までだ。

いくら変化の少ない社会とはいえ、彼らが実権を握り続けていられるのは、高齢ではあっても能力を維持し続けているからだろう。園田がここに腰を据えて七年、村人の健康改善に本気で取り組んだ成果がこれなのか、と思うほどに、彼の仕事を引き継ぐためにここに来たことに、あらためて身の引き締まるような思いがした。

園田が初めてこの村、マトゥに入ったのは、大学院の学生の時だったと聞いている。大学の研究室が産学共同事業の一環として、製薬会社と協力して調査を行うことになり、チームの一員として赴いたのだ。

援助物資として途上国に大量投入された薬品類が、反対に人々を殺し、援助した先進国側の人々をも苦しめる結果になっている。金があれば薬を飲み、手に入らなくなればやめるの繰り返し、あるいは症状が消えたとたんに飲むのをやめるという誤った服用、「無料であるという理由から「多いほど効果があるだろう」と何度も赤ん坊に投与されるワクチン。そうしたことが人々の健康を損ね、耐性菌を蔓延させ、今ある薬を無力化してしまう。

正しい薬の使い方を周知徹底させる、それ以前に薬とは何かということを理解させる。そうした啓蒙(けいもう)活動に先立ち、その製薬会社は当時、世界各地で病気と治療法についての幅広い調査を行っていた。

ところが調査が進むにつれ、園田は自分たちの行っていることに疑問を抱くようになった。

村人は当時、確かにひどく短命だった。乳幼児死亡率も高かった。しかしそれは投薬や外科手術といった医療が介在する以前に、生活環境や栄養状態の改善によって解決されるべき事がらではないかと、園田は感じたのだ。

トイレには穴が掘られず、排泄物が積み上がっている。室内で牛糞を燃やし、薫香を焚(た)くために、煙がいつも人々の肺に流れ込む。作付けされる農作物は限られ、村人は慢性的な野菜不足に陥っている。そうした生活環境を放置したまま、薬と医療スタッフを送り込み、正しい薬の服用の仕方を説いたところで、効果は上がらない。むしろ利権に群がる人々と政府関係者を潤すだけだ。それをわかっていて製薬会社は市場開拓のためにこんな活動をしているのではないか。

そんな疑問とともに調査を終え帰国した園田は、その後も幾度かこの地を訪れた。

そして今から十一年前、家族を日本に残したまま、ついにこの村に住み着いた。以来、七年間、国内外のNGOと連携しながら、村人たちの生活改善に尽力した。

そして四年前、彼は忽然とこの村から姿を消した。定期的に送られてきたニューズレターが届かなくなって心配した日本国内のNGOのスタッフと、彼の友人たちがやってきた。しかし手前の村で、足止めを食った。道が雪と氷で閉ざされていたからだ。冬の間、マトゥ村が孤立することは知っていたが、どうにかなると高をくくっていたのだった。

そのとき彼らが数日間滞在した低地の村の人々は、園田は巡礼の旅に出たのだろう、と話していた。チベット仏教徒でもなければヒンドゥー教徒でもない彼が巡礼になど出るはずはないのだが、この世界しか知らない村人にとっては、村を出るというのは遠い村のバザールに商売に行くか、巡礼に行くということしか思い浮かばないのだった。

変わり果てた姿になって彼が捜索隊に発見されたのは、その数ヶ月後のことだ。マトゥ村から歩いて一時間ほどのヘルスポストの手前で、切り立った崖から沢に転落していた。どこかで道を外れて斜面に迷い込んだらしい。いなくなったのは秋の初めだったが、一冬、雪に埋もれ、春になって溶けかけた雪の下から出てきたのだった。捜索隊が見つけるのがあと少し遅かったら、ヒマラヤの雪解け水とともにアラビア海まで流されてしまっていたかもしれない。

捜索隊のメンバーは、元の姿をとどめていない彼の遺体を彼の愛したこの地で荼毘に付した。火葬用石棺で骨にされて、園田は日本に戻ってきた。

日本国内のＮＧＯによって営まれた盛大な「お別れの会」に出席した頼子は、そのとき予想もしていなかったひどい喪失感に見舞われた。生きていく目標を失ったような気がした。

母が亡くなるまでの三年間、園田の言葉の一つ一つに慰められ、力づけられ、それまでいささか冷笑的に眺めていた医師という職業に、強いあこがれを抱くようになった。あこがれは現実的な目標に変わり、母の死後も続いた園田との短いメールによって具体的な道筋を示され、医学部入学を果たした。

卒業後、奨学金返済免除の規定年限が過ぎた後も、待遇という点でもポストという点でも有利とはいえない、地方の病院や離島の診療所で働き続けたのは、常に園田の姿が目標としてあったからだ。

お別れ会の後、あらためて園田の功績を知るにつけ、何としても彼の後を引き継ぎたい、と考えるようになった。そして四年かけて身辺を整理し、入念な準備をしたうえで、頼子は日本を発った。ちょうど四十六歳の誕生日だった。

「君はここの人々に必要とされているんだ。そんなどこか遠いところに行くより、君の今、できることをここですべきじゃないか。それに技術も薬も日進月歩で、まだまだ勉強すべきことは多い。日本を離れてそんなところに行くのは、若い学生かもっと歳を取った先生に任せておけばいい」

勤めていた公立病院の内科医長にはそう引き留められた。

その言葉に頼子は傷つけられた。重たい罪悪感と憎しみに近い反発の思いがよみがえってきた。

「年取った親を放り出して、なぜこれからそんな遠くの大学に行かなければならないんだ。どこか遠くにいる不特定多数の赤の他人の役に立ちたいと考える前に、一番身近な人間のためにすべきことがあるだろう」

二十六歳で大学医学部への合格を果たしたとき、祝福するかわりに兄はそう言った。

確かに父は、元々、身辺の世話をすべて母に任せていたような人だった。そんな六十を過ぎた父が、母を失った。日常生活の不便さを感じる以上に、生きる気力も失っていた。

「もしおまえが嫁に行ったら、俺はどうなるんだ」と、ストーブに灯油を入れることさえせず、凍り付くような室内で、ちらちら光るテレビの薄明かりに照らされて頼子の帰りを待っていたこともあった。

兄の一家は都心にある官舎に住んでいた。しかし長男と兄嫁には気兼ねがあるのか、父は兄たちと住もうとはせず、その生活のすべてと自分の老後を、独身の娘に委ねるつもりでいた。

甘えるのもいい加減にして欲しい、という言葉を頼子は飲み込んだ。母が亡くなって以降、尊大な態度と裏腹に、すっかり髪も抜け背中も丸くなった父に面と向かって言うことはできなかった。

好きで自宅から遠く離れた大学を選んだわけではない。社会に出て四年も経つ一女性会社員が、実家の金銭的援助もなく諸経費と六年間の学費を払うことができて、しかも自分の偏差値で合格可能な医学部といえば、そこしかなかった。そうして精一杯の努力の末に、ぎりぎりのラインで頼子は合格したのだ。何と言われようとこのチャンスを逃すつもりはなかった。

「おまえが嫁に行ったら俺はどうすればいいんだ」と言ったその口で、「これから大学になど行っていたら、嫁に行き損なう」と入学を許さない父を説得することもなく、面倒なことを嫌って妹を実家に縛り付けようとする兄を無視して、頼子は貯金をはたき、一人ですべての支払いと手続きをすませて、東京を発った。

娘がいなくなれば、嫌でも自分の身の回りくらいは自分でするようになる。まだ六十代なら、十分自立できる。そんな常識的な判断以前に、父にも兄にも腹を立てていた。あなたたちのような家族がいるから、母は命を縮めたのだ、とさえ思った。

まさか母の三回忌を待たずに、父が変死のような形で亡くなるとは思ってもみなかった。母の臨終の折にも、告別式の挨拶でも涙を見せなかった父は、想像以上に重たい悲嘆の感情を胸に抱えていたらしい。だからといって、娘が自らの手で切り開いた可能性も結婚さえもあきらめて、自分に寄り添ってくれることを望んだ父の期待になど応（こた）えられるはずはない。もし応えたとしたら一生を愚痴と恨み言に塗り込めてすごすことになっていただろう。

他に選択肢などなかった。そう自分に言い聞かせて葬儀を終えてすぐに、大学に戻った。そして卒業し、そのままその地で働き続けた。

二十年も住み続けた南の都市が第二の故郷になりかけた頃、頼子はもう一度、人生の舵を大きく切って、この電気も水道もない、ほとんど中世世界のような村にやってきたのだった。

腕を軽くつつかれて我に返った。隣に座った老女が肉厚なプラスティック製の椀（わん）を差し出した。言葉はわからない。熱心な様子で料理を勧める。
椀の中身はスープだ。一口すすって、塩辛さに顔をしかめた。椀には分厚く脂（あぶら）が浮いている。スープの具は干し肉だったが、これがひどく塩辛い。スープの塩味はそれからしみ出たものらしい。他には干しチーズが入っているが、野菜らしきものはない。皿に乗っているのは団子のようなものだ。大麦の粉を炒（い）ってバター茶で練った、このあたりの主食だ。もう少し高度の低い村では小麦も栽培されているが、ここで取れるのは大麦だけだ。老女の一人が団子にくぼみを作り、バターの塊をたっぷりと乗せて再び生地でくるみ込んで、手渡してくれた。豊かな脂肪の味が、口の中の塩辛さを打ち消し、えもいわれぬ風味だ。

野菜も穀物もほとんど取れない厳しい土地だが、小さな窪地（くぼち）で岩塩が取れる。大人のこぶし大の、薄茶色のそれをバザールに持って行って売り、村人は灯油や茶や金だらいなど、生活に必要なものを買ってくる。地面に転がっている塩は、彼らにとって貴重品ではなく、味付けに防腐にと、気前よく使う。

また一帯の山々の斜面は耕地としては使えないが、豊かな牧草地だ。そこに放したヤクと山羊からは大量の乳が搾られ、そこから風味豊かなバターが作られる。

朝起きて、塩と脂肪分の多量に入ったバター茶を飲み一仕事、朝食も同様のバター茶に大麦の粉、昼もバター茶と麦粉、夜は夏場のみ、わずかな野菜の入ったこれまた塩分豊富な汁とバターのきいた麦団子だが、冬は塩と脂肪のきつい肉だけの食事となる。料理の他にも、彼らはバター茶を一日中飲んでいて、それが屋外の厳しい作業に耐えるエネルギー源となる。

周辺の村々に比べても、この村の食生活は格別にバラエティーに乏しい。馴染んだ食生活とはいえ、体にとっては決して望ましくはない。寒さの厳しい冬と寒暖の差の激しい夏が、塩と脂肪の過剰摂取にむしばまれた体にさらに負担をかける。

「この地域における死は、ほとんど突然死だ。今朝まで家畜の世話をしていた女性が昼過ぎに倒れ、数分後、あるいは二、三時間後には息を引き取る。なすすべもない」

ここに入った当初、園田はそんなニューズレターを発信してきた。

乾いた冷涼な気候と極端に強い紫外線のために、他地域に比べて細菌性感染症が少ないはずのこの村の人々が短命である理由を、園田はかつての製薬会社と大学で行った調査から離れて、人々の生活に密着することで明らかにした。そのうえで根気の良い保健指導を行い、その生活習慣を改善していった。しかしその成果が村に表われ始めたとき、志半ばにして彼は不慮の事故で亡くなった。

彼の指導は実を結ばなかったのか、と頼子は塩辛く硬い干し肉を噛み、いや、これは客を歓待するための伝統料理なのかもしれないと考え直す。

「普段は夏場に肉なんか食べませんよ。冬になって家畜が乳を出さなくなったときに食べるものなのですから」

尋ねると、パルデンもそう答えた。

翌朝、村から石畳の道を数キロ歩いた先の分岐に建てられたヘルスポストを訪ねた。

園田が国内のＮＧＯに働きかけて作ったこの薬局兼診療所は、これまで頼子が見たネパールや他のヒマラヤ地域のものに比べても、新しく大きめの建物だ。

園田が亡くなった後、医師や軍の衛生兵などが派遣されてきて、一帯の村の人々の治療や健康指導に当たっていたが、どういう事情からか今は無人になっている。今後はここが頼子の活動拠点になるはずだ。

石の土台に日干し煉瓦で作られた建物の屋根にはソーラーパネルが取り付けられており、パソコンや携帯電話の充電の他、必要時には電灯も点くようになっている。

パルデンが合い鍵（かぎ）を取り出し、ドアを解錠する。

室内には、ごく小さな窓と、壁に寄せて狭い診療用ベッドがある。鍵のかかる薬品戸棚の他、手動式の血圧測定器、ディスポーザブルの注射器や検査用キットも揃い、酸素吸入や点滴もできる。設備は想像した以上に整っている。決して衛生的な環境とは言えないが、不安定ながらも電力は供給され、ちょっとした手術も行える。

　しかしそれら設備も器具もすべて埃を被っていた。

　パルデンから鍵を借りて薬品棚を開けると、中は空だった。

「このスタッフは、いつからいないの？」

「さあ」

「彼らはどうしていなくなったの？」

「知らない」

　思わずため息をもらした。施設はあってもスタッフがいない、というのは、途上国の公立病院などではよくある話だ。派遣されてきた医師を始めとするスタッフは、この安い報酬には不満だが、しかるべき施設のスタッフという肩書きは欲しい。そこで登録はしても実際は出勤せず、私立病院で働いている。しかしここはそれ以上にたちが悪い。彼らはどうやら薬品を持ち出しては、横流ししていたらしい。

　園田がいた頃は、この立派なヘルスポストが機能していたのだろうが、睨（にら）みをきかす人物が消えた後は、こんな状態になる。

こうしたところでの病気との闘いでは、病原体や地域の生活習慣だけではなく、不正行為を生む国のシステムをも相手にしなければならないのだ。それこそが最も手強い敵だ。

そんなことを思ったとき、不意に背筋が冷えた。園田の死は本当に、不慮の事故だったのだろうか。

一瞬、心に湧き上がった疑問を封じ込め、頼子はヘルスポストの再開のために必要な物資や薬品を調べてメモし、村に引き上げる。

帰りは元来た道ではなく、山の急斜面に刻み込まれた細道を通った。どう見ても登山道だが、パルデンによれば立派な交易路で、村人は塩やバターを載せたヤク、ときには山羊の群れを連れて、一列縦隊でこうした道を通ると言う。ところどころ路肩が崩れていて、石や木製のはしごのようなもので補強してある。

「園田さんはこの道で転落したの」

この場で答えを聞きたくない質問を、つい発してしまった。

「いや、ここじゃない」

パルデンは前を向いたまま、ぼそりと答えた。素っ気ない答えにむしろほっとしながら、斜面に両手をつき、体を岩壁から離す三点支持の体勢を取り、一歩一歩横に進む。

「あなたは勇気がある」とパルデンが振り返って微笑(ほほえ)んだ。褐色の頬の皺が深くなる。精悍で快活な魅力的な男の笑みだった。

「登山が好きなの」

「するとエベレストにも？」

「まさか。トレッキング程度よ」

冷や汗をかきながら岩を回り込んだそのとき、埃を被った衣が目に飛び込んできた。遺体か、と思ったが違う。ヤクの毛織布の長衣を身につけた老人だ。いつか車で通ったときに見たのとは別人だが、やはり物乞いだ。ひどく痩せて空咳(からぜき)をしていた。結核かもしれない。医師として来ているにもかかわらず、今、ここで彼にしてやれることは何もない。焦燥感に苛まれながら手にしていた水のボトルとビスケットの包みを差し出す。

格別、礼を述べることもなく、どちらかというと尊大な態度で老人は受け取った。

「良いことをしましたね。きっとあなたには仏の加護がある」とパルデンは、さきほどと同じ快活な笑みを浮かべた。

遠い国の、縁もゆかりもない物乞いの老人への施し。

だが自分の父には何をしてやった？

苦い思いが喉もとにせり上がってくる。つまらないことを思い出した自分に腹が立つ。

ほどなく山の清涼な空気に煙の臭いが混じり始めた。道幅が広がってくる。村が近い。ほっとしたそのとき、先に行ったパルデンが不意に振り返り、頼子の腕を摑み力任せに引き寄せた。バランスを失いそのままパルデンの胸の中に倒れ込む。かまわず引きずるようにパルデンはその場から離れる。大人の頭ほどもある石がいくつも転がり落ちてきたのは、その直後だった。

凍り付いたまま、自分の通った道を振り返っている頼子の腕を素早く放すと、彼はすたすたと先を歩き始める。

落石だ。一瞬、遅かったら直撃されたか、そうでなくてもバランスを崩して転落していたかもしれない。それほど荒れた斜面なのか、と崖上を見上げる。

「レイヨウが石を落としてよこすことがある」

振り返ることもなくパルデンが言う。くぐもった声で聞き取りにくかった。

気を取り直して歩き始め、突き出た岩を回り込んだときだった。前方を歩いていく人影が目に入った。雲一つない空から降り注ぐ強烈な光の下で、奇妙な形の冠が黒々とした影を刻んでいる。

あの薬草医兼僧侶だ。敵意さえ読み取れぬ無表情な顔と、暗い穴のような眼を思い出した。無意識に崖上に目をやる。

あんなチベット仏教の僧侶がいてなるものか、と思う。自分の第一印象の通りあれはシャーマンか呪術師なのではないか。彼が邪術を用いて自分の頭上に石を降らせたのではないか？　そんなことを一瞬、本気で考えた自分を頼子は恥じる。薄い空気が精神に影響を与えたのかもしれない。

村長の家まで戻ってきて、二階の居室に昇る階段に足をかけたとき、無意識に一階部分に目をやった。

家畜小屋となっているそこに、今の季節は何もいない。ヤクも山羊も山に放牧されているからだ。がらんとした空間を透かした向こうは、昨夜と今朝、頼子が用を足した二階の便所の真下だ。二階のだだっ広い空間には麦の藁（わら）があちこちに積み上げられており、それを取ってきてその上で用を足し、中央部にうがたれた大きな穴に藁ごと投げ捨てる。小用だけなら穴の縁に尻（しり）を突き出して足す。今、その穴の下の一階部分には確かに藁まみれの排泄物が積み重なっている。園田が書いていた通りだった。それほど臭いがないのは、藁にまみれているからかもしれない。

たまった排泄物は、家畜小屋の敷き藁を取り替えるときに一緒に外に掻き出し、春先、大麦を植えるのに先だって、畑にすきこむという。兼業とはいえ実家が農家である頼子には、それが園田が心配するほど不潔なことではなく、それなりにエコロジカルで見事な処理であるように思えた。

　村長を含めて長老たちは、日の出ている間中、畑で農作業をしている。バターと茶葉、そして炒り麦や麦粉を持って畑に出て、作物の世話や灌漑用水路の整備などをこなす。消極的で非生産的な老人のイメージを覆す元気の良さだ。

　短命で不健康なこの村を園田は、保健医療活動を通して七年間の活動の中で変えた。老人たちの姿に、頼子は園田が孤軍奮闘して作り上げた理想郷の姿を見た。

　それが危うい、と気づいたのは、二、三日してからだ。確かに村長の家での歓迎会の食事は普段よりも豪華なものだったらしい。しかし日常的な食事も、以前、園田がニューズレターで書いてきたものとまったく変わっていなかったのだ。

　起き抜けの塩と脂肪たっぷりのバター茶、バター茶と大麦粉とバターの朝食、それと同じ昼食、それに塩辛い汁物のつく夕食。不健康きわまりない食生活だった。

　日本から携行してきた手動式の血圧計で試しに村人たちの血圧を測ってみると、総じて高い。ほとんど風土病のような状態だ。

日本国内であれば、間違いなく降圧剤を処方するところだが、そうした薬を長期間服用するということ自体が、こうした場所では非現実的だ。かりに薬が手に入ったとして、自覚症状が無いのに薬を飲むということを彼らはしないし、それ以前に、自覚症状がないものに関して、それがどれほど重篤(じゅうとく)な状態であろうと、村人は病いとは考えない。頭痛も鼻血も、その場しのぎの方法で収まれば、それで良しとする。

夏は体を冷やすもの、冬は体を温めるものを食べる、と村長の妻、イシェー・アグモは説明する。体を冷やすのはバターミルクに塩を入れたもの、温めるのはやはり塩の塊のような肉とバターだ。いずれにしても、栄養学の見地からすれば無意味どころか有害だ。

以前、園田は大麦畑の一隅に、日本の寒冷地から持ち込んだ青菜の種をまき、村人に開放したが、そこはもう元の大麦畑に変わってしまっていた。

村の女に尋ねると、彼の植えた野菜はこの土地に合わなかったらしく、うまく育たず、夏の短期間葉は茂っても、種を実らせることができず、毎年種を買ってこなければならなかった。それで彼がいなくなってから絶えてしまったのだという。

今は、心身ともに元気な高齢者の多い理想郷だが、園田が亡くなって四年、すでに村人たちの生活習慣は、元の不健康なものに戻り、老人たちの体の中で高血圧症は進行しつつある。このままではほどなく、彼がニューズレターに書いてきた、短命な突然死の村に戻ってしまう。

急性疾患や怪我に対応するヘルスポストの活動だけでは、用が足りない。園田が行っていた村の生活と村人の意識を変える保健活動を、急いで再開しなければならない。厳しい自然条件の下で選択の余地のなかった不健康な食生活は、以前に比べれば道路網が整備され、不完全とはいえ貨幣経済が浸透し始めた今なら、改善が可能だ。

要はイスラムやヒンドゥーの村に比べて発言権の強い女たちの意識改革だ、と頼子は考えていた。手作りの紙芝居を用い、生活と食事について彼女たちに改善を呼びかける。さしあたっては料理やバター茶に入れる塩を控えるように指導し、家畜の飼料にしている乳清やバターミルクの活用を提案し、実際にそうしたもので料理を作り、味わってもらう。さらに早朝の仕事の前に行う、軽いウォーミングアップ体操なども取り入れる。

一方で血圧計を村長の家に置き、使用方法を教え、だれでも使えるようにして意識を高めてもらう。日本なら地域の保健師たちの行っている活動で、即効性はないが、もっとも効果的な方法だ。

さしあたっての目標は、一日も早く現地語を覚え、パルデンの助けを借りずに村人と直接コミュニケートできるようになることだ。

翌日、頼子はパルデンの運転する車で町に出た。そちらにあるNGOの支部に、ヘルスポストに入れてもらう薬剤や器具のリストを提出し、啓発活動を行うにあたって予算とスタッフをつけてもらうためだ。

園田のように、村で勝ち得た個人的信頼と尊敬だけで村人の意識と生活習慣を変えていくには、限界がある。州政府や国内NGOと連携しながら啓発プロジェクトを立ち上げ、リーダーを村人の中から募り、教育していく。この国は世界でも有数のNGO大国だ。相当な理由があり、効果が期待でき、実行可能なプログラムなら、速やかに取り上げてくれる。

それが園田より大学卒業年齢からして一世代若い頼子の考えた方法だった。

町の入り口にあるバザールで、寒冷地に適応したアブラナ科の青菜や二十日大根の種、甘唐辛子その他の野菜の苗を買った。いずれも一年のうちに四ヶ月くらいしか農業のできない土地で、短期間で育つ作物だ。園田が行っていたように、大麦畑の片隅にこれらの野菜を植えるつもりだった。一緒にネギやニラの球根を買ったのは、虫の食害やただでさえ狭い耕地での連作障害を避けるためだ。

園田がおそらく持っていたに違いないカリスマ性は自分にはないと頼子は思う。しかし実家が農家であった頼子には、作物や耕作法について多少の知識がある。

車の通りも少ないほこりっぽいメインストリートに、居酒屋と見まごうような煉瓦造りの建物があって、そこがNGOの支部になっている。頼子がこの地で活動するにあたり所属しているところだ。

扉を開けると、啓蒙用とおぼしきイラスト入りのパンフレットが積み重なった机の向こうに、パンジャビースーツ姿の中年女性が一人で事務を執っている。

頼子は、彼女に先日訪れたヘルスポストの状態を話し、必要な医薬品や備品のリストを手渡す。そして予算はともかく、できれば信用のおける保健ワーカーを一人、早急に寄越してもらえないか、と話を切り出し、自分のプランを話した。

女性は顔をしかめ、首を振った。

「だれも行きませんよ」

「なぜ？　報酬の問題ですか、それとも辺鄙(へんぴ)だから？」

女は小さく舌打ちして、視線をそらせた。不誠実極まる態度に見え、頼子は苛立(いらだ)つ。

「冬の間、五ヶ月も孤立する地域ですよ。そこで医者が一人亡くなっているんです。

次に派遣された衛生兵は行方不明。そんなところに行きたい人がいると思いますか？」

「死んだっていうのは、日本人医師のこと？」

「いえ。デリーから来た医者、行方不明になっている衛生兵はラダック人」

「襲われたのですか、事故ですか」

落石の事が思い出され、無意識に詰め寄るような物言いになった。

「病気ですよ。医者や保健師でも、あの場所では自分で治せない病気もありますから。携帯電話で助けを求めてきましたが、間に合いませんでした」

女は机に肘をつき顎の下で手を組むと、上目づかいに頼子を見つめた。アーリア系独特の深い眼窩が際立ち、猛禽のように見えた。

「田舎の人間は、病気の原因を細菌やウィルスとは考えません。土地の神の居る場所にヘルスポストの建物を建てたからだの、スタッフが神木をまたいだからだの、転生できなかった死霊に取り憑かれただの、とね。迷信の中に生きる村人ならわかりますが、デリーできちんとした教育を受けた医者がですよ、『だれかに呪われて胸が差し込むように痛い』と電話をかけてきました。ええ、太っていましたよ。高山病であることは私のような素人でもわかるのですが。人間はいくら教育を受けて科学的な考え方を身につけたとしても、容易に野蛮な迷信の世界に取り込まれてしまうということです」

　相談相手もおらず、たった一人で前近代の世界に放り込まれ、合理的精神を保つというのは存外に難しいことなのかもしれない。

「行方不明の方は？」

「さあ。あるとき村民がヘルスポストに行ってみたら、だれもいなかった。こちらにも連絡が入らなくなった。それきりです」

　薬棚が空になっていたということは、どういうことなのか容易に想像がつく。

　医薬品の補充について、速やかに行ってくれるようにと念を押し、頼子は外に出た。

　バザールに戻ると、パルデンが約束したインターネットカフェで待っていた。

　陽はすでに傾きかけている。村に通じる道路にもちろん外灯はない。

　急いで車に戻るように促すと、「大丈夫ですよ」とパルデンは涼しい顔で国内ニュースとおぼしき画面に見入ったり、どこかにメールしたりしている。

　案の定、崖（がけ）に刻みつけられたような細道にさしかかった頃、あたりは暗くなった。谷側には一メートルおきくらいに白い縁石が置かれ、ヘッドライトに反射するそれを頼りにパルデンは器用にハンドルを操るが、頼子は生きた心地もしない。息を詰めたまま、さきほど町中でかわしたパルデンとの会話を思い出す。

「ああ、NGOのスタッフが、君に言ったことは本当さ。以前、ヘルスポストに来ていた医者が死んだ。隣村の男が薬をもらいに行ったら、診療用のベッドで死んでいた。だれかの恨みを買って呪術を使われたって？　それは僕らの発想じゃない。ヒンディーの連中はときおりそんな事を言う。僕たちは病気の原因は、祖先や親の因果やいろいろな霊の仕業だと考えている」

パルデンの物言いは冷めていた。外部者に対し、自分たちの文化を説明しているだけで、それを自分は信じているわけではない、とさり気なく表明している。あの村で生まれ育ち、町に出て高等教育を受け、海外から来るNGOボランティアや、時には政府関係者などのガイドを務めている男だ。合理的唯物的に物を考えるよそ者からも、病いを因果や業、精霊や死霊のせいだと考える村人からも距離を置いている。自分がどこに属する人間かなどということに悩んだことはおそらく無いに違いない。返ってくる言葉は、ときに冷酷なほどに屈託がない。

「それじゃその医者の後に来たスタッフはどうしたの？」

「行方不明さ。村人が行ったらだれもいなかった」

「この前、私がヘルスポストに行ったとき、スタッフは？　と尋ねたら、あなた、知らないと答えたけれど」

　詰問口調にならないようにさり気なく尋ねると、パルデンは「ああ、行方不明だから知らないってことだ」とこともなげに答えた。

「それに僕自身はヘルスポストには縁がないんだ。風邪くらいならラマの薬で間に合うし、もし重い病気にかかったら、この町の病院まで自分で車を運転して出てくればいい」

　重病のときに運転などできるわけはない。しかし軽い病気や慢性的なものなら薬草医、重い病気なら町の病院へというパターンは、町医者と総合病院の棲み分けに似てわかりやすい。薬草医が、奇妙な服装をしたシャーマン風の僧侶でさえなければ。

　車を降り、集落に向かう道に明かりはなかった。しかし高地のせいで木一本ない尾根の石畳は、降り注ぐ月光で意外なほど明るい。

　集落に入る間際だった。数頭の犬の吠え声が聞こえてきた。この前とは様子が違う。うなり声が混ざっていることにすぐ気づいた。闇の中で青白い目が光る。

　野犬か、と思い、後ずさる。パルデンが鋭い声を発して犬をしかりつける。

　そのとたん身辺で風が巻き起こったような感じがしてふくらはぎに痛みが走った。

パルデンが叫び声を上げ、足を振り上げ犬を蹴散らす。村人がばらばらと家から出てきた。さほど驚いた風でもない。

犬たちは静まった。ボス犬の首にはトレードマークのたてがみ飾りが巻かれている。野犬などではない。飼い犬だ。以前、頼子を歓迎してくれた同じ犬だ。

「犬は夜になると性格が変わるんだ。夜行性の動物や侵入者から家畜を守るための犬だから」

パルデンは言い訳するように語る。

ズボンをまくり上げると、血が足首まで垂れてソックスを濡らしている。

平然とした風を装ったが、激しい恐怖を感じていた。

このあたりはわからないが、インド国内には狂犬病が普通にある。発症したらまず助からない。

心配気に何か尋ねた村の女に、飲料水を持ってきてくれるように頼んだ。朝のうちに作っておいた湯冷ましだが、生水よりましだ。懐中電灯で照らして傷口を丹念に洗う。小さな傷だが意外に深く牙が入ったようだ。十分に洗った後に消毒薬を振りかける。

狂犬病のウィルスは弱いので、たいていはこれで死滅する。破傷風の菌も同様だ。

日本を出るときにワクチンも接種してきた。しかしもしあの犬が狂犬病のウィルスを持っていたら、それでは不完全だ。こちらであと、二、三回、追加接種する必要がある。明日、再び町まで出なければならない。

傷口をガーゼと絆創膏(ばんそうこう)で止めて、二階の住居に上る。

咬(か)まれた当初はさほど痛みを感じなかったが、一時間ほどするとずきずきと痛み出した。

夕食に呼ばれたが、床の上に座っているのも辛(つら)い。食欲もなく目の前の麦団子入りの塩辛い汁にも手を出しかねていると、アグモがアルミカップを持ってきた。うっすらと濁った水のようなものが入っている。乳清だろう。体調が優れずに食欲がないときや、下痢したときなど、彼らはチーズを取った後の乳清を飲む。ミネラルやビタミンの含まれた液体は病人食としては理にかなっており、日常の食卓にももっと取り入れれば良さそうなものだが、彼らは病人に飲ませる他は家畜の餌(えさ)にしてしまう。

一息に飲んだ。

飲み終えてからようやく別の物だ、と気づいた。もともと乳清はほとんど味も香りもない。ほのかな酸味とあるかなきかのヨーグルト臭。しかしこの液体は、菊かゴボウに似たハーブの香りがする。喉を通った後に舌の上に、甘さと苦みが残る。

アグモは子供にするように、頼子の肩から背中を撫でる。老人からみれば、四十も半ばを過ぎた自分も子供に見えるのかもしれないと思いながら、ふとその温かな掌に濃い情を感じ、涙ぐんでいる。しこった心が溶け出すような心地よさを感じた。

言い聞かせるように何か言っているのだが、言葉がわからない。訳してくれるパルデンはいない。ただその優しい口調と、掌の暖かみに包まれて痛みが引いていく。鈍い快感とともに眠気が差してくる。

はっとして、カップを指さした。

「これ、何？」という言葉はわからなくても、仕草でわかるはずだ。

柔らかな口調で語られた言葉の中に、「薬」と「僧侶」を表す単語が聞き取れた。

パルデンの言っていたまさにあれだ。ちょっとした病気なら、薬草医の処方してくれる薬で治す。

植物から取った安定剤のようなものを飲まされたのだ。

アグモは「ラマ」という言葉だけを何度も繰り返し、経文を唱えるような仕草をする。つまりあのシャーマン風の僧侶兼薬草医を呼んで、お祓いをしてもらえ、という意味だ。

反射的に首を振った。ここはそういうところなのだから、表面上だけでも従っておけばいい。わかってはいるが不愉快さが突き上げてきて、痛みと得体の知れない薬を飲まされた不快感から、思わず頑(かたく)なな態度を取ってしまった。

アグモは困惑した表情で引き下がる。

足を引きずりながらトイレに行き、用を足すと、そのまま布団(ふとん)に潜り込んだ。

ブラウン管テレビの光に、繊維壁が忙(せわ)しなく明るんだり陰ったりする。

なぜテレビが、といぶかった。電気が来ていない村なのにという疑問は、たちまちぼんやりした意識に溶けていく。

振り返った父の青白い顔にもテレビは、ちらちらと光を投げかける。

父は億劫(おっくう)そうに顎(あご)で石油ストーブを差す。

「おまえが嫁に行ったら、俺はどうしたらいいんだ」

甘えないで、と今度こそ叫んだ。叫びながら空(から)のカートリッジタンクをストーブから外し、凍るような廊下を足音も荒く物置に向かう。灯油を入れながら何気なく振り返った瞬間、掌からポンプが滑り落ちた。

父は灰色の顔をして腰掛けている。皮膚はところどころ黒く変色して、まだらの顔をテレビの灯りがちらちらと照らし出す。騒がしいワイドショーの司会者の声が耳を打つ。

流れ出た体液の染みが黒く広がった錦織の分厚い座布団、真新しい仏壇。

「うれしいか？」

父は尋ねた。

「親を見捨てて、赤の他人に尽くすのは楽しいか？　尊敬されるのはうれしいか。家族は面白くもなんともない。光が丘の団地に捨て置かれて、博愛精神だか使命感だかの犠牲になって、だれも頼る者もおらず、朽ちていく」

光が丘？　父に光が丘という土地は、何の縁もない。光が丘団地は、そう、園田の妻子、頼子が会ったこともない彼の家族が住んでいるところだ。

父は不意に声色を変えた。

「痛いか、足は？」

ぶっきらぼうだが、情のこもった太い声。

「大丈夫か？　今、迎えに行く。そこで待ってろ」

胸が熱くなって、悲しみがこみ上げる。

夏物のポロシャツ姿の父がいる。

真夜中の国道を二百キロも車を飛ばし、あのとき、暴風雨の中を父は迎えにきた。

高速道路は通行止めになり、列車も止まっていた。悪天候のために東京に戻れず、「彼」と二人、高台のホテルに避難し、初めて夜を明かそうとしていた。

二十三歳になってようやくできた恋人だった。

けれど「彼」はだれだったのか？　名前も素性も思い出せない。輪郭もおぼろげだ。会社の同期？　いや取引先の社員？

「どうも娘がご厄介かけまして」と父は「彼」に礼儀正しく一礼すると、頼子を助手席に乗せ、再び暴風雨の中を走り出した。頼子を乗せてドライブしてきたトヨタ・ソアラとともにホテルに取り残された「彼」から誘いが来ることは、二度となかった。

格別の痛手ではなかった。赤の他人の男に対して、心のどこかで面倒くさい、と感じてもいた。

女友達がいて、家族がいた。誕生日もクリスマスも、家族で食卓を囲んで過ごした。「ヨリちゃんとこ、仲良し家族でいいね」と友達はうらやましがった。兄と妹、父母の四人で構成される家庭が、何より居心地良かった。それをおかしいと思ったことなどなかった。

しかしひょっとすると家族の心をつなぎ止めていたものは、五十代も半ばで逝った母の努力だったのかもしれない。どんなときにも嫌な顔一つせず、家族に尽くした母。

余命を告げられた後さえも、少しでも気分の良い時は台所に立ち、風呂に入っている父のために下着を用意していた母。父がリーダーシップを取っているように見えて、実際は母を中心に家庭が回っていた。

その母が亡くなったとき、父も、結婚していた兄さえ、当然のように代わりを妹に求めた。

仲良しの家族に、自分は何かを奪われ続けてきた……。

そんなことを感じたのは、いつ頃だったのか。

疑念が確信に変わったとき、自分はそこから逃げ出した。

逃げ出した結果がこれか、と頼子は仏壇の前で、灰色と黒の斑の物体と化した父をみつめる。埃を被った仏壇で、母の遺影が微笑んでいる。

痛みで目覚めた。あたりはすでに明るい。

傷口は赤く腫れ上がっていた。消毒しガーゼを取り替えた後、パルデンが迎えに来るまでの時間に、昨日買ってきたままになっていた野菜の苗とニラやネギなどをとりあえず土に植えた。乾いた土地でもありそのままではたちまち枯れてしまうからだ。

どこかの家から出てきた子供が物珍しそうに見ていたが、すぐに見よう見まねで手伝ってくれた。

少しの間しゃがみ込んだだけで、痛みは頭まで上がってくる。闇の中で襲ってきた犬にあらためて恐ろしさを感じながら、迎えに来たパルデンとともに村長の家を出る。片足を引きずって歩き出そうとすると、背負子を背負った老人が顔をしかめたまま近づいてきて、そこに座るようにと手真似する。村の長老の一人だ。

「車のところまで運んでくれるって」とパルデンが言う。

「いえ、とんでもない」

「大丈夫。彼は山の男だから、すごく強いんだ。遠慮せずに背負ってもらうべきだ。昔から病人はこうして運んでいたんだから」

頼子の父親よりも年上の老人だ。他に見渡してもこの時期若い者は放牧地に行っているから老人しか残っていない。

「ありがとう、でも大丈夫だから」と言いかけて、老人のくぼんだ目に気圧されるように、背負子に腰かけていた。

そのときアグモが丸太の階段を走り降りてきた。頼子のリュックサックを持ってきて老人に手渡し、頼子に向かい何か言った。眉を寄せ、孫娘にこんこんと説教するような、ひどく真情のこもった声色だが、リュックサックまで持って行く必要はない。

「二度と帰ってきたらだめよ。帰ってきたらあなたは足が腐って死んでしまうから」

パルデンが訳した。

「ちょっと待って、私は治療に出かけるのよ。リュックサックはここに置かせて。私は戻ってくる」

慌(あわ)てて言ったが、相手に悪意が見えないだけにその言葉に不気味なものを感じる。

「だめ。ここに居たらどんどん悪くなって死んでしまう。あなたは犬に噛(か)まれたのよ。なぜ、噛んだかわかる？　霊の災いがあったの。野原を渡り歩いている鬼魔(きま)か、乱暴者の神様か、死霊か私にはわからない。だからラマに頼んで何のせいなのか突き止めて浄化してもらわないといけないのに。このままではあなたの足は治るどころかどんどん悪くなってあなたは死んでしまう。町に行って治療したってここに戻ってくればそんなのは無駄になる。私の言うことが聞けないようだから、すぐにここを出て行きなさい。ここにいたらあなたは災いや障(さわ)りから自分を守れない。あなたのような若い女が子供も産まないまま死んでしまったら私はどうしたらいいか……」

「大丈夫。私には味方がついているから。私は守られているから」

ワクチンと人の体に関する知識という味方が……。

リュックサックをその場に置く。

背負子に乗せられ振られながら、アグモと地面に置かれたままのリュックサックが遠ざかる。アグモは、縦横に深い皺の刻まれた褐色の顔に悲嘆の表情を浮かべて見送っている。不安が体を締めつける。

「自分は呪われている」と訴えたヘルスポストのスタッフの気持ちがわかる。うっかりすると自分の精神も危ない。

それでも集落から遠ざかるにつれ、不安は和らいでいった。背負子を背負った老人の歩みは安定しており、息一つ切らさない。街路樹をしならせて雨風の吹き荒れる深夜の道を、父の車の助手席に乗って東京に戻った日の途方もない安堵感が、不意によみがえってきた。

この地方で唯一の私立病院は四つ星ホテルやレストランの建ち並ぶ繁華街にあった。普通の人々は、無料で医療が提供される公立病院に行くと聞いている。医師は滅多に来ず、入院患者はゴキブリやネズミの走り回る床の上に直に寝かされている。食事は出ないので家族が作って食べさせる。医療水準以前に衛生面で危険な、病院の名に値しない施設だ。だが交通手段のない村人たちは、そうした病院に行くことさえかなわない。園田は以前、ニューズレターでそう書いてきた。

しかし頼子の行った私立病院のロビーは白い大理石が敷き詰められ、そのたたずまいもスタッフの服装も驚くほど清潔だ。案内を見る限り設備も整っている。待合室にいるのは、トレッキング客とおぼしき外国人ばかりだった。医師は彫りが深く色白の、一目で中上流階級とわかるインド人だ。

「犬には気をつけなさい」

ワクチンを注射しながら医師は言う。

「やつらは汚い。人糞を喜んで食う。愚かな観光客は頭を撫でたりするが、想像するだけでぞっとする。たとえ狂犬病はなくても唾液は当然のこととして、体中が細菌の塊だ。決して触ってはいけない。もし嘗められたりしたら、必ずアルコールで拭いておきなさい。ところで旅の目的はトレッキングですか、それとも部族観光ですか」

頼子は正直に事情を話した。説明を終える前に、医師は「ばかな」と首を振った。

「彼らの村で医療？　薬品とマンパワーの無駄だ。彼らはそういう運命に生きて死んでいく。放っておけばいい。我々には関係がない」

こういう人間もいる。頼子は医師の一筋の乱れもなくなでつけられた黒髪と神々しいほどに整った顔をみつめる。漆黒の瞳は、冷たく静かな光を放っていた。あの村のアニミズムよりもさらにかけ離れた世界がその瞳の底にある。

米ドルで支払いを済ませ病院を出た。足には大げさに包帯が巻かれている。アグモに言われるまでもなく、日本に帰りたいという気持ちが頭をもたげる。

夜の道を白い縁石だけを頼りに走るのはさすがに止めてもらいたいので、この日はどこにも寄らずに車に乗り込む。

高度四千を超える峠から眺める夏空は、青を通り越して紫紺に近く、峨々とした岩山の灰褐色と鋭角的な対照をなしている。

そのとき彼方から土埃が上がるのが見え、薄茶色の煙幕から四輪駆動車の鼻面が見えた。パルデンが車をゆっくりと止めるとじりじりとバックし始める。しかし前方から来る車はスピードを緩めることもしない。こちらが全面的に譲る形になり後退し、すれ違いスペースに入ると、崖ぎりぎりに寄せて止まる。路肩が崩れれば、そのまま千尋の谷に落ちる。

「警察車両じゃ仕方ない」

パルデンが笑う。

「警察？　何かあったの」

「さあ」

サングラスに制服姿の男が二人、こちらを一瞥することもなくすれ違っていく。幌と車体の間から後部座席に置かれたものが見えた。麻袋のようなものに包まれた何かだった。

思わず目を凝らしたのは、園田のことを思い出したからだが、それは人の体を包んだにしては小さい。すくなくともさほど大きくはない座席にすっぽりと収まっていた。

村に戻り、村長の家に戻る途中、畑に立ち寄った。今朝、植えた野菜の苗がしおれていないか気になったからだ。しかしそんなものはどこにもない。ニラの球根の引き抜かれた穴が石ころ混じりのやせた土の上に開いているだけだ。

何ということか、と地団駄を踏みたい気持ちになる。このあたりで緑の野菜は貴重だ、というのはわかる。だからと言ってまだ成長していない小さな球根ややわやわと細い薄緑の葉を引き抜いて持って行く。だれも見ていなければ何をやってもいいということなのか、とその身勝手さに腹を立てながら、いったいだれがやったのだ、と自分を迎えてくれた村人たちの顔を思い浮かべ、つぎに無邪気にまつわりついて来た子供たちのことに思いが及ぶ。珍しいから引き抜いて自分の物にしたのか、どこかに植え直したのか……。

諦(あきら)め切れずに、しゃがみ込んで土を握りしめたそのとき、背後から声が聞こえた。

優しい声色だった。近くの家に住むダワ・ドルマという名の老齢の寡婦だ。微笑みながら首を左右に振っている。

気の毒に、せっかく植えたのに。悪いことをする者がいるわね、本当に。

そんな風に言っているように見えた。

「しかたないわ、やり直しね。立て札でも立てなければいけないかしら」と頼子は、肩をすくめて見せる。

「そんなものを持ち込んじゃいけない、と言ってるんだよ」

そのときパルデンがやってきて、ドルマを指さす。

「食べ物には浄不浄がある。体と魂を浄めてくれる食べ物は大麦とバター、塩、反対に穢れの多い食べ物は動物の血とニンニク、ニラ、ネギ、それから芋などの根っこ。特にニンニクやネギの穢れは、人から人に移るから持ち込んではいけない。土にも移るので引き抜いて焼いた。土も浄めてもらったと言っている」

「何ですって？」

穏やかなドルマの顔、そのことさらの遠慮がちな微笑にかすかな緊張が見える。何か含むところがあるのか、と思い、慌てて否定する。ここはそういうところだ。

体を温める、冷やす、という食品の疑似科学的分類に加え、穢れという無意味な偏見まである。人々の健康維持のための野菜の摂取、そして少ない耕地の連作障害と虫害を避けるためのネギ類の栽培、それがこんな理由で拒絶される。いったいこうした迷信の壁をどうやって乗り越えたらいいのか。五年や十年では、とうてい変えられない。あらためて園田が志半ばで逝ってしまったことが悔やまれる。

そのとき家々の間の石畳の道を、あの薬草医兼僧侶が通り過ぎるのが見えた。五角形の灯籠（とうろう）のような冠には、目を凝らすとそれぞれの面に異なる姿の仏が描いてある。長衣の上につけた前だれには、大きな吉祥紋が金糸で刺繍（ししゅう）されており、前回、見たときよりもいっそう物々しい。

薬草医を先頭に長老たちがぞろぞろと付いていく。その後ろに他の村人数人が続く。いったい何の行列なのか。彼らの精神を前近代に縛り付けたまま導いていくもの、それが形を成して現れたような気がした。

「何か起きたようだ」とパルデンが顔を上げ、身軽な様子で行列に走り寄る。

戻ってくると「ヘルスポストのスタッフが見つかった」と告げた。「死体で」

やはりすれ違った警察車両に乗っていたのは、それだった。

「これから浄めにいくんだ」とパルデンは言う。

スタッフの遺体はヘルスポストの裏手に広がる斜面にあった。谷底でもなければ丈高い草が生い茂ったところでもない。見晴らしの良い緩斜面だというのに、ずっと発見されなかった。それをこの日、頼子の要請にしたがって、さっそく一部の薬品を届けに来たNGOのスタッフが偶然見つけたと言う。

「体がばらばらになっていたそうだ。女の妖怪にやられたんだ」

「妖怪ですって」

パルデンは眉をひそめてうなずいた。

「荒野を男が一人で歩いていると、ときおり連中にさらわれる」

女の妖怪たちは、夫を求めて若い男をさらっていく。三人か四人いて、荒野に住んでいるが、普段は人の目には見えない。しかしさらわれた男にだけは見える。

姉妹らしく顔が似通っていて、目を見張るばかりに美しい女たちだが、足を見ると踵とつま先が反対についているので、妖女たちだとわかる。山羊の代わりにレイヨウを飼い、バター茶の代わりにその血を飲み、石灰質の白い粉を大麦粉の代わりにして、レイヨウの血で練って食べる。さらわれた男は、その妖女たちと食卓を共にし、全員と性交して夫としての役割を果たさなければならない。そうして無事、務めを終えれば解放され、生きて村に戻ってくる。しかしできなかった者はレイヨウの代わりに血を抜かれ、肉の一部を食われ、死体となって、以前、彼が消えた場所で発見される。

パルデンは淡々と語る。「彼らはそう信じている」「我々の村ではそういう言い伝えがある」という説明はない。それを自明の理としているのか、まさか村人同様、それを信じているのか、よくわからない。盆に死者の魂が戻ってくるとか、敷地を浄めてから家を建てないと良くないことが起きる、と格別信じるでもなく、しかしそれを前提として儀式を行って生活している自分たちとどれほどの違いがあるのか。頼子にもわからない。

スタッフが妖女たちにさらわれたその場所をラマ以下、長老たちが、祈りを捧げて浄めるのだと言う。

翌朝、頼子はＮＧＯの事務局に電話をかけ、死体となって発見されたスタッフについて、何かわかったことはないかと尋ねた。

「事故だったという報告が入ってます」という木で鼻をくくったような答えが返ってきた。何かを隠しているというよりは、どうせ死んでしまったのに、そんなことを知って何になる、とでも言わんばかりの素っ気なさだった。

その日の午後、頼子はヘルスポストに行った。あの私立病院の医師の人格と物の考え方はともかくとして、その処置は完璧だったらしく、傷は痛みもなく化膿したりもせず、きれいに薄皮が張っていて歩くことに何の支障もなくなっていた。

建物の正面まで来たとき、頼子は歓声を上げた。その壁に、この前訪れたときにはなかった吉祥紋や花が、色とりどりのペンキで大きく描かれている。伝統的な色彩とデザインなのだろうが、それにしても卓越した技術とセンスで、この一帯の芸術文化水準の高さに尊敬の念を覚えた。青空を背景にした殺風景な漆喰壁にそれは圧倒的な美しさとたくましさで迫ってきて、萎えかけていた気分を引き立ててくれる。

そのとき文様の一つに目をやって赤面した。幻想的にデフォルメされてはいたが、紛れもない男性器の線描画がドアの真上にあったからだ。そしてドアの脇にはちょうど正月の松飾りに似たものが掛けられている。だれの仕業か知らないが、外国からやってきた女性医師に対する少しばかり野卑な歓迎と真摯な安全祈願の気持ちが感じられ、頼子は苦笑しながらも感謝した。

壁に描かれた美しい色彩の文様や絵画、松飾りに似た物の一つ一つに、魔除けの意味合いが込められていることは、後日、パルデンから聞いた。足のつま先と踵が逆についている妖女たちが再び、この場所に近づかないように、あの薬草医兼僧侶は読経することでその場を浄め、村人は妖女たちに貢ぎ物の山羊を贈り、二度とこの場に近づかないように魔除けの絵を描き、松飾りに似た魔除けを掛けていったという事だ。

ヘルスポストの薬品棚にまだ完全には薬品類が補給されていないが、頼子は日中はそちらにつめていることになった。

外国から医者が来た。そんな噂は村から村に伝わったらしい。近隣の村の人々はもちろん、少し離れた僧院の僧侶、国境付近に住むモスレムまでが、標高五千メートル近い峠を越えてやってくる。

麦の穂で目をついてしまった、咳が止まらない、子供が胸と腹の痛みを訴えすっかりやせ細ってしまった——。普通の抗生物質の効かない結核を患った者や、発情期のヤクに角で突かれて、ヘルスポストにたどり着く前に息絶えた患者もいた。しかしほとんどはそれほど重篤な症状ではなく、日本から携えてきた薬や簡単な外科的処置、あるいは、微量の塩と砂糖を湯冷ましで割ったものを飲ませれば済むような簡単なものだ。横流しする薬をせしめるためにやってくる偽患者がこの地域にはいないこともありがたい。

村の生活環境は、どこでも清潔とは言い難いが、夏でも冷涼で乾燥した気候のせいか感染症は少ない。かわりに室内で煮炊きをするために呼吸器の病気が多く、またマトゥ村同様に高血圧症の多発している村もある。疾病の種類や程度に地域差は大きく、医療援助とひとくくりにはできないことを痛感する。

医薬品はまもなく揃ったが、スタッフは来ない。希望者がいないか、どこかで却下されたのだろう。

孫とおぼしき少年と夫に付き添われ、老女がヘルスポストにやってきたのは、あたりに冷たい風が吹き始め、高地の輝かしい夏が終わりに近づいた日のことだった。

マトゥ村に住んでいるツェリンだった。朝晩挨拶し、覚えかけの村の言葉で、片言の会話を交わす間柄ではあったが、その日は一目で彼女とはわからないくらいに顔が変わっていた。ひどくむくんで絶え間なく吐く。血圧を測ると二百を越えており危険な状態だ。

やはり、と思った。自覚症状があまりないまま放置して、ついにこういうことになった。

点滴している余裕はない。慎重に経過を見守りながら静脈注射で血圧を下げることにした。

しかし注射器を見たとたんにツェリンは、だめ、と叫んだ。

「大丈夫、ほんの少しちくっとするだけ」

身振りを含めてなだめようとするが、夫である老人までが何か大声で騒ぎ始める。

そのうちにその単語の一つが聞き取れた。

「妊娠している」と訴えている。
「こんなときに冗談は止めましょう」とたしなめたが、今度は少年が「お母さん」という言葉を発する。家族の呼称と事実上の親子関係とが異なることはよくある。しかし聴診器を取り出し、患者をベッドに寝かせて、打ち合わせ式のブラウスを開いたとき、ひょっとすると、と思った。

褐色の顔に縦横無尽に深く刻まれた皺、加齢によって上まぶたが被さった猛禽を思わせる奥二重の目、薄い唇と歯がところどころ抜けたためにいびつになった口元。典型的な老人の容貌(ようぼう)だが、ツェリンの身のこなしは軽かった。重たい水壺(つぼ)を背負い、丸太に刻みを入れただけの階段を駆け上る姿も見た。村の老人たちは総じて、その体の動きは若者とそう変わりはなかった。判断力も、言葉も、遜色(そんしょく)なく見えた。しかし……

はだけた胸元で乳房が張っていた。ブラジャーなど無いから下垂しているが、イチジクのような形に垂れた乳房は盛り上がり、黒い乳首は艶(つや)やかに大きくふくれている。もともと西洋的美意識に則(のっと)った体型などだれも志向していないから、女たちの下腹部はみんな厚みがあるのだが、彼女の場合は、内診するまでもなく妊娠の兆候がある。おそらく中期にさしかかっている。月経などなくなって久しい老女と長老である夫との間に子供ができるのか、という疑問は、その打ち合わせ式の衣服の下の若々しい筋肉の張りを確認したときからさらに大きな混乱に変わっていた。

「ツェリン、あなたの年齢はいくつ、歳よ、歳、何歳なの？」

老女の答えは要領を得ない。当たり前だ、頼子の言葉も不完全なのだから。

いずれにしてもこのままだと命に関わる。静脈注射で血圧を下げたとして、ここに入院設備はない。背負子で車の入れる道路まで連れていき、町の公立病院へ運ぶことはできる。しかしそちらに医者がいる保証はない。外国人向けの私立病院と違い公立病院の医療水準は不明で、いるはずの医者もスタッフもいないことがあるからだ。

安全であることを説明し、何とか注射で血圧を下げた後、落ち着いたところを見計らっていったんマトゥ村の自宅に戻すことにした。夜間でもそちらの村なら自分がいるので何か起きても対応できる。

日暮れ前に村に戻った頼子は、パルデンを呼んで通訳を頼み、ツェリンの家に行き、もう一度、必要なことを尋ねた。

年齢を聞くと、パルデンを通してツェリンは答えた。

「四十三」と。

「だから年齢よ、あなたの歳」

「四十三だと言ってるじゃないか」とパルデンが苛立ったようにくり返した。

「まさか」

「そうだよ。うちのお母さんの妹より若いんだから」

パルデンがなぜ疑うのかとでも言いたげに眉をひそめる。

頼子は唖然(あぜん)としてツェリンの顔を見つめていた。老女というよりは老婆(ろうば)、という言葉が似合う。しかし彼女は、自分より三つも年下だと言う。性交すれば十分、妊娠が可能な年齢だ。

高地の澄み切った空気と強烈な陽差し、そして冬場の雪による反射と極端な低温、春から秋まで吹きすさぶ乾いた風、そうしたものが男女を問わず、容赦なくその肌を老人のそれに変えていく。加えて北インドや西チベットの人々に特有の、険しいほどに彫りの深い顔立ちも、一定の年齢を過ぎて張りを失ったとき、その印象を一変させる。

衝撃を受けた後に思った。

自分は大きな間違いを犯しているのではないかと。

必要な処置をしてツェリンを寝かせた後、パルデンを呼んで、村人全員の年齢を教えてもらった。

どこから見ても八十過ぎ、ひょっとすると九十も超えていそうな、妖怪じみた印象を与えるほど皺深い村長は、五十三歳だった。長老クラスはおしなべて四十代後半から五十代前半だ。夏の間、若者は家畜とともに山で暮らすので、村には老人ばかりが残る、とパルデンは言ったが、老人とは頼子と同年代からせいぜいが十ほど歳上の人々に過ぎなかった。

確かな判断、思慮深そうな物腰と話し方、歯はところどころ欠けていたりはするが、明快な口調とほとんど衰えていない筋力。

歳を取るとは知識と経験を積み重ね、正しい判断力と思慮深さを身につけること。変化の乏しい、情報の少ない社会では、老人が賢者となるのは不思議なことではない。しかし彼らは顔だけが老人であって、年齢も身体も実は中年だった。日本であれば現役最前線で采配（さいはい）をふるうか、トップを補佐するという名目の下、実質的なリーダーシップを取る、そんな年頃の人々だった。しかも家畜の世話や畑仕事、日常の雑事で筋肉は鍛え上げられている。

ではそれ以上の年齢の者は？

尋ねるまでもない。

「この地域における死は、ほとんど突然死だ。今朝まで家畜の世話をしていた女性が昼過ぎに倒れ、数分後、あるいは二、三時間後には息を引き取る。なすすべもない」

かつて園田が寄越したニューズレターにはそうあった。

あれは大げさな物言いではなかった。そして彼が亡くなって四年、村人の健康状態もまた彼が来る以前の状態に戻ってしまっていた。

直接の死因としては、脳卒中や心不全、肺炎、そして妊娠中毒と様々な理由があげられるだろう。しかし根本的な原因は過酷な自然環境と不健康な食生活をはじめとする生活習慣全般にある。

五十から六十の間、ときには四十代で人々は倒れ、いったんそうなれば、ヘルスポストもほとんど機能しておらず、適切な治療も介護も受けられず、彼らは速やかな死を迎える。

危機感と無力感が同時に押し寄せる。村はずれにあるツェリンの家から戻ってきたときには、ぐったり疲れていた。ストレスか、疲労か。空気がからからに乾いているうえ、このところ夜の気温が下がるので風邪を引いたのかもしれない。気分も悪かった。

二階の居室に上がり、畳んだマットレスにもたれかかる。心がひどく騒ぎ、無意識のうちに胃のあたりを抱えるようにして体を丸めていた。

目を閉じているとすり足の足音が近づいてくる。サンギェという名の中年の女は確かアグモの姪(めい)か妹か、詳しい関係は忘れた。

心配するように何かひっそりした口調で尋ねる。

「ちょっと疲れただけ。大丈夫」

村の言葉と身振り手振り。いつものコミュニケーションだ。それでもこんなときの相手の気遣いだけは感じ取れる。

いったんどこかに行くと彼女は戻ってきて、プラスティックの大きな椀(わん)に入ったものを差し出した。半透明の液体だ。犬に襲われたときに、アグモがくれたものだろうかと、一口すすってみるとわずかな酸味がある。乳清だ。心遣いに感謝して飲み干した。えぐいような後味が喉(のど)のあたりにかすかに残った。おそらく体調のせいだろう。

椀を返して立ち上がった。いっぺんにどんぶり一杯ほどの水物を取ったせいで少しばかり胃のあたりが重たいが、力がわいてきたような気がする。

ツェリンの家族は何も言ってこないが、様子を見にいった方が良さそうだ。あの血圧では、悪くすると脳出血を起こしかねない。

公立病院がどんな様子なのかはわからないが、今のまま血圧が下がらなければ、思い切って町まで連れていった方がいいかもしれない。

あのときは孫だと思ったが、ついてきた少年は彼女の息子だ。四十三歳という歳からして子供は彼だけではない。血圧が下がらず、出産時に脳出血を起こす可能性が非常に高いとき、あるいは腎臓障害を起こし、治った後も人工透析を受けなければならないような後遺症を負う可能性があるとき、場合によっては胎児の命を犠牲にして、妊婦を助けなければならない。

血圧計と薬品類、聴診器などを手に、頼子はそろそろと階段を降りる。丸太に刻みをつけただけの階段は、上るよりは下りる方が難しい。頼子は未だに慣れず、後ろ向きになって下りている。

途中でパルデンの家に寄って、一緒に来てもらう。

町の病院に行くという提案は、家族の抵抗に合う可能性がある。それでもこの一帯の村は、女性の命が家畜より安いという他の地方とは違い、金を惜しむ夫や一族の男から治療自体を拒まれることはない。その点はありがたい。

ツェリンの家は、ごく狭く細長い平地を中心に開かれた集落の下手にある。日干し煉瓦造りの家々からは、夕餉の支度をする煙が立ち上っている。コンロと竈が併存する家々の台所から立ち上る煙は、石油臭い。牛糞を燃やしても悪臭は立たないが、整備の悪い石油コンロで燃える油は毒性を帯びた臭いを発する。一帯に白く煙の立ちこめる光景を眺めながら、治療以前にすべきことが、ここにも一つあることを知る。

「だれもいない」とパルデンがツェリンの家を指さした。確かにその家からだけは煙が立ち上っていない。

斜面に置かれた石を踏んでパルデンは駆けおりて行き、すぐに上ってきた。

「ラマのところに行ったようだ」

「何ですって？」

自分の診察と治療の後に、あのシャーマンのような薬草医兼僧侶の元に行った。場合が場合だけに本人と家族の無知に腹が立つ。

「心配なのでラマのところに行ってお浄めをしてもらうことにしたと、隣の家の人が教えてくれた」

「なんだって、治療を受けている最中に」

「昔から具合が悪くなれば村人はラマに診てもらっていたんだ。ヘルスポストができてからも、あそこの薬ですぐによくならなければ、ラマの丸薬を飲んで、お浄めをしてもらうのだから」

セカンドオピニオンか、かかりつけ医と総合病院の棲み分けか、怪しげな丸薬もヘルスポストにある薬も村人にとって違いはない。違いがあるとすれば、州の予算とN

GOのマンパワーによって賄われるヘルスポストの投薬も含めたケアはただだが、ラマの施術にはいくばくかの「お礼」が発生する、ということだ。

「どうします？」

パルデンが困惑したように尋ねる。

「案内して。ラマのところに」

「連れ戻すのは無理ですよ」

遠慮がちにパルデンは言った。

「連れ戻しはしないけれど、場合によっては命に関わる状態なのよ。放ってはおけない」

あらぬ方を向いたまま、小さく眉をひそめたパルデンは、「わかった」という意味の首を横に倒す動作をして、先に立って歩き始める。

家々が途切れたところから石畳の道を三十分ほど歩いた場所に、ヘルスポストに良く似た感じだが、その半分ほどの大きさのなかなか近代的な建物があった。南斜面に面した場所に、やはりヘルスポスト同様、ソーラーパネルが設置されている。そこが「ラマ」こと薬草医の診療室兼薬局だと聞いて面食らった。

格別、ノックもせずに、パルデンは扉を開け、勝手に中に入る。

だれもいない。扉と窓から射し入る月明かりに照らされた室内は、意外なくらい片づいている。壁に棚が作られ、ガラス瓶やブリキのケースが整然と並んでいる。ガラス瓶の中身が月の青白い光にうっすら浮かび上がる。ほとんどが丸薬だったが、乾いた木の皮や根のようなものもある。

「行こう、こっちにはだれもいない」とパルデンが促した。

裏手に薬草医の住まいと祈禱所を兼ねた建物があると言う。

外に出たとたん軽やかな足音と忙しない息遣いに囲まれた。悲鳴を上げたのと接近してきた犬の群れが一斉に吠え始めたのは同時だった。

首にたてがみ飾りをつけたボス犬の長い牙におびえて後ずさり、片手で背後の建物のノブを摑んだ頼子に別の数頭の犬が飛びついてきた。凍り付いたまま動けないでいると、犬は激しい勢いで吠えたてながら頼子の体に前足をかけ、長い舌で首筋や顔を嘗める。生臭い唾液にまみれながら、頼子は町の病院のインド人医師の言葉を思い出す。

「大丈夫だ。彼らは何もしない。怖がることはないよ」

助けるでもなくおっとり答えたパルデンに、こいつもひょっとすると敵か、と疑念を抱く。

一瞬後に、犬は静まった。頼子の胸や腰に前足をかけていた犬がすばやく離れていく。

しっぽを振って犬が集まっていくその中心に、薬草医はいた。

今夜はあの奇矯(ききょう)な形の冠(かぶ)り物も前垂れもない。ソフト帽のようなフェルトの帽子に垢(あか)じみたどてらに似た長衣を身につけ、山吹色の帯を巻いている。犬たちは調教されているかのようにその場に座り、彼の顔を見上げている。

背筋が粟立(あわだ)った。癒(い)えているはずの足の傷口が突然開いたように、幻の痛みが襲ってくる。今、この場で、この得体の知れない男は、静まった犬どもに向かい、「かかれ」と命じることもできる。

薬草医はこちらを見た。村の長老同様に深い皺の刻まれた褐色の皮膚は、仮面のように動かない。仮面に開いた穴からこちらを覗(のぞ)く目だけが、月の光に濡(ぬ)れて光っている。

これは眼球ではない、とそのとき感じた。黒い油をたたえた深い穴だ。

先進国の人間が文化的多様性を守れというスローガンの下に一帯を放置しているのを良いことに、彼は迷信と因習の闇(やみ)の中に村人を押し戻そうとしている。村長を中心にした長老たちの合議制で村は統治されているが、そんなものは表面上のことで、その権威と闇の世界の恐怖によって彼は村人たちを自在に操っているのではないか。

彼の前に座り、その顔を一心に見つめる犬の姿は村民の姿でもある。首にたてがみ飾りをつけたボス犬が村長に見えてくる。

そんなところに園田や自分が入ってきた。その前後には州政府やNGOから医療スタッフが入っていた。そうした人間たちは、すべて彼の地位を脅かし、彼の統治を危うくする存在と見なされたのではないか。

「ここにツェリンはいますか」

勇気を奮い起こし、覚えた単語をならべる。ツェリンという名前に対し、薬草医は頭を傾ける肯定の仕草で応じ、建物の裏手に忙しない足取りで歩いていく。

石組の上に漆喰壁を築いた、頑丈だが飾り気のない家がもう一軒あった。

薬草医がドアを開ける。正面の壁龕に仏像や金属製の祭器、炒った麦や米などを盛った高坏などが置かれている。

「そこで待っていろ」というように薬草医は頼子とパルデンをドアの外に押しとどめ、自分だけ中に入っていくと、小さな箱を持って戻ってくる。

パルデンが素早くそれに手を突っ込み、中の粉を掌や指にこすりつける。

「お浄めだよ、外の穢れを持ち込まないために」

頼子は粉を形だけ振りかける。黄色の粉はたぶんターメリックだ。

「ちゃんとこすりつけて」

パルデンが注意する。消毒のつもりか、といらつきながら言われたとおりにする。

次にブリキでできた急須のようなものが差し出された。パルデンがそれの弦を持ち、もう一方の手を軽く握り、拳の上に流れ落ちる液体を唇で受ける。

喉を上下させて飲むと容器を頼子に手渡した。回し飲みだ。

頼子は首を左右に振った。得体の知れないものを飲むわけにはいかない。

「大丈夫、僕の唾液はついてないから。僕たちは西洋人たちと違って、他人と唾液を共有するような不潔なことはしない。体を浄化してからでなければ、この建物には入れないことになっている。体の弱った病人に汚い手で触ったり汚れた息を吹きかけたらまずいって、君も医者ならわかるだろう」

薬草医は表情を変えぬまま、その黒い油を満たしたような目で頼子を見つめている。

パルデンが飲んだところをみれば、とりあえずは毒ではない。雑菌に汚染されているかもしれないが。いずれにせよ中に入らないことには、ツェリンを説得して連れ出すことはできない。言われるままに形だけ口をつける。

「もっと、ちゃんと飲んで」

パルデンの声色に叱責する響きが加わる。舌打ちしながら飲み干した。口中に残ったほこりっぽい匂いに、嫌悪感とともに辛く苦しい思いがよみがえった。余命数ヶ月と診断された母が、医師に隠れてこっそり飲んでいた煎じ薬の匂いがした。

靴を脱ぎ、絨毯の敷かれた床に裸足で上がる。壁龕の脇に分厚い布が垂らしてあり、奥の部屋への小さな通路となっていた。

薬草医に導かれてくぐると、内部には香木の濃厚な香りが漂っており、白い煙が霧のように視界を覆った。

これをやるから肺疾患が出るのだと思わず舌打ちしそうになる。

壁際のランプの灯りに照らされ、布張りの小さなベッドにツェリンは横たわっている。傍らに影のようにツェリンの夫と息子が寄り添っているのが見える。

薬草医は呪術の最中だったらしい。

頼子は鞄の中の血圧計を握りしめ、ベッド脇にいる薬草医の動きに目を凝らした。

両手の三本の指を患者の耳の下、手首、脇などに当てている。脈を取っている。腕の良い医療従事者に特徴的な慎重で繊細な動きだ。何とも意外な光景だった。両手で脈を診ながら、患者に何か話しかける。

「何を聞いているの」

パルデンに尋ねると、いつから具合が悪いのか、とか、腹は痛むかとか、医者にかかったか、といった内容だと言う。

問診だ。

「それから生まれたときの星の位置とか……それが体質を決めるから。体質には四種類あって、それぞれにかかりやすい病気があるし健康法も違う」

薬草医はツェリンに舌を出させ熱心に見ている。医者の真似をする呪術師に職業的な不快感を覚える。

やがてそれが終わると薬草医は、ツェリンを支えて起こし、壁を彫って作られた棚に置かれていたどんぶりほどの鉢を差し出す。

「だめ」

とっさに頼子は声を発した。それがエコーがかかったように部屋に反響する。

どんな仕掛けの部屋なのか。

鉢にはお茶のような薄茶色の液体が満たされている。妊娠中毒による高血圧と腎臓障害を起こしかけている患者が得体の知れないものを飲まされる。さきほど入った部屋に置いてあった様々な丸薬や生薬の類を思い出した。仮に薬効があるとすれば、患者の状態によっては毒にもなるということだ。

「やめなさい」

そう叫んだ言葉が、室内にこだまする。波のように壁にぶつかって戻ってくる。戻ってきた自分の声に幾重にも包まれ、めまいがした。

部屋に仕掛けなど無いことをその瞬間に理解した。聴覚異常を起こしている。

額から汗が流れおちる。自分の背が二メートルにも伸び、天井近くから室内を見下ろしている感じがしたかと思うと突然落下する。

不意に羊が現れて白い毛の密生した体の上に抱き留められる。瞬きするとパルデンの腕だったが、その顔が歪んだレンズを通したように間延びする。

やられた、とようやく気づいた。

室内に入るときに飲まされたあの液体だ。大麻か、キノコか、乾燥させた木の実か、自然界には神経毒を有する植物がいくらでもある。一緒に飲んだパルデンに視線をやる。異変が出ているのかどうか、揺らぎ、虹色を帯びた視界ではわからない。

頭がぐらりと揺れ、額から流れた汗が顎の下に留まり、滴は落ちずに大きく膨らんでいく。

パルデンにも他の村人にも、おそらく毒物に対する耐性がある。儀式や祭礼や、他の機会にも飲まされているだろう。しかし自分は初めてだ。それを知っていたから、この薬草医を名乗る呪術師は飲ませた。

寒くもないのに体が震え始める。気分が悪い。吐き戻そうとするがどこにも力が入らず、頼子はなすすべもなくパルデンの顔をした羊の、みっしりと柔らかな毛皮の中に身を沈める。

心臓の拍動が異常に速い。アップ系の幻覚剤だ。

頭上から落とされた石と突然襲ってきた犬、あれは警告のつもりだったのか。それでも村に居座り、自分の立場を脅(おびや)かすものを、この男は今度こそ本気で抹殺する気だ。

二度、三度、深呼吸し、薬草医の方を見る。鉢は空になっていた。

ランプが消された。ベッド脇にはろうそくが一本立っている。黒い影が壁に揺らめく。影だけではない。空間全体がゆらゆらと伸び縮みしていた。

炎が揺らぎ突然室内が明るくなる。まぶしさのあまり頼子は両手で目を覆った。瞳孔(どうこう)が開いている。

野太い読経の声が耳を打つ。両目を覆った指の間から、目を細めて窺(うかが)うと、薬草医は患者の頭上に経典らしきものを当てて、真言のようなものを唱えている。経典の表紙の金がまばゆくきらめき、瞳孔に突き刺さってくる。顔を背けて両手で目を塞(ふさ)ぐ。

声が途切れ、再びおそるおそる目を開けてそちらを見ると、薬草医はツェリンの額に息を吹きかけていた。経を唱えては息を吹きかける、早回しのようにその光景が展開される。

いつの間にか薬草医が手にしているのは、経典から別の物に変わっていた。小人だ。薬草医の手の中で身をくねらせる小人をツェリンの口元や額に押し当てる。もがく小人はTシャツにジャージ姿だ。

園田だった。白衣を着た園田ではない。二十代の頼子の進路相談に乗ってくれたときの園田だった。

「無理なんかじゃない。もし本気で医者を目指すなら道はある。簡単な話じゃないけれど」と、受験レベルや奨学金の話を聞かせてくれた。もっとも実現可能性の高い選択としてあの南の都市にある国立大学の医学部の存在も教えてくれた。

「確かにお父さんを一人にしてしまうかもしれないけれど、君自身の人生なんだよ」

母が入院していた病院の敷地内にある自動販売機前で、缶コーヒーを飲みながらそんな話をしたのは、せいぜい三十分足らずだっただろうか。ポケットベルがけたたましく鳴り出し、園田は「じゃ」と片手を軽く上げただけで、建物内に駆け戻っていった。

薬草医の手の中の園田は、大きく口を開け、助けを求めるように頼子に向かって手を伸ばした。

そちらに行こうとしたが、羊のパルデンが放さない。小人はやがて息絶えたように静かになる。揺らめく視野の中でそれは枝分かれした植物の根に変わっていく。

「もう大丈夫だ。怖くないさ。ツェリンに入り込んだ悪霊(あくりょう)はあの根っこに移ったから」

パルデンの手が背中をなでる。違う、あれは植物の根などではなく、小さな人、園田だ。

そんな馬鹿(ばか)な、とすぐに自分の考えを否定した。

また汗が噴き出してきた。動悸(どうき)がひどい。手が震え、腹のあたりの筋肉がひくひくとけいれんする。

パルデンが何か叫んだ。

気を失いかけたとき、唇の端に金属のパイプのようなものがあてがわれていた。

「飲みなさい。これを全部」

英語だ。しかしパルデンの声ではない。目を開け、相手を突き飛ばそうとした。目の前に薬草医がいる。死神の仮面のような動かない表情に漆黒の目をぎらつかせ、英語をしゃべり、先ほどの金属容器で中の液体を飲ませようとしている。

「助けて、パルデン」

とどめを刺す気だ。もはやパルデンも味方ではない、とわかっていながら、そう叫んでみたが、口からもれたのは、吐息だけだ。

「飲んで、頼子。大丈夫だから」

パルデンが言う。頭の中に現実の記憶のように、情景が浮かぶ。薬草医とパルデンとツェリンの息子が、真言を唱えながら大きな釜に棒を突っ込んでかき回している。中で煮えているのは、小人の死体だ。ツェリンの悪霊を移された小さな園田が湯の中に沈み、再び浮き上がる。それは植物の根に代わり、もはや動かない。

唇の脇から金属の注ぎ口が差し込まれ、生ぬるい液体が入ってくる。むせながら飲み込んだ。あの悪霊が患者の体から出て乗り移った園田の体、それを煮出した汁を。

「もっと。全部飲むんだ」

薬草医が英語をしゃべる。真言を唱えていたあの声で。

すべてが幻覚だ。こうして液体を飲まされていることも、何もかもが。そう信じて胃が一杯になるまで飲み込む。

園田は大学院生の時代に初めてここにやってきた。そして帰国した後に、何度も足を運び、十一年前についにこの村に居着いてしまった。

自分を必要としている人々がいるから。それだけの理由だった。日本にも彼を必要としている人々がいるはずだった。医者としての園田は代用がきいたかもしれない。しかし夫としての園田、父親としての園田は、一人しかいない。何時戻ってくるかわからない夫を、診療所の勤務医である妻は、光が丘団地の自宅で子供二人を育てながら待っていた。

それがうれしかった……。彼は、自宅から六千キロも離れた村での保健医療活動を家庭生活に優先させた。妻子よりも優先する崇高な目的と使命があった。実際のところはわからない。

彼の口から家庭のことなど聞いたことはないからだ。

強い影響を受けた、という言葉は、恋をしたという言葉の婉曲表現に過ぎない。

唐突に思った。

尊敬とは性の要素を剝奪された恋愛のことではないのか。

「母が病気になったときにすばらしい先生に出会ったからです」

なぜ医者に、と問われたときには必ずそう答えてきた。

「いや、そういう高い志を抱く人はたくさんいますが、いったん社会人になってから医学部に入り直してまで夢を実現するって人は、あまりいませんよ」と相手はたいてい驚く。

社会に出て二年目の頼子を、園田はあのとき完全に子供として扱った。短い時間で熱心に相談に乗ってくれて、適切なアドヴァイスを残して病院内に駆け戻っていった。

それが妻子ある男の分別だったのか、彼にとって自分は精神的なケアを必要とする患者の肉親に過ぎなかったのか、今でもわからない。

しかし自分にとっては紛れもない恋だった。

近い将来に必ず母を失う。その悲嘆のただ中で生まれ、暗い輝きを帯びて燃え上がった恋だった。

父の出現で中断してしまったお泊まりデートの相手や、そのほか関わり合っただれもかれもをつまらない男に変え、その顔かたち、名前さえ忘れさせてしまうほどの。

性によって通俗に引き下ろされることのない恋が、園田の後を追わせた。

医師になり、医師としての彼の物の考え方に共鳴して僻地（へきち）医療に取り組み、とうとうこんなところまで来た。

妻に先立たれ、悲しみと嘆きを表に出せないまま気力を喪失した父を見捨てて、南の都市に向かった挙げ句、自分とはまったく違う文化と価値観を持つ、同じ人間、という以外何の共通点も見いだせない人々の住む地にまでやってきた。

薄れていく意識の中で、自分の額に何かが当てられるのを感じる。

薬草医が呪文を唱えている。生臭い息が吹きかけられる。

呪(のろ)いが体の芯(しん)にしみこんでいく。こうして園田は殺された。ヘルスポストに入った二人のスタッフも。

いったいどれだけ時間が経過したのか。切迫する尿意に立ち上がろうとしてその場に崩れたところを支えられた。

パルデンともう一人は薬草医ではなく、老人だ。ツェリンの夫のようだ。

外に連れ出され、男二人の前でズボンを下げ、我慢できずに放尿した。嫌な臭いが立ち上り、勢いよく噴き出した尿が足に跳ね返るのもかまわず、排出し続ける。

恥ずかしいという感情などとうにない。

とりあえず生きている。

下腹部が楽になると同時に、焼け付くような喉の渇きを覚えた。

両脇から支えられ家に戻ると同時に、ブリキのカップに入った液体を差し出され、むさぼるように飲んだ。見上げると薬草医の黒い目が光っている。何も考えられない。

大量の液体を飲み込んだ後に我に返った。めまいはまだ少し残っているが、幻覚は消えた。

蠟燭（ろうそく）は消され、ケロシンランプの赤っぽい光が室内を照らし出していた。ツェリンが向かい側のベッドに腰掛け、その傍らで薬草医が再び脈を診ている。ツェリンの顔からむくみが引いている。

頼子は鞄の中から血圧計を取りだした。

この場所に自分の力は何一つ及ばない。無意味さを自覚したまま頼子は血圧計を手にツェリンに近づく。脳出血か急性心不全を起こす直前まで上がっていたとして、ここで自分に何ができるだろう。無力感にとらわれたままツェリンに向かい、かたわらの台を指さす。

「腕をここに置いて」

薬草医は頼子の行為を妨害しなかった。それは何かと尋ねることもなく、手動式の血圧計を操作する頼子の手元に見入っている。ツェリンもヘルスポストに来たときと同様、拒否することもなく左手を頼子に委（ゆだ）ね、ベルトを巻かれる。

最高血圧は百三十三を指した。ほぼ正常値まで下がっている。

慣れ親しんだ治療法と、薬草医に対する信頼感と安心感が、生理的な安定をもたらしたのかもしれない。

そのとき下腹部に再び圧迫感を覚えた。頻繁な尿意だ。

「失礼」

ふらつきながらもパルデンの介助を断り、扉を開けて外に出る。

物陰まで入る間もなく、月明かりの下で勢いよく放尿する。

ズボンを上げ立ち上がったとき、裏口から薬草医が出てきた。片手に何かを持っている。薬罐だ。こちらを一瞥し、薬罐に手を突っ込み中のものを摑み出し、捨てた。

思わず悲鳴を上げていた。月光に照らされたものは、絡まり合った褐色を帯びた塊だった。髪の毛だ。薬草医は人毛を煮出していた。さきほど自分が飲まされたものはそれなのか。

「どうかしたのか？」

薬草医は尋ねた。英語だ。それともそれ風に聞こえる現地語なのか。

混乱したまま頼子は、薬草医の足下に山をなしているもつれ、絡み合った毛を指さす。

「トウモロコシ」

薬草医は素っ気なく言った。意味がわからないままおぞましいものを凝視し、薬草医の言葉を理解した。トウモロコシのヒゲだ。

「デリーから入ってくる生薬だ。体の中の悪いものを出す」

正確な文法の英語だ。ということは彼は村の人間ではないのだろうか。同時に頼子は自分の強烈な尿意の理由を知った。トウモロコシのヒゲの煎じ汁を飲まされたのだ。それはツェリンの体からも水分を排出し、一時的に血圧を下げた。

「あなたはいったい何……」

「薬草医。父もその父も薬草医だ」

「英語はどこで?」

「デリー」

表情を変えないまま薬草医は答え、すたすたと家の中に戻っていく。

「待って」

ふらつきながら追いすがった。

「あなたは、何なの。なぜデリーに」

裏口から入ったところは、民家の台所のような場所だった。石造りの小さな部屋に湿り気を帯びた熱が籠もっており、ランプが煌々とともっている。

正面に小さな祭壇があり、その手前には竈、脇には机のようなものが置かれ、薬罐や水瓶（みずがめ）、ブリキのカップなどが整然と並んでいる。

「親に教わり、寺に入って修行して薬草医になれたのは昔の話だ。今は、しかるべき学校に行き、資格を取らなければ薬草医としては認められない」

しゃべりながら彼は大きなブリキのカップを頼子に手渡す。

「飲みなさい」

渇きを覚えていたが、頼子は首を振る。

「今、あなたの体の中に入った毒を出したところだ。代わりに水を補ってやらなければならない」

理屈としては通っている。しかし……

「これから一昼夜、水をたくさん飲んで、残っている毒をすべて外に排出しなさい。そうしないと、後でいろいろな病気にかかる」

「毒とは何なのですか」

文明の毒、西洋の毒、現代社会の持ち込むありとあらゆる毒、そんなことが頭に浮かんだのは、この民家の台所のような調剤室に漂う薬草の香りとランプの灯りに、不覚にも安らぎめいたものを覚えたせいかもしれない。

「ここに来る前に何を飲んだ？」

薬草医は尋ねた。

「何も。この建物に入るときに、飲んだあれしかありません」

「ここに来る前だ。水か食べ物に混ぜられて村人に何か飲まされてはいないか」

「いえ……」

まさか、と思った。毒というどぎつい言葉からは想像もできない、淡い酸味。半透明の乳清、と人の良さそうなサンギェの笑顔と思いやり深い言葉。

彼女の差し出したどんぶりに入っていた液体がそれだというのか。

「村人にとっては毒ではないが、仏への信仰を持たない者をしばしば殺すこともある。それを知っていて、飲ませた者がいる」

断定的に薬草医は言う。

信仰を持たぬ者だけを殺す薬物などあるわけがない。普段から儀礼や呪術で頻繁に口にしている者なら耐性があるが、初めて口にすれば激しい中毒を起こす。そうした薬物をあの人の良さそうなサンギェが乳清に混ぜて飲ませたということか。

「なぜ？　何も彼らの恨みを買うようなことをした覚えはないのに」

薬草医はゆっくりと帽子を取り、首を振った。失望したような、ひどく疲れたような動作だった。

「恨みなどないし、憎しみも抱いていない。ただ、おまえたちはひどく我々を困らせる。苦しんだのは村人の方だ。村人は困り果て、出て行ってもらおうとした。おまえにも、あの男にも、ヘルスポストにやってくるスタッフにも。しかしおまえたちはだれも出て行こうとしない」

「なぜ、なぜ私たちが？　わたしや他の人はともかく、園田先生は、少なくとも多くの村人を救い、健康を守った実績があるはず」

「園田は男らしい男だった。勇気があって心身ともに頑健だが謙虚で、誠実な良い男だった。我々の文化や伝統を理解しようとして、ここにも教えを乞いに来た」

「ここに？」

異文化理解はわかるが、教えを乞いに、というのは、ありえない。

「彼は一つだけ、間違っていた。村の人々は健康だった。彼が健康であるように村人も健康だった。健康な麦も冬になれば枯れる。しかし枯れるときにはすでに新しい生命の芽を残し、春になり次の麦が育つ滋養分を自らの体で土の中に戻す。年老いれば人は死ぬ。しかしそのときすでに新たな生命は育ち、人は自らの生命と引き替えに子供たちに豊かな実りと智慧を残していく。死は、恐ろしいものでも、苦しいものでもない。死に至る病も恐ろしいものや辛く苦しいものであるはずはない。昨夜まで麦を苅っていた者が、今朝、ヤクの乳を搾りバターを作っていた者が、突然、倒れ死んでいく。もがき苦しむ者も中にはいるが一瞬のことだ。『少し疲れた。一休みさせてくれ』と腰を下ろし、そのまま眠り込んで二度と目覚めない。功徳を積んだ者だけに与えられる安らかな死だ。だれもが自分の死に際はそうありたい、と願っている。だれもがそれを望んでいる。残された子らは、静かにその死を悲しみ、悼み、肉体を離れて去っていく魂を見送る。そして季節が移り変わる頃には、凍った大地から芽を出した草々が花を開くように、人々の心も新たな喜びに満たされていく」

薬草医の言わんとしている先を理解して、頼子は身震いした。

「つまり突然死こそが望ましい、と……。年老いて、生産力が落ちて、病を得ることを忌み嫌い、その直前まで普通に活動して、何の心の準備もなく死ぬことを理想としているのね。最後の時を優しく介護し、介護されて、愛する者たちと共に暮らした日々を振り返る豊かな時間を切り捨てて、回りの者の負担にならず、一気に死に向けて旅立つことを良しとする。そういうことなのね」

薬草医の仮面のように変わらぬ表情の正体を知った。言葉だけ聞いていれば美しい。美しい自然は、実は過酷だ。厳しい風土がはぐくんでしまった奇形の信仰と、静かで冷酷な諦念。そうしたものに少なくとも園田は立ち向かおうとした。

生産性の低い土地とそれに適応したライフスタイルがもたらした短命と突然死を、奇妙な論理で肯定することで、精神の平安を保つことはできよう。しかしそれは過酷な現実を共に変えていこうとする意欲を奪う。山を越えて、豊かで文化的な暮らしが流れ込んできても、人々の意識は中世のままで、かけがえのない人の命が、すこぶる粗末に扱われている。

生き霊となり、悪霊となり、あるいは精霊、妖怪（ようかい）となって野山を駆け巡り、ときには人の体に入り込み、異形の植物の根に乗り移る。人の生命をその程度のものと見なす文化の中で、園田の背負った生命倫理が攻撃の対象とされた。

「園田は確かに村を変えた。西洋人やデリーから入ってくる者たちのような傲慢（ごうまん）さはなく、我々を見下すこともせず、人は本当は百まで生きられるのだと説いた。子や孫、その子供たちと一緒に暮らせるのだ、と。夢のような話だ。若者と子供と女たちはあの男のもたらす文化の匂いに心酔した。新しい護法尊が現れたようなものだ。村長に気に入られ、村のだれとも仲良くなった。子供の皮膚病や眼病を水で洗うことで治してしまう。女の月に一度の腹痛や秋口の頭痛を一粒の薬でぴたりと治す。園田は医者ではない。導師になっていった。そうして村の食べ物やバター茶の味、生活時間までも変えていった。村人はまずさを我慢し味の無いものを食べ、起き抜けに空腹のまま一仕事する習慣をあらため、寝しなの夕食をやめて仕事の後に取るようになった。四年後か、五年後か、とにかく効果はあっという間に現れた。バター茶の茶碗を持ったまま息を引き取るなどということは、ほとんど起こらなくなった。村人は目立って長生きするようになった。それで得られた寿命が二ヶ月か十年か、わからない。いずれにしても長生きした。それは事実だ。特に州の役人や外国人はそういう数字で、物事を判断する。デリーやムンバイや、ヨーロッパなどから医者や国際援助団体の人間が視察にやってきた。そして無邪気に、マトゥ村の園田の試みを褒め称えた。しかし実際のところ病は減らずに逆に増えていたのだ。この世に少しだけ長く留まることになった代わりに、村人は病を得た。長生きはできるようになったが、健康なまま死ぬことは叶わず、病に苦しむことになった」

「それまで健康なまま死んでいたわけじゃない」

頼子は反論した。

「自覚症状がなかっただけよ。死ぬほど重い病気にかかっていながら、気づかずに早朝から乳搾りに出かけたり、麦の脱穀をしたり、重労働についていたということなのよ」

「病んでいるか健やかかということは、本人が決めることで、おまえが決めることではない」

静かに、しかし冷厳な口調で薬草医は断じた。

「安らかな死を逸した後にたとえば何が起きるのか？　秋がくれば蔓は下の葉から黄色く枯れ上っていく。だれも止められない。人も老いれば枯れていく。あちこちの関節が、足が、痛み出すこともある。あの男は薬をくれる。薬を飲むと胃が痛み出す。胃の痛みをとめる薬を飲むと腹が張る。何かをすれば別のところが悪くなる。いったん外に出ると家への階段が登れなくなるので、二年も外に出ずに、死んだ者がいる。秋口に咳が出るようになって胸の痛みを訴えたが、あの男とヘルスポストに派遣されてきていた衛生兵のおかげで、三年後の冬まで生き長らえた者がいる。心臓が止まりかけたり、血を吐いたり、何度か死にかけたが、彼らは枯れていくことを許さなかった。痛みは薬で取れるが、息の苦しさは取れない。最後は息を吸えなくなって、転げ回る体力も失せ、苦痛に涙だけを流して死んでいった。静かに眠ろうとする者の胸をあの男は両手で押し、薬を飲ませ、ヘルスポストで手術さえした。結果、目が見えなくなる者、体が不自由な者、体力の劣る者が、増えた。あの男に命じられるまま、教えられるまま、家族は弱った者を抱えた。結果病気は良くなった。しかし病はそのまま元の体に居座る。思うにまかせぬ体で階段を下りようとして落下して、腰の骨を折る。するとまたあの男が出てくる。ヘルスポストに運び、骨をつなぎ合わせ、薬を飲ませ、点滴する。生きてはいるが二度と立ち上がれない。冬が終わり春が訪れ、夏が来ても、元の体には戻らない。娘と妻が面倒を見た。乳搾りは滞り、ヤクは病気になり、立てない男は家の中を這い回って酒を飲むようになった。男が死ぬ前に妻が死に、家畜の大半は世話ができずに売り払わなければならなくなった。娘はある夜、叫び始め、屋根に上って飛び降りようとしたところを取り押さえられ、私のところに連れて来られた。少し前にやはり苦しんで亡くなった伯母の死霊が憑いていた。たちの悪い霊で私の手には負えなかったので、ラダックにある尼僧院に預けた。それきり帰ってこない」

　薬草医は言葉を切って、目を閉じた。

「昔、昔の話、まだこの地に仏教が入ってくる以前の話だ。この国は今のように平和ではなく、いくつもの王国に分れて争っていた。このあたりの民はとりわけ勇猛果敢だった。死を恐れず、最後まで闘いぬく。しかしあるとき隣国に狡猾で戦術に長けた王が現れた。敵をむやみに殺さず生け捕り、しばらくすると国に送り返す。殺さない代わりにある者は目をつぶし、あるものは手足を切り、ある者は舌を抜く。家を守っていた者たちは死者よりも恐ろしいものを見た。地獄を目の当たりにし、自分たちのために戦って戻って来た者の面倒を見る。やがて民の手が回らぬ畑の麦は枯れ、世話する者を失った家畜は死に、あるいは野山に放たれていく。国中を覆っていた隣国への恐怖と怒りは、静かな絶望へと変わり、ほどなく王国は滅んだ」

「何が言いたいの」

話の途中で頼子は腰を浮かせた。寓話(ぐうわ)か、古代王朝の歴史なのかはわからない。いずれにせよそんな話で、自分の残酷な論法を正当化しようとする薬草医に怒りがこみ上げた。

「村の長老の一人にユトクという男がいた。あるときユトクの様子が突然おかしくなった。祭壇に麦とバター茶を供え、一日の無事を祈っていたときだった。白目をむいて後ろに倒れ、全身をぶるぶると震えさせ始めたと言う。ユトクの妻が私を呼びにきた。何が起きたかは話を聞いてすぐにわかった。私は五仏の冠を被(かぶ)り香木と経典を持ってかけつけた。ユトクに取り憑いたのが土地の神なのか、それともだれかの生霊か、死霊か、そうとすればだれの霊なのか、急いでそれを見極めなければならなかった。何の霊かわかったらそれと話をつけて、穏やかに立ち去ってもらう。立ち去り際に乗り移った者の魂までが一緒に抜けてしまうことはある。しかしそれはその者の宿命なのだ。決して不幸なことではない。体を抜けた魂は、やがてどこかで生まれ変わる。

しかし私が着いたときには、もうあの男、園田がいてユトクに注射をしていた」

症状からしておそらく脳卒中。今、話を聞いた限りでは梗塞(こうそく)か出血かはわからない。園田は出血を止める薬か、あるいは血栓を溶かす薬を静脈に入れた。しかし村の薬草医兼僧侶(そうりょ)は、病気を霊の仕業とする。迷信のはびこる地で村人の命と健康を守る困難さが身にしみる。

「注射を終えてユトクは寝かされた。目は開いていたが、どこも見てはいなかった。私はユトクの魂はすでに抜けてしまっていると判断し、葬儀の準備に取りかかった。だが、ユトクは翌朝、病院に運ばれていった。村の人間が町の、しかも設備の整った私立病院に入院することなど、あり得ない。しかしそのときは違った。少し前に村に視察にきた外国の調査団が、ユトクの家で歓待され、彼の家に泊まっていって、その後もつきあいがあった。そんなことから彼らが金を出してくれて、ユトクは入院した。しかし私が見た限り、ユトクの魂はすでに抜けているのだから、入院したところで生き返るはずはない。病人の世話をするためにユトクの妻が一緒についていったのだが、一週間ほどして母親と交代して戻ってきた。そのとき私はユトクの妻の話から、自分の見立てが誤っていたことを知った。ユトクの魂は抜けてなどいなかった。ユトクは病院で物も言わず、死んだように横たわっていた。恐ろしいこと、おぞましいことに、ぴくりとも動かない体、目玉だけが動く体から魂は抜け出ることができずに、苦しみもがき、空っぽの胃から血を吐いていた。魂が苦しみのあまりに吐く血だ。園田はユトクに注射を打って、生でも死でもない宙ぶらりんのところに留め付けてしまったのだ。ユトクの魂は手も足も首も動かせず、苦悶の表情さえ浮かべられぬ体の中で苦しんでいた。その夜、ユトクの妻は園田を試すことにしたのだ。彼が本当に心正しい人間なのか、人々を苦しめるために遠い国から遣わされた悪霊なのか。草の根を煮出した汁を飲ませた。殺そうとしたわけじゃない。生き死にをあの男の心に委ねた。信仰があり、正しい心を持っていれば死ぬことはない」

「でも私たちにそんなものはない」

信仰心ではない。耐性の話だ。耐性のない体に、大量のナチュラル・ドラッグが入る。ユトクの妻は最初から殺すつもりだったのだろう。長年連れ添った夫に、速やかな死の代わりに苦痛に満ちた生を与えた復讐に、信仰心を担保とした苦痛と死を園田に与えようとした。

人の命への認識が根本的なところで異なっている。普遍的な生命の価値と人間の尊厳を信じて、園田はここにやってきた。その姿勢に感銘を受けて、自分は彼の志を継いだ。彼の最後の地で彼の仕事を引き継ごうと考えた。あるいは叶わぬ恋の代償として彼の信念と彼の生き方をトレースしようとした。

生命観も病人を支える生産力も何もかもが現代社会とかけ離れたところに、現代医学の手法と理想を持ち込んだことが誤っていたのか。

恐ろしい考えが浮かんだ。

それで人間は幸せなのか……。

意識はある。眼球以外、体は全く動かない。そんな患者を以前、那覇(なは)の病院で担当したことがあった。

それでも最善のケアをすることで、家族や周囲の人々の愛情は伝わり、それは患者に幸福感をもたらした。人間は何ができるかではない。愛する者がたとえ眼球しか動かせなくても、そこにいてくれるだけでありがたい。それを患者の方も感じ取る。人と人との関係はそういうものだ。

そのはずだった。しかし献身的に介護する年老いた母親の前で、体の動かない患者の胃壁は、ストレスから出血し続けた。ユトクと同じだ。一年半後に回復しないままに患者は亡くなり、自分はその老母に毒を飲まされるかわりに、感謝の言葉を捧(ささ)げられた。

「おかげさまでこれであの子もようやく、ゆっくりと眠れます」と。あれは本当に感謝の言葉だったのか。自分の白衣がまといつけた権威と母親の気兼ねが言わせた言葉に過ぎないのではなかったのか。

「ダワ・ドルマがあの男に飲ませたのは、毒などではない。信仰があれば助かった」

薬草医は繰り返す。

「ダワ・ドルマって、あの寡婦の……」

自分が植えた野菜の苗を引き抜いた老女だ。いや、老女かどうかわからない。

「ああ。亡くなったユトクの妻だ」

物静かに優しげな口調で警告したあの寡婦の、陰の刻まれた微笑を思い出す。彼女が園田を殺した。

「園田は死に、ユトクはダワ・ドルマが園田にあれを飲ませた夜に病院で死んだ。しかし園田は仏を一心に拝むことで助かったはずだった。だがそうはせずに出かけていって、それきり村には戻ってこなかった。もう一度言おう。園田は、あれは、いい男だった。勇気と澄み切った心を持った誠実な男だった。町に住んでいるヒンドゥー教徒にも、隣村のイスラム教徒にも、いい男はいる。仏教徒以外にも善良な者はいる。しかしあの男がやってきて七年。殺すか追い払うかするしかないほど、村人は困惑していた。苦しみ少なく死に、来世は人として生まれ変わる。その祝福を失い、家族も村も疲弊していった。おまえたちが、町に来ている西洋人たちが、何を考えて生き、どうやって死ぬのか私は知らない。しかしこの土地にはこの土地の生き死にがある。我々は長い間、そうやって生きて死んできた」

論破する言葉はみつからなかった。たとえ論破したところで、何になるだろう。この風土の中で培われた死生観について、説得も、啓蒙も、おそらく宣教も用をなすまい。

再び尿意を催していた。我慢ならずに外に出た。用を足して建物に向かいかけるとパルデンが小走りに近づいてきた。

「ツェリンは大丈夫だ。気分もいいと言っている。心配ないさ」

「一時のものよ」

苦いものを吐き出すように言うと、パルデンが頼子の鞄を差し出した。

「帰ろう。今は、君の方が病気だ。とりあえずアグモのところに戻って、寝た方がいい」

毒を盛られたあの家に戻れと言うのか。

肩に何かが触れた。ペットボトルだった。反射的に頭を下げて受け取り、振り返ると薬草医だ。

「おまえにとっての薬はそれだ。おまえの体液はそれでできている。たくさん飲め。そして体の中の血をすべてそれに入れ替えろ」

一リットル入りのボルヴィックだった。笑い出しそうになった。私の体液はこれでできているって？

封は切られていない。この村の人間の乏しい収入からすれば、ずいぶん高価な買い物のはずだ。

「ありがとう」

「早く出て行け。二度とここの土を踏んではいけない」

薬草医は表情の変わらぬ顔でそれだけ言うと、くるりと体の向きを変えて家に戻っていく。

高価なミネラルウォーターは、餞別（せんべつ）のつもりなのか。

夜が明けかかっていた。霧を透かした淡い金色の光があたりを包んでいた。なすすべもなく頼子は、村長の家へ戻っていく。昨夜、彼女に得体の知れない麻薬を飲ませたサンギェのいる家へ。

「そっちじゃない」

背後から叫び声が聞こえた。

えっ、と足下を見る。起伏のある草原の踏み分け道を降りてきた。そのまま、勢いで足を踏み出したところで、シャツの背をつかんで引き寄せられる。

同時に悲鳴を上げた。霧の中に続いている道はそこで消えていた。絶壁の際に立っていたのだ。いや、道は確かにある。急峻(きゅうしゅん)な斜面に岩がつきだしている。山羊(やぎ)の割れた蹄(ひづめ)なら難なくホールドできる崖(がけ)の道だ。

「勝手に歩くな」

シャツをつかんだままパルデンが息を弾ませる。

言葉もなく頼子もしばらく肩で息をしていた。

顔を上げるとあたりを流れる霧の中に、ごく淡い色をした虹が現れた。手を伸ばせば届くほどの距離に現れた虹が現実のものなのか、昨夜からの幻覚の続きなのかわからない。

「よそ者を拒む土地ってわけね。トラップだらけで一人では道も歩けない」

頼子の手首をつかんでパルデンは先に立って歩き始める。

「拒みはしないさ。国境を越えてやってきた巡礼たちさえ、みんな歩いているんだ。迷いやしない。仏塔があちこちに立っているからそれを目印にすればいいんだ。山羊道に仏塔はないだろう」

「確かに。でもこんな霧では」

「見えなくたって読経(どきょう)が聞こえてくるのさ。耳を澄ませば」

そんなものは聞こえない。

「旗が風に翻(ひるがえ)る音。経文を唱えるかわりだ。それが風の音に交じっている。ばたばたいう音が、僕らには経文に聞こえる。それを頼りに歩けば間違った方向には行かない」

「ばたばたする音なんか聞こえない」

「聞こえるんだよ、僕たちの耳なら」

ウィンドウズの起動音や携帯電話の呼び出し音やヘッドホンから流れ出すポップスに馴染(なじ)んだ耳は、そんな繊細な音を拾わないのかもしれない。

「風が弱い日にはあまり聞こえないけれど、花のお茶を飲むとはっきり聞こえるんだよ」

「お茶?」

「そうさ」

振り返ることもなくパルデンが答えた。

「七月の一週間だけ、高地に咲く花がある。トウモロコシみたいに直立した穂にたくさん花が咲く。臙脂と緑が交じった小さな、いや、きれいな花じゃない。だけど貴重なものだ。干した花穂を煮出したものを飲むと、感覚が研ぎ澄まされて、かすかな音を拾えるようになる。視覚も鋭くなって、少しの間、遠くの山の斜面にいる羊がだれのものかも見分けられる。昼の空に瞬いている星も見えるんだ」

反射的に仰向いた。流れる霧の間から、このあたりにしては淡い水色の空が覗いているきり、星など見えない。

次の瞬間、あることに思い当たって、今来た道を振り返った。

昨夜、自分を襲ったあのめまいと、体の内側からざわざわと粟立ってくるような感覚。毒であると同時に、感覚が研ぎ澄まされる薬……。

「ダワ・ドルマが園田に飲ませたのは、毒などではない。信仰があれば助かった。しかし信仰がなかったので彼は死んだ。仏を一心に拝めば助かった。だがあの男はそうはせずに出かけていって、それきり村には戻ってこなかった」

薬草医はそう言った。園田もまた自分と同じ物を飲まされた。パルデンの言う高地の花を煮出した、アップ系の麻薬で通常の感覚を失い、山羊道に迷い込んで転落した。

もし彼がこの地域の信仰に生きていたなら転落などしなかった。鋭敏になった知覚で、遠くの仏塔の姿とその脇で風をはらんで翻る旗の音を鮮明に感じ取ることができた。そして崖に続く獣道ではなく、仏塔のある道、人の道を行くことができた。

しかし彼の知覚はそんなものを雑音や背景として処理し、切り捨ててしまった。かわりに何を拾ったのか。現代日本に生きてきたものの日常に直結した、強い迷いや、罪悪感か。

開いた瞳孔で、鋭くなった聴覚で、園田は何を見、何を聞いたのだろう。草原の端でいきなり切り取られたように谷に落ち込む道の先に何を求めたのだろう。

「どうかした？」

パルデンが怪訝な顔をした。

「園田さんが、どうやって亡くなったのか、考えていた」

「ああ」

「彼のやったことは、あなたたちからすれば迷惑だった、ということ？」

「わからない」

「でもあなたたちは困っていた、と」

「初めのうち僕は」とくぐもった声で言いかけ、少したためらってからパルデンは続けた。

「他の村人はどうか知らないが、僕には彼はすばらしいことをしていると思えたよ。

初めのうちは。でもそれがどんな結果をもたらすか、なんてことは、だれも予想できない。園田先生は園田先生なりに一生懸命やった。それで悪い方向に行ってしまった。彼が去って四年して、村はまた元の秩序を取り戻した。人が普通に生まれて、普通に年老いて、普通に死んで、普通に生まれ変わっていく。淀（よど）みのない世界に戻ったんだ」

淀み、という言葉に残酷さを感じた。

「でも……」

園田が来たことで疾病（しっぺい）から運良く逃れ、あるいは病と共存しながら、高齢まで生き残っている者だって中にはいるはずだ。園田がいなくなったからといって、みんながみんな、それほど簡単に短命に戻るわけはない。いや、園田が来る以前だって、高齢まで生きる者はごく少数、いたはずだ。容貌（ようぼう）だけが年老いて見える五十代の長老たちの中に、本物の古老が交じっていることはないのか。

「村一番の年寄りはだれ？」

頼子は尋ねた。

ダワ・ドルマの家の近くに住む老女の名前をパルデンは挙げた。

「いくつ？」

「六十一……いや、五十八くらいかな？　もうすぐ巡礼に出るから」

「巡礼？　どこに」

「さあ、国境を越えてカイラスに向かう者もいるし、ラダックの寺を目指す者もいる。とても楽しみにしているよ。巡礼は僕らの夢なのさ」

村々の点在する山岳地帯で、女性の中には、交易で市の立つ村に出かけるほかは、地域から一歩も出ずに一生を過ごす者もいる。そうした人々にとっての巡礼は、信仰に名を借りたあこがれの観光旅行なのかもしれない。

「カイラスまで行ったら、簡単には戻って来られないわね。二、三ヶ月？　いえ冬場にかかったら峠の道が閉ざされてしまうから、町で足止めを食ってしまう」

「戻ってなんか来ない」

視線を合わせずパルデンは言う。横顔に微妙なものが見えた。

「ある年齢になると、生まれ月や守り神によって人それぞれ違うんだけど、だいたい六十歳くらいで、男も女も巡礼に出るんだ」

「戻ってこないって言うのは……」

嫌な感じがした。

「僕たちは、巡礼に出る日を目指して生きているんだ。家畜や人の糞の入った重たい籠を背負って畑まで運んで行ったり、一日中、地面を見て麦を植えたり。妖女たちにさらわれる危険を冒して、雑草も生えない荒れ地に入って岩塩を拾ったり、まだ夜が明けないうちに起き出して乳を搾って、水をくんで、子供を育てる。男も女も。いや、ヤクや山羊だって荷物を運び、乳を出す。苦しいけれどそれが僕たちの果たさなければならない仕事だから。子供として、夫として、父親として。家に戻れば僕は、息子として父の仕事を手伝い母と弟妹と家畜を守らなくちゃいけない。今、この場では、あなたの助手で通訳で運転手だ。何があっても放り出してはいけない。どんなに重くてもヤクは谷底に荷物を放り出したりしない。僕の知り合った外国人は、人生を選択するなどという事を口にするけれど、僕たちに言わせれば浅はかな考えさ。なら僕たちはなぜ生まれてきて、死んでいくんだ？　僕たちは使命を果たすために生まれてきて、今、ここにいるんだから」

園田も使命感によって、この地に住み着いた。しかしパルデンは、生自体をミッション、だと言う。

「死んだとき、僕たちは、男も女もヤクも山羊もみんなそれぞれ苦役から解放される。だけど歳を取ったら、死ななくても苦役から解放されたいじゃないか。父親、母親、長老、それぞれの役目のいろいろな使命があって、それを終えたとき、僕たちはようやく自由になるんだ。もうだれかの子供でも、夫でも、妻でも、親でもない。役割や立場、背負って歩いた世俗の重たい荷物を返していいんだ。それで初めて巡礼に出ることが許される。身の回りの物とほんの少しの麦粉だけを持って、村を出ていく。夫でも妻でも村の者でもない。もうそんな役割を果たさなくていい。そうして本来の生を生き始めることが許される」

「あちこちの僧院やお寺を泊まり歩いて、最終的にはそのどこかに入ってしまうの」

「寺があれば寺に泊まるだろうし、無ければ野原で寝るだろう。通りかかった者が功徳を積むために食べ物や必要なものを差し上げることもあるし、そうでないこともある」

托鉢(たくはつ)か、と納得した後に、もしや、と思い出した。

「村の近くの道に座り込んでいたおじいさん……」

「ああ、巡礼だよ。どこから来たのか知らないけれど」

全身土埃(つちぼこり)にまみれ、道端に座り込んでいた。灰色の顔とぼろぼろの衣服。ここの村に来る途中に見かけた別の物乞いの死体のような姿がよみがえる。あれも物乞いではなく巡礼だった。

チベット関係のドキュメンタリーフィルムには草原の道を五体投地しながら進む巡

礼の姿が登場する。見る者に敬虔な感動を与える彼らとあの老人の姿はあまりにかけ離れている。

「僧院やお寺も、彼らを受け入れて看取ったりはしないの」

「看取る？」

パルデンは不思議そうな顔をした。

「彼らは看取られるような存在じゃない。彼らはそんなものから解放されているんだ。つまり制度や村や家族のしがらみからだけじゃなくて、自分の身体からも」

「そんなのは解放なんかじゃない」

震える声で、ようやくそれだけ言った。

姥捨て、いや、男女を問わない棄民だ。

「外国人に説明するのは難しい」

パルデンは視線を彼方の山並に向けた。

「彼らは本来の生に向かって歩き始めたんだ、僕らのような世俗の存在じゃない。あなたには汚い惨めな年寄りに見えるかもしれないけれど、そんなのは表面的なことだ。巡礼たちはそんな表面的な事象に生きてるわけじゃない」

突然死を容認し、深遠な言い回しで棄民を糊塗する。そうせざるを得ない厳しい気候と低い生産力の下で、援助も開発も受け入れぬ誇り高さ。

負けた、と悟った。

高邁な理想も使命感も用をなさない、理解を越えた村に入り込み、園田は足を取られた。

そして自分は殺されぬ前に逃げていく。

村長の家に戻り、慌ただしく荷物をまとめた。

事情ができたのでここから出て行くということを告げたとき、アグモは少し驚いた風に目を見張り、次にひどく残念そうに首を振った。

「そう、それがいいさ」と孫娘に諭すように言い、肌理の一つ一つに土が入り込んだ黒光りする手で頼子の両手を握りしめた。その力強さと温かさに胸を突かれ、不意に涙がこぼれそうになった。

「そうさ、それがいい。国に帰って結婚していつか子供ができたら連れて遊びにおいで」

アグモは、自分の言葉にうなずくように首を振り、繰り返す。

やがて女たちが集まってきて、頼子にあの煎じ薬を飲ませたサンギュまでが頼子の手を握り別れを惜しんだ。疚しさも白々しさも何も感じられない。すべてが自分の誤解であったのか、と思われるほど、熱く濃い情が感じられた。

旅の安全を祈願する村長の言葉も、この上無く真摯な響きが込められていた。

村の人々に見送られ、頼子はパルデンとともに石畳の道を歩き出す。

子供たちがついてくる。

褐色に垢光りする小さな手で頼子の手やズボンを握りしめて、無言のままついてくる。

この子供たちのために、自分は何もしてやれなかった。この村で生を受けた子供たちの未来を変えてやることはできなかった。

無念の思いと共に、唐突に別れの辛さがこみ上げてきて、思わず立ち止まったとき、子供たちの視線が動き、その顔が突然、輝いた。

風に乗って、無数の軽やかな金属音が聞こえてくる。切れ目のない、無調の、しかしこのうえ無く美しい現代音楽のような響きとともに、褐色の顔にフェルトの帽子を被った中年の男が現れた。その背後に荷車を引いて飾り立てたヤクたちが、若者が、鮮やかな縫い取りのある長い前掛けをかけた女たちがやってくる。

子供たちが、頼子を放り出して駆けだしていく。

「秋が来たんだ」

パルデンが山の斜面を指さした。雲のような山羊の群れがゆっくり下に向かって移動している。

「家畜も世話をしていた人々も戻ってくる。来年の春まで、家族は一緒に暮らせるんだ」

戻ってきた人々の一人一人と頼子は挨拶をかわす。

「会ったばかりで別れるのか。つまらないな」

「この村はどうだった？」

「また来なよ」

そんな風な言葉が聞き取れる。英語も交じっている。夏の間村に残っていた人々より、一世代若い、パルデンと同年代から中年期にかけての容貌の人々が頼子の肩を叩いていく。微塵の屈託もない。

「少しずつ変わっているんだよ」

パルデンが言う。

「親は自分たちは古着でがまんしても子供には新しいものを着せる。子供は学校に行くようになったし、学校に行けば僕たちは物覚えがいいから、どんどん優秀になるのさ。園田先生はたくさんの種を蒔いていったというよりは、この村の向こうに別の世界があるってことを存在をもって示してくれた。それで十分さ。あいつらが大きくなったときは」と子供たちが去っていった方向を振り返る。

「きっと村は変わっているだろう。園田先生がしなければならない、と思ったことは、たぶん連中がやりとげる」

開発プロジェクトのもっとも理想的な道筋だ。NGOと村を繋ぐ仕事をしているパルデンのスポークスマンとしての発言なのか、それとも本物の可能性があるのか、挫折して去っていく頼子への励ましと慰めなのか、わからない。

村はずれにたどり着いた。

石畳は切れ、自然の気まぐれがそこを境に向こう側の世界を極端に降水量の少ないものにしている。緑は消え、灰褐色の山肌が迫ってくる。

その先の白い仏塔の根本に、もたれかかるようにして眠っている巡礼の姿があった。ヤクの毛で織った長衣に見覚えがある。いつかヘルスポストの帰りに見て、物乞いと間違えた老人だ。しかし今日は咳をしていない。

近づくに連れ、目を閉じた顔の輪郭が鮮明になってきて、頼子は悲鳴をかみ殺した。埃を被った灰褐色の肌、痩せた頬に刻まれた皺、くぼんだ目。それに少ししゃくれた顎。

父だ。大学から戻ってきた頼子を待っていた父の遺体、そのものだった。

パルデンが、小さな声で祈りにも似た口調で挨拶する。遺体に見えたものは、ゆるゆると目やにだらけのまぶたを開いた。

父の目が現れた。笑ったように見えたのは気のせいだ。そこにあるのは彫りが深過ぎて、顔全体に濃い影を刻んだ、紛れもないこの地域の年寄りの顔だった。その影の濃い顔には、しかし光があった。満足感と幸福感に満たされた透明な光に打たれ、立ちすくんだ瞬間、再びその姿が父に重なっていく。

パルデンがポケットから取り出した小額紙幣を差し出す。巡礼は受け取る。礼の言葉も仕草もない、尊大であると同時に崇高な印象を与える姿だった。

頼子はバッグから穀物を練り込んだクッキーや硬質チーズなど、ありったけの携行食を取り出し手渡す。巡礼の顔に感謝の表情が浮かぶことはなかった。しかしひどく穏やかな、すべての物を許し受け入れる微笑に似たものが見えた。

「小銭も渡すんだ」とパルデンがささやいた。

「彼は今夜か明日のうちには死ぬ。そうしたら遺体を焼くための薪や供物を買わなくてはいけないからね」

殴られたような気がした。怒りと敗北感と悲しみの入り交じった気持ちが再びわき上がる。財布を取り出し、千ルピーの札を手渡す。小銭とは言いがたい額だが、当然のように巡礼は受け取る。

逃げ出すように歩き始め、しばらく行ってふと振り返った。

まぶしさに目がくらんだ。

枯れかけた高地の草を金色に輝かせて、秋の陽が雪をいただく山々に落ちようとしていた。なだらかな山裾を山羊とヤクの群れが入り交じり、ゆっくり移動していく。家畜を追って降りてくる人々の身につけた前掛けのきらびやかな色彩が、草原のあちらこちらにばらまかれている。

澄み切った大気の中に、経文を印刷した旗を風に翻らせた白い仏塔がそそり立ち、その根元にもたれて眠る、巡礼の途方もなく安らかな姿があった。

ファーストレディ

宅配便で受け取った箱を手近な紙袋に素早く突っ込む。

「何か来たの？」

母が居間から顔を出す。青白い顔でソファにもたれかかったきり、来客があってもけっして玄関に出てこないのに、こんなときだけは奇妙なほどに勘が鋭くなる。

慧子（けいこ）は、寝乱れたように皺（しわ）の寄っている母のロングスカートを一瞥（いちべつ）し、「通販の美白化粧品」と短く答えた。

「そんな大きな箱で？」

疑わしそうに首を伸ばして覗（のぞ）き込んだその顔の前から、素早く袋を手元に引き寄せる。

「看護師さんたちと共同購入しているの。ロットだと安くなるから」

「いい歳（とし）して、みんな見た目ばかり気にして」

億劫そうにすり足で去って行く後ろ姿を見送って、胸をなで下ろす。

紙袋を抱えて階段を駆け下りた。短い廊下で繋がれたクリニックの事務室内に入ると、コンピュータの前でレセプトの整理をしていた女性事務員に、袋を手渡した。

「はい、お茶菓子」

祖父が院長をしていた時代から、かれこれ二十年もここにいる橋岡という女性事務員は、うなずいただけで礼をいうこともなく受け取り、無造作にのし紙を取って箱を開ける。

忙しない足取りで事務室に入ってきた理学療法士の女性が、そちらに顔を向けた。

「わっ、ラデュレのマカロン」と叫んだ後に、慌てた風に口元を押さえる。

「みんなで分けて持ち帰っちゃってね」

慧子は箱を指差して早口で言った。

「いいんですか?」ときれいにマスカラされた目で理学療法士は慧子を見上げる。

「いいのよ」

橋岡が代わりに答えた。

「だって……」

「家の中に置いといたら、一箱、食っちゃうから」

吐き捨てるように慧子は言った。「食べちゃう」ではなく「食っちゃう」と。放っておけば一箱、テレビを見ながら、雑誌を眺めながら、あるいは他の何にも関心を示さないまま、最後まで手を休めることなく、母はそこにあるものが無くなるまで食べ続ける。

「お母さん、甘い物がお好きなんですよね」

橋岡が小袋に分けてくれたマカロンを受け取りながら、理学療法士は躊躇(ちゅうちょ)するように言う。

「糖尿病なのよ」

橋岡が無愛想な顔でささやいた。

「ああ……」

眉(まゆ)を寄せ理学療法士はうなずいた。

デスクの下の屑籠(くずかご)には、昨日、やはり慧子が持ってきたロールケーキの包み紙が捨てられている。

クリニックに持ち込んでしまえば、もう母の目に触れることはない。母はよほどの事がないかぎり、こちらに足を運ぶことがないからだ。

「それじゃ」と橋岡に目配せして、階上の自宅に戻り、冷蔵庫を点検する。

いつの間に買ってきたのか、一リットル入りの清涼飲料水がある。今、流しにあければ音で気づかれる。取りあえず冷凍室の一番奥に放り込んだ。代わりに麦茶を冷やしてあるのだが、甘味のない飲料を母は好まない。昨年は、麦茶だの真水など絶対に飲まないと宣言する母と喧嘩(けんか)しているうちに、母は脱水症を起こして倒れた。朦朧(もうろう)とした母を車に押し込んでかかりつけの内科医院に運び込み、点滴してもらって事なきを得たが、腕に針を刺されてベッドに横たわっている間も、看護師が姿を消すと、母は慧子を罵(ののし)り続けていた。

胚芽米(はいがまい)が炊(た)きあがった。なすといんげんも煮えている。一夜干しのイカの塩焼きとオクラのごま和(あ)え、わかめと豆腐の味噌汁(みそしる)もできた。

母は食べてくれるだろうか。

「夕飯、出来てるから」と声をかけてから、すばやく着替えて化粧する。

スーツで用が足りるかとは思ったが、一応、大使夫人や地域の有力者の集まる催しだ。時間帯からしてもフォーマルドレスの方がいいかもしれない。弟の婚約パーティーで着て以来の、胸元の開いた紺の半袖(そで)ドレスを身につける。

「何、その格好は」

誕生日に父方の伯母から贈られたタンザナイトのネックレスをつけていると、ドレッサーの鏡に母の顔が映り込んだ。

「被災地支援だっていうのに、そんな身なりをして。食べる物も着る物もなくてみんな震えていたっていうのに、音楽だのパーティーだのって。お父さんが悪いのよ。せめてあんたくらい、もっと質素な格好にしたらどうなの。だいたい何であんたがそんなところに顔を出さなきゃいけないの。お父さんが勝手にやってることなのに」

説明したり反論したりするのは、とうにやめた。ロータリークラブや地域医師会のメンバーが、自分を「松浦家のファーストレディ」と呼んでいるのは知っている。そうした慧子の振る舞いを母が嫌っていることも承知の上だ。しかしファーストレディが必要な世界は確かにあるし、母がそれを拒否した以上、自分が代理を務めるしかない。

「なるべく早く帰ってくるから」と言い残し、ガレージから車を出し、父を待つ。ぎりぎりの時刻になって、ようやく父が出てきた。それも自宅ではなく、クリニックの出口からだ。

「ちょっと、何、それ？」

おもわず咎める口調になった。

膝の裏に横皺の寄ったズボンに、スタンドカラーのシャツ。白衣を脱いだそのままの姿だ。

前日のうちに慧子が部屋に用意しておいたダークスーツを見ているはずなのに、着替えてこない。

「いいだろう、別に。こっちは脇役なんだし」と父はチェロのハードケースを車のトランクに積み込む。

父の友人の息子で、ドイツで活躍しているフルーティストが最近、国際音楽コンクールで優勝を果たし、帰国して凱旋公演を行うことになった。そんな折、東日本大震災が起き、国内での音楽芸能活動が、次々に中止された。

その話を友人から聞いた父はロータリークラブのメンバーに声をかけ、急遽被災地支援コンサートの企画を立ち上げた。ところが会場の手配も済み、チケットを完売したところに、共演するはずだったスイスの楽団が、福島原発事故による放射能汚染を怖れ、突然、来日を拒否してきた。

憤慨した父は、自分がメンバーとして所属している、医療関係者たちからなるアマチュア弦楽合奏団を引きつれ、「それなら我々が代わりを務める」と共演を買って出たのだ。

著名な演奏家との共演を、キャリアが長いとはいえ、所詮はアマチュアのバンドが引き受けるなど、ずいぶん大それた話だったが、それは「ちょっといい話」として地域のニュースに取り上げられた。ささやかな手作りコンサートの企画は、あっという間にメンバーの知人や患者の人脈を通して、大使館や外資系企業まで巻き込む大がかりなチャリティーコンサートへと拡大した。チケットは増刷され、会場も区民センターの一室から大手不動産会社の所有するコンサートホールに変更された。

しかし大使夫人が来ようが、外資系企業の経営責任者が来ようが、皇室関係者が来ようが、父のスタンスは変わらない。この日も、最後の患者のリハビリが終わるのを見届けるまで、父は診療室から出てこなかった。

父のことを松浦先生、と呼ぶ代わりに「足裏先生」と呼ぶ患者たちがいる。ずいぶん昔、股関節(こかんせつ)の痛みを訴えてやってきた患者を診療用ベッドに寝かせたとき、その足裏を見た父が、タコの位置や形状から、痛みの原因が歩き方や普段の立ち居振る舞いにあったと看破し、痛み止めを処方するだけでなく、理学療法士による指導を通じて完治させたことから、彼らは親しみを込めて「足裏先生」と呼んでいるのだ。

パソコンの画面ばかり見て、患者と目を合わせることもしない医者も多い昨今、患者の顔どころか足の裏まで時間をかけてきちんと診る先生、保険の点数を度外視して、適切な治療を行う医師ということで、単なる名医というのとは違った意味で、尊敬を集めている。遠方に引っ越しした後も、父を慕って通ってくる患者も多い。そうした父の隣で「ファーストレディ」を務めることに、慧子自身も少しばかりの誇りを感じている。

代官山にあるホールの駐車場に車を入れた慧子は、父と共に楽屋へと急ぐ。関係者と挨拶(あいさつ)を交わす暇もなくリハーサルに入った父の代わりに、催しの運営に携わっているロータリークラブのメンバーの一人一人に挨拶し、事務局の仕事を手伝う。

集まり始めた客に挨拶し、外国人ゲストと事務局との間の通訳を引き受ける。

演奏会が始まり、冒頭の音が鳴り響くのを確認すると、そっと扉を押して外に出て、少し離れたところにあるレセプション会場の設営を手伝う。

演奏会が終わって流れてきた客をもてなし、父が会場に現れた後は、その後ろに控えて客や演奏者の一人一人と挨拶を交わし、話をする。

ワインと軽食のレセプション参加費を含めても法外に高いチケットだった。にもかかわらずチャリティーコンサートは盛況で、三百万円を超える売り上げのほとんどは、義援金として日本赤十字に寄付された。

いつになく上機嫌で口数も多くなったほろ酔い加減の父を乗せて、慧子が自宅に戻ったときには、夜の十時を回っていた。

いったんクリニックに戻って仕事の整理をすると言う父と戸口で別れ、外階段から自宅の玄関に足を踏み入れた瞬間、それまでの高揚感が凍ってくだけ、無数の鉛色の破片となって足下に落ちてくるような気分に見舞われた。

ダイニングのガラス戸を開けた。

テーブルの上には、母のために用意しておいた夕食が、手をつけられることもなく残されていた。

やはりと小さく舌打ちし、生ゴミ入れの上に食器を逆さにして、中身をたたきつけるようにして捨てた。

かなり進行した糖尿病が見つかった後も、いっこうに食事の管理をしようとしない母に代わって家族の食事を作り始めた当初は、こんな真似をされる度に怒り、悔し涙をこぼしたものだが、四年も経った今、いちいち動揺し、怒り、泣くこともなくなった。

慧子自身、レセプションの間もホスト側であるために何も食べられなかったのだが、食欲はない。

冷蔵庫を開け、缶ビールを取り出しプルトップを引き上げてそのまま口に持っていこうとして我に返り、グラスに注いで飲む。

鍋の中に残っている煮物を温め、ゆっくり口に運ぶ。出汁の効いた薄味の煮物を、母はよく作った。この家に来てから姑に教わったものだ。しかしその味は、娘の慧子には引き継がれなかった。

祖父が海外で突然倒れて亡くなり、続いて骨粗鬆症で寝たきりになっていた祖母を看取って以降、母の生活はタガが外れたように乱れ始めた。と言っても、はた迷惑であったり道徳的に問題があったり、といったことではない。だからこそ厄介だった。

物静かで奥ゆかしいがしっかり者の奥様、と近所からもクリニックのスタッフからも一目置かれていた母の表情が、妙に生き生きとしたものに代わり、外出が増えた。室内の整理整頓は行き届かず、クリニックが休診となる木曜と日曜は、目的もなく銀座のデパートに出かけて山のように洋服を買い漁ってくるようになった。

作る料理も洋風のものに変わった。作り慣れていないせいか、どれもあまりおいしくなかったが、母の食欲は増した。買い込んできたケーキやアイスクリームが頻繁に食卓に載るようになり、ダイエットを理由に断る娘とよく喧嘩になった。そうこうするうちに出来合いの総菜が多くなり、その頃には、母の体型は多少の中年太りから、顔の輪郭までが崩れるほどの肥満に変わっていた。

医者の妻でありながら健康診断を頑強に拒否しつづけた母の糖尿病が発見されたの

は、そんな生活が続いて一年ほど経過した後のことだ。頭痛と目眩を訴えて近くの病院の内科を受診した折、高血圧症、高脂血症とともに、糖尿病がかなり進んでいることがわかったのだった。

自覚症状はなかったから長い間見過ごされていたが、医師の話では、どうやら二つ下の弟を出産したあたりですでに発症していたらしい。

それでも、インシュリン投与はせず食事療法で行きましょう、と主治医が提案したのは、まがりなりにも医者の妻で、本人も家族も正しい知識と自己管理能力を身につけていると判断したからだろう。

だが母は自分の生活の何も変えようとはしなかった。食事の献立も、出来合いの総菜を買うことも。外食はやめなかったし、当然のことながら車に乗らず歩くこと、軽い運動をすることも拒否した。

「何の趣味もないんだ。きれい好きで贅沢にも道楽にも縁がない。お母さんはこの家にやってきて三十数年、本当によくやってくれた。だれだって持病の一つくらい持っているんだ。あんまり厳格に管理して楽しみの何もかもを奪うのは酷だ。そのあたりはさじ加減でな、完璧な健康などありえないんだよ」

医者でありながら、父は同情するように言う。しかし慧子にしてみれば、症状が悪化するとわかっていながら母の行動を黙認するわけにはいかない。

当時、慧子は理学療法士の資格を取り、大学に設けられたスポーツ医学研究所に就職が決まっていたのだが、それを諦めて、母の生活管理を引き受けたのは、そんな事情からだった。

それまで日常的な家事の一切を、母に任せきりだった慧子は、そのときから台所に立つようになり、献立の煮物や和え物、五分づき米の炊き方などを、糖尿病予防教室に通って覚えた。そうした献立は、祖母が生きていた頃に母自身が作ったものの延長線上にあるのだが、母は作ることも食べることも拒否する。

体に負担のかからない範囲で何とか運動させようと、水中歩行のできる近隣の入浴施設に車で送り迎えをしても、スパと施設内の甘味屋に入るだけで、リハビリコーナーには決して立ち入らない。

好きな買い物に出る他は、一日の大半をテレビや雑誌を見ながらの間食で費やすうちに、病気は進行し、半年後には一日三回、食事の度の注射が欠かせなくなってしまった。

飲み終えたビールの缶を捨て、食器を流しに下げたとき、慧子はそこにある物に気づいた。

大ぶりのフォークが一本、洗い桶に放り込んである。その汚れに手をかけてぎくりとした。濃い脂肪分が手に絡みついた。

台所の紙ゴミ入れのレバーを踏み、中を見た。

見慣れた包み紙と、つぶされ畳まれた箱があった。ペーパークラフトのように造形された特徴的な折り目と模様から、この近くの駅ビルに開店したばかりの洋菓子屋のモンブランケーキだとわかった。雑誌で盛んに紹介された有名パティシエの名を冠したケーキだ。切り売りはせず、花びらのように開く八角形のパッケージに収め、ホール単位でのみ販売している。残りはどこにもない。自分の部屋に持っていったか隠したかしている、と考えるのは相手が普通の人間の場合だ。

一本のフォークがすべてを物語っている。母はナイフも、皿さえ使わなかった。パッケージの上部の組み合わさった紙をもどかしげに開き、現れた六人分か八人分のドーム型のケーキを、ステーキ用のフォークで、まず上のマロンクリームをたっぷりこそげ取って口に入れ、次に端からすくい取って黙々と口に入れる。

だれかに見つかってとがめられる前に、とにかく腹に収めてしまえば、だれにも奪い取られないとでも言うように、むさぼり食う。食べ終えて自己嫌悪に駆られたり、喉に手を突っ込んでもどしたりすることはない。空のパッケージをゴミ入れに押し込み、満足して戻っていく。

その様を想像する慧子の方が吐き気を催した。

くるりと体の向きを変え、母の寝室のドアを開けた。とうに眠っているか寝たふりをしているか、とにかく暗くなっているだろうと思ったが、煌々と灯りがついていた。

灯りの下、母はパジャマの上着をまくり上げ、ズボンからはみ出た肉を人差し指と中指でつまみ、注射針を刺しているところだった。

「あら、遅かったわね」

肉に埋もれたように小さくなった目でこちらを一瞥し、手慣れた様子で薬を入れる。うつむいた顎が二重になって青白くふくれている。

自分も六十間近になったらああなるのだろうか、と何ともおぞましい感じがする。以前の母は美貌の持ち主だった。細面の輪郭に涼しい目元。医院に出入りする薬屋や患者は、黙々と立ち働く、伏し目がちで地味な身なりの「若奥さん」の清楚な美しさに打たれ、しばし見詰めた後に、恥ずかしそうに目を逸らせたものだ、と以前、父の懇意にしている開業医が語っていた。

皮肉なことに母の美貌を引き継いだのは弟の方で、慧子の顔立ちは、えらが張り鋭い奥二重の目をした父に似ている。

「お父さんにそっくり」と母や周りの大人に言われるたびに、子供心にもちょっとした疎外感と理不尽な怒りにとらえられたものだったが、大人になって、その骨格の際だったいかつい顔立ちが、思いのほか化粧映えし、口紅一つでモデルのような華やかな存在感を醸し出すことを発見したときから、「父親似」に感謝するようになった。

あるいは美貌の母が加齢とともに見る影もなくなり、父親の方には若い頃にはなかった、紳士然とした風格が備わってきたせいかもしれない。

母が、腹の皮膚から針を抜くのを待って、慧子はおもむろに口を開いた。

「自分で買ってきたの？」

「何のこと？」

とぼけられて腹が立ち、黙っていた。

「たまに好きなものを食べて何が悪いのよ。毎日毎日、まずい玄米や姑の作ったようなおかずばかり。何一つ、楽しいことなんかありはしない。この家に来てから、三十何年、いじめて、いじめられ続けて。舅も姑も義姉さんも、事務員や看護婦までが、みんなで私をいじめて、少し大きくなったらあんたまでが敵になったくせに」

敵か味方か、そうして昔から周りの人間を二分する人だった、と慧子は思い出す。

舅姑小姑は当然のことながら敵、彼らを積極的に攻撃しない父も敵、彼らの言うことを聞き、うまくやっている医院のスタッフももちろん敵。味方は子供たち二人と実家の弟だが、弟嫁は敵。母をいじめる舅姑や医院のスタッフに可愛がられて、何のこだわりも見せずに彼らとうまくやってはいても、慧子の弟泰水については母は溺愛した。こだわりのない楽天的な性格で、泰水は祖父母と母の間を、そこにある葛藤自体が存在しないかのように、陽気に泳ぎ渡っていた。しかしそれができない自分は母の憤懣のはけ口となった。

「毎日、毎日、茶碗のあつかい方、廊下の歩き方、口の利き方、いちいちなってないといびられた。親が病気になって実家に見舞いに行こうとしたら、へらへら笑って、もう戻って来なくていいって、言ったのよ、あのばあさん。家の中になんかいられないから、勉強して医療事務の資格を取って、受付で働き始めたら、今度は事務の橋岡や看護婦までが人をばかにして、挨拶したってふんって顔をして。面倒な仕事を全部人に押しつけて……こっちがどうなったって、知らん顔だったよ、あんたのお父さんは」

幼い頃から、三十年も同じ繰り言を聞かされてきた。他の人間の前で寡黙になる母に、これ以外の話題はない。そして一人でモンブランケーキをワンホール食べたことをとがめられた言い訳も、同じだった。

「こんなに何十年も辛い思いをして、やっと少し楽になったのに、今度は好きな物も食べさせてもらえないなんて」

「これ以上悪くなったら、本当に命にかかわるって、お医者さんも言ったよね。聞いたでしょ」

こちらも言い飽きた説教で応酬する。

「医者？」

母の鼻の付け根に皺が寄った。

「医者なんてろくなもんじゃない。みんな偉そうな顔して、こっちのことなんかゴミか何かだと思ってるんだ。だいたいあそこの医者だって」

「うるさい」

怒鳴っていた。それなりに同情はしているから、いちいち否定したり訂正したりはしないが、疲れも手伝って優しい顔をしているのも限界に来ていた。

「死にたいの？　自分の体なんだからね」

先ほどのパーティーとは別人のような形相と口調で叫んで、ベッドの上の母に詰め寄っていた。

「糖尿なんかで死ぬもんか」

母はぷい、と横を向いて吐き捨てる。

「舅も姑も性格が悪いから罰が当たって死んだんだ。外国のホテルでたった一人で死んだり、首も回せない壊れた人形みたいになってみたり。やっと終わったと思ったら、こんどは自分がこんな病気になった。毎日、苦しめられたから、ストレスでなったんだよ」

祖父は学会で訪れたアムステルダムで、おそらく過労からだろうが、くも膜下出血を起こし、だれにも看取られずにホテルのベッドで亡くなっていた。祖母はその前から骨粗鬆症のために寝たきりになり母に介護されていたが、祖父を見送った半年後に逝った。

「お祖父ちゃんお祖母ちゃんなんか関係ないでしょう。お母さんの病気のことを言っているの。痛いのも辛いのも嫌でしょう。これ以上悪くならないようにしないと」

「痛くも辛くもないよ。あんたさえ、うるさいことを言わなければ、何も困ることなどありはしない」

このやりとりが出るたびに、つくづく糖尿病という病気が呪わしくなる。他の深刻な病気に比べても、これほど苦痛の少ない病気はない。母の場合はまだ白内障も手足のしびれも出ていないのだから。

「今は何も感じないだろうけど、いずれ」

最後まで言わせまいとするように、母が低い声で遮った。

「自分が面倒見させられるんじゃないかと心配してるんだろう」

あとほんの少し自制心に欠けた状態なら、手を上げていた。まさにその通りのことを言われたからこそ、怒りが、爆発しそうになった。

恨みをつのらせながら、母は、晩年寝たきりになった祖母を献身的に介護した。首も回せなくなった祖母は、唯一動く右手に手鏡を持って室内を眺め、母の様子を監視し、動けなくなってなお、あれやこれやと母に命令し、奇妙なことに、力関係が逆転したはずなのに、母は祖母に最後まで口答え一つせず、床ずれ一つ作らないほど完璧な介護をやってのけた。祖父も父も、あの年齢にしてはリベラルな考え方を持っている男たちだったから、施設介護の提案をすれば納得したに違いないはずなのに、最後まで一人で背負ったのは、「玉の輿」と揶揄されて松浦家に入った母の意地だったのか。

そして母は、その償いを娘に求めて、人生の帳尻を合わせようとしている。

反発され、なじられながらも、何とか母の健康管理をしようとしてきた自分が一番怖れていることが母の死ではなく、この先いっそう重くなるであろう介護負担であったことは事実だ。

「そういう物の考え方しかできないから、だれとも仲良くできないのよ」

一瞬、心の深部からわき上がった後ろめたさを封じ込めるように、慧子は冷ややかに答えた。

何かが飛んできて頬をかすめた。空になったインシュリン注射のカートリッジをぶつけられた。

「だれが仲良くできなかったんだ、向こうが悪いんじゃないか。あんな鬼千匹と仲良くなどできるものか。小さい頃からあんなに話して聞かせたのに、あんたは何もわかってない。あんたまでが、あんなやつらの肩を持って」

注射器本体やテレビのリモコンや、手当たり次第の物を投げつけながら、泣きわめき、怒鳴り散らしている母を置いて、慧子はドアをたたきつけるように閉め、寝室を後にした。

吐き気のように後悔が襲ってきた。余計なことを言わなければよかった。

やんわり注意すれば……。しかしそれで聞くはずがない。優しく言ったところで、咎めるような内容が一言でもあれば、母は反発する。

ふと天井に目をやり、あれが実母でさえなかったら、と思った。

もし自分が嫁に行っており、同居の姑の介護をしているのであれば……。

モンブランケーキの空き箱を見つけたところで、自分自身の胃がねじれるような思いをすることはない。

少し賢い嫁なら、「お母様、こんどはわたくしにも一切れ残しておいてくださいね」くらいの事を言って、いたずらっぽく目配せし、共犯関係を結ぶ。やがて症状が悪化し、深刻な合併症が出た時点で入院、その後は対症療法で入退院を繰り返すか、療養病棟に入れてもらい、さっさと見送る。

洗面所の鏡の前で、クレンジングジェルを顔に塗りつけた。指の腹で肌の上に円を描くようにくるくると広げていく。ファンデーションが、アイシャドウが、マスカラが、ほお紅が、一緒くたに灰色の濁りとなって練り合わされていく。

喧嘩が絶えない生活管理を続けることに何の意味があるのだろう。

好きなようにさせてやればいい。母は子供でも認知症の老人でもない。大人である以上、自分の体のことは、自分で引き受けるしかない。一人前の大人の選択にこちらが責任を感じ、管理し、ましてや教育しようなどと考えること自体がおこがましい。

ぬるま湯を出して肌に浮いた汚れを一気に洗い流す。たとえようもない爽快感(そうかいかん)とともに、慧子は前向きの結論を導き出した。

文字通りの親身な娘より、賢明な嫁と暮らす方が、母も幸せであるに違いない。好きなように、満足の行くように、生き、食べていればいい。健康を目指してストレスをため込む方がよほど体に悪い。何より人間の運命などわからない。明日、自分の方が車で衝突事故を起こして死んでしまうかもしれないのだから。

化粧を落とした顔に眉だけを描き、慧子はジーンズをはくと財布を握り、自宅の玄関から外階段を駆け下りた。

明日の朝は、母の好きなあん入りデニッシュとオレンジジュース、それに甘いヨーグルト。昼はスパゲッティカルボナーラ、それにチーズとサラミのどっさり載ったサラダ、デザートはクリームブリュレ、間食のケーキとコーヒー、そして夜は真っ白なご飯とパイナップル入り酢豚……。

二日もこんなメニューを続ければ母は機嫌を直すだろう。そして「あの子も反省したらしくて、だいぶ変わった」と考える。

病院の糖尿病医療スタッフがどんな指導をし、アドヴァイスをしようと、本人に治す気が無いなら、全く無駄になる。何とか実行させようとする家族の負担をスタッフがわずかでも肩代りしてくれるわけでもない。

向かいのマンションの駐車場を横切った正面に、コンビニエンスストアの看板が見える。

煌々ともった室内の明かりが、道路を白く照らしている。そこにたむろして深夜まで騒いでいる子供たちの姿がないのは土地柄だ。そんなことを許すような親たちは、この界隈にはいない。

店内に入ってあらためて見回せば、一際きらびやかなのは、スイーツのコーナーだった。

ケーキ、菓子パン、和菓子、アイスクリームに豪華なパフェまでが、こんな夜更けに、サンダルを履いて行かれる場所に陳列されている。

モンブランケーキワンホールに五千円もかける必要はない。

千円札一枚あれば、欲しいものは山ほど手に入る。

菓子の棚、冷蔵棚、冷凍ケース、そこにあるすべての物がきらびやかに、華やかに、甘い物ってこんなにすてきなの、スイーツってこんなに人を幸せにするのよ、と、笑いさざめいているように見える。

あん入りデニッシュはなかったので、新製品のメロンパンを買った。それから一リットル入りの濃縮還元オレンジジュース。ヨーグルトだけはせめて無糖のものを、と思ったが、ここのコンビニには置いていない。せめて低糖のものをと選んだが、甘いパンで舌が麻痺した母が、それにさらに砂糖を入れて言い争いになるのは目に見えている。どうせここまできたら同じだと諦めて、果物のコンポートの入った加糖製品を選ぶ。

買い物袋は重かった。甘さの重み、これから自分が母にしようとしていることの重みを掌で受けとめて、店を出る。

袋を下げて家に戻ると、母が手洗いから出てきたところだった。

「こんな真夜中に遊び歩いて」

吐き捨てるように言って通り過ぎ、ふと気づいた様子で振り返り、慧子の手にした袋に視線をやった。

いぶかし気に眉をひそめた。

「明日の朝ご飯、お母さんの」

袋を開いてみせた。笑顔になりかかった不機嫌な顔を引き締め、母は何とも複雑な表情をした。

「まったく」とため息交じりに言う。

「こっちが本気で怒らないと心を入れ替えないんだから、あんたという子は」と言いながら、そこにあるジュースのパックを取り出すとグラスに移し、冷たい水でも飲むように喉を鳴らして一息に飲み干した。

喧嘩を明日の朝まで持ち越すことは免れたが、ベッドに入ってもなかなか寝つけなかった。寝つきが悪いのはいつものことなので、横になったまま携帯のメールチェックを始める。

知り合いのツイッターをいくつか読んだとき、母のトイレ通いがやけに頻繁なことに気づいた。もともと手洗いに起きる回数は多いのだが、今夜は数分おきだ。

「お母さん」

携帯を枕元（まくらもと）に置き、立っていって、手洗いのドアの前で声をかけた。

「お腹（なか）、こわした？」

「違うわよ」

水を流す音が聞こえた。

出てきたが様子がおかしい。普段から青膨れしたような顔がなおさら白く、細かく震えている。

「気持ち悪いの？」

首を横に振る。

「トイレが近いのよ、もともと」

寝室についていって熱を計る。三十八度を超えている。

計り終えて体温計をしまうとすぐに母が起き上がった。また手洗いだ。

足下がふらついている。大丈夫だと言うのを支えて手洗いに入り、便座に腰掛けさせる。

一般住宅には珍しく、この家のだだっ広い洗面所には便器の脇にビデがある。若い頃、祖父のフランス留学についていって、パリで暮らしたことのある祖母の趣味だ。この家に入ったばかりの頃、間違えて小用を足して、ひどく怒られたという話を、以前、母から聞いた。

だれも使う人間はいないのだが、ワインレッドのビデは未だに華やかな存在感をもってそこに鎮座していた。

用を足す間も母は震え、ほとんど尿は出ない。

ベッドに連れて行って寝かせた後、階下の書斎脇にある父の寝室に行き、軽いいびきをかいて寝ている父を起こした。

表向きは時間外の診療など行わないが、それでも知り合いやかかりつけの患者などから、深夜の電話で起こされ、相談に乗ったりすることがある。そのため慧子が物心ついた頃から、父と母は別の部屋で寝ていた。

母の様子を見た父は、救急病院に運ぶために着替え始める。救急車までは必要ないが、たぶん本人はかなり辛いはずだから朝まで待つのは忍びない、と言う。

「何なの？」

「尿路感染を起こしているようだ」

大丈夫だから、と病院に行くのを渋っている母を、父は有無を言わせず車に乗せる。酒が入っていることもあり、慧子が運転しようとすると、必要ないと断る。

「今夜はいいから寝ろ。この後、どうなるかわからないから休めるときに休んでおいた方がいい」と言い残して、走り去っていく。

「この後、どうなるか」という言葉から、「それほど厳格に管理しなくても」と言った父が、必ずしも母の病気を楽観視していなかったことがわかった。いや、鷹揚にかまえた態度の裏側で、腹をくくっていたのかもしれない。

午前二時過ぎに、父は一人で帰ってきた。

父の見立て通り、尿路感染を起こしていた。

「担当医に頼んで入院させた。戻ってきて薬で楽になったら、また元の木阿弥だから」

普通ならいったん連れ帰り、明朝、外来に行き直すところだが、そのまま入院させてきた。急性症状が治まったら、糖尿病の専門医による教育入院に切り替えると言う。教育入院はこれで二回目だ。この前はインシュリン注射が必要になった三年半前だった。そのときの、低血糖に気をつけるようにという主治医の注意を逆手に取り、母は退院したとたんに甘いものに手を出し始めた。

手伝っていたクリニックの会計や受付といった仕事まで止めてしまい、ますます暇をもてあましていたのかもしれない。

「明日、パジャマや下着類を届けてくれ」

無造作な口調で父は指示し、ダイニングの椅子に腰掛けた。

「入院させてくれるのね」

ほっとして、さきほど買ってきたメロンパンを生ゴミ入れに突っ込んだ。

「何しているんだ」

驚いたように父がゴミ入れと慧子の顔を交互に見る。

「自棄になって、いろいろ買ってきちゃって」

「だからって、なぜパンを捨てる」

説明するのも面倒になって、「賞味期限切れ」とごまかした。

冷蔵庫の中の濃縮還元ジュースを流しに空けようとすると、「いい加減にしろ。罰当たりな」と父が取り上げた。傍らにあった大ぶりなグラスに注ぐと、喉をならして一息に飲み干した。

「うまい」と空のグラスを慧子に返す。

黄色の曇りを残すグラスを眺めながら、同じ事をしてなぜ母だけが体を悪くするのか、と思うと、腹立たしいような気持ちになる。

「私もお母さんの遺伝子をもらっているんだよね」

グラスを洗いながらため息をついた。

「あまり神経質になることはないが、注意はしておいた方がいいな」

鷹揚に言って、父は何事もなかったかのように寝室に引き上げる。その後ろ姿を見送って、慧子は冷たいノンアルコールビールを一人で空けた。

翌日、書類やパジャマ、洗面具などを揃えて病院を訪れると、母は多少は気分が良くなっているように見えた。

「若い頃に、あの家の人間にさんざん辛い思いをさせられて、それですっかり体を壊してしまったからね」と例によって繰り言が始まる。

適当に受け流し、医師と看護師に頭を下げていると、大学病院でやはり整形外科医をしている弟の泰水が三つになる娘を連れて入ってきた。

「沙羅(さら)ちゃん、おはよう」

慧子はしゃがみ込み、ウェーブした髪を編み下げにした子供の小さな掌にハイタッチする。浅黒い手の甲に比べて掌はピンクで、そのツートーンが美しいと慧子はいつも思う。

浅黒い肌に、大きな黒い瞳(ひとみ)。目が大きすぎて下瞼(まぶた)に小さく皺(しわ)が寄っているのも、かわいらしい。

母の表情がそれまでと一変した。いまにも泣き出しそうな、とろけそうな笑顔で沙羅に手招きする。

弟に「あんた、仕事、どうしたの」と尋ね、「沙羅ちゃん、良く来たね」と弱った体で孫を抱き上げようとする。

慧子は、弟に小声で母の容態をかいつまんで説明した。

「あ、そう。この病院なら専門の先生がいるから大丈夫だよ。僕も良く知ってるし。このへんでもう一度、教育入院やっといた方がいいね」

泰水は例によって屈託がない。そして前向きだ。

「沙羅ちゃん、かわいそうにね」

背後の母の声を聞いて、背筋が強ばった。

「女の子に生まれたっていうのに、こんな真っ黒な顔で。一生、こんな真っ黒のまま生まれ直せないんだもんね。色白に生まれるのとは、女の一生は天と地ほどの差があるっていうのに」

母が切なげな視線を孫娘の顔に注ぎ、その頰を両手で挟んでいた。

体中から血の気が引くような気がして、慧子は腰を浮かせる。

びくつきながら弟の顔を見たが、弟は少しも動じた様子がない。

「そうだよな、沙羅、お日様と仲良しだもんな。サハラ砂漠の王女様なんだよな」と、長い腕を伸ばすと、がさつな仕草で沙羅のウェーブした漆黒の髪を撫(な)でた。

沙羅もにこにこ笑っている。慧子の背中から生暖かい汗が噴き出す。

母が自分とは根本的に相容(あいい)れない人種だ、と思うのはこんなときだ。

そう、母の糖尿病が発見された後、衝突を繰り返しながらも食事療法が奏功し、多少は症状が改善した。にもかかわらず母が、再び以前の自堕落な生活に戻ったあげく症状が悪化し、インシュリン注射が始まったのは、弟の結婚がきっかけだった。

医師免許を取った後、アメリカのバークレーに短期留学していた弟が、フィアンセを連れて帰ってきたのだ。アメリカ人の恋人がいる、というメールをあらかじめ受け取っていたから慧子はさほど驚かなかったし、アミーラという名前からして中東かアフリカ出身の女性かもしれない、とは予想していた。

だが母は、玄関に現れた褐色の肌の女性を見て唖然としたように立ちすくんだまま、しばらく動けなかった。欧米人が来るというだけで、母はひどく緊張していたようだが、まさか息子が白人以外の女性を連れてくるとは思わなかったらしい。

内戦時に両親に連れられ、ソマリアからアメリカに逃げてきたアミーラは、大きな目鼻立ちと秀でた額、がっしり張った顎が、女神の彫像のような威厳を醸し出す、エレガントで優秀な女性だった。陽気な性格と整った容姿で、中学校時代から複数の女の子に追いかけられ続けた弟が、最終的に結婚を決めるとしたら並の女性ではないだろうとは思っていたから、慧子は妙に納得したが、母は収まりがつかない。外国人の嫁というだけで気詰まりなところに、黒い肌の人が来た。

さすがに弟たちがいる間は、英語のやりとりが理解できないながらも、母は愛想笑いを浮かべて接待していたが、二人がどこかに行ったとたんに差別的な言葉を口にして嘆き、泣き、わめきちらして、父に厳しい口調で一喝された。

アフリカ出身の嫁への差別意識を隠さない母が、大した家の出なのかと言えば、そんなことはない。小さな田舎町の兼業農家に生まれ、地元の役場で庶務担当をしていたときに、地域の診療所にやってきた父と知り合い、結婚した。

世間的に見れば、多くの女性がのぞみ、うらやむ上方婚だ。未だに「玉の輿」と揶揄する者もいる。にもかかわらず母は、おそらくはこちらよりは数倍、育ちも家柄も良さそうなソマリア人女性に対して人種的偏見を抱き、不満をぶつけられる人間が娘しかいない中で、タガが外れたように食べ続け、万事に後ろ向きになっていった。

今思えば、母はアフリカ系の女性でなくても、金髪碧眼の生粋のアングロサクソンの女性だろうと、ロータリークラブのメンバーや松浦家の遠縁の紹介するしかるべき家庭の子女であろうと、あるいは中学、高校時代に弟を追いかけ回していた地元の女の子たちであろうと、強硬に反対したのではないかと慧子は思う。

大切に育て、可愛がった息子を、どこかの女に奪われるのが耐え難いというのは、一般的な母親の心理なのだから。

それから間もなく、食事療法や運動療法といった生活改善だけでは、母の病気はもはや進行を止められないという医師の判断で、一日三回、食事のたびにインシュリンの注射を打つようになった。

その一部始終を見ているはずなのに、何一つ気にかけた風もなく、弟は母の病床に孫を連れて見舞いに訪れ、母はあの結婚の前後の修羅場を忘れたかのように、弟の顔を見れば相好を崩し、かわいい孫の褐色の肌を不憫がる。

「あの人は何やってるの？」

世間で言う嫁姑の葛藤を演じるほどの接点さえなく、母はアミーラのことを「あの人」と呼ぶ。

「ああ、今、仕事。休暇取りついでなんで、午前中の授業が終わるのを待って三人で六義園にでも行こうと思ってさ。『天富士』のかき揚げのコースを予約しているんだ」

慧子は慌てて、弟の腕を背後から引いた。

母の表情が強ばっている。だが、弟はまったく意に介した様子はない。

アミーラは、昨年から大学で英会話を教えている。そして知識階層の外国人の常で、滞在先の国の歴史や文化、食べ物に興味を持ち、この国のあらゆるものを精力的に吸収しようとしている。

「そう。せいぜい楽しんできなさい」

切り口上な母の口調を気にかける風もなく、弟は幼い頃から回りの女たちを魅了してきた屈託のない笑顔を母に返し、「それじゃ」と片手を上げる。

父親同様に、三歳の娘もまったく屈託がない。「バイバイ、グランマ」と強ばった笑いを浮かべた祖母の首に両手を回し、その頰にキスした。

二人が出て行くと、母はぐったりと頭を枕に乗せた。仰向いた額に掌を当てるとひやりと湿った感触があった。

「じゃ、明日、また来るね。何かあったら電話して。いつでも携帯には出られるようにしておくから」

慧子がそう声をかけても、母は疲れ果てたように目を閉じたきり、何の反応もしなかった。

病院の敷地を出ると日差しがまぶしかった。このままふわふわと体が浮いてしまいそうな解放感があった。母の入院中に手に入れることのできる、つかの間の自由時間だ。

多忙な父の代理で、夕刻からちょっとしたイベントに出席しなければならないが、それまでは何もない。母の夕食の準備もない。

不意打ちのように憂鬱（ゆううつ）な気分が襲ってきた。自分を縛り上げていた鎖から解放された瞬間に、何もない空間に放り出されたような不安を感じた。解放感が理由のない罪悪感に変わる。

買い物をする気も、以前から気になっていた美術展を見る気も失せていたが、まっすぐに家に戻る気にもなれない。とりあえず食事して帰ろうと思い、病院近くのショッピングモールのカフェに入った。

気がつくとそこで、ランチセットのかわりにパンケーキを注文していた。柔らかな生地にたっぷり染みこんだメープルシロップ、温かい生地に触れたところからじわじわと溶けてくる大量の生クリーム。真っ白なクリームに、鮮やかなワインレッドと紫でだんだら模様を描くベリーソース。

柔らかな食感と、舌が溶けるような甘さが、つかの間の幸福感をもたらす。とりあえず将来の不安も、現在の不満も、いらだちも棚上げされる、はかない幸福だ。

母を虜にしたのはこの幸福の味なのだ、と実感した。甘さそのものでも、食物のうまみでもない。それのもたらす刹那的な幸福の味。

夕刻、慧子はスーツに着替え化粧をし、父から託された祝いの品を携えて、一人、車で神奈川との県境の町へと向かった。

緑に恵まれた住宅地の高台に、父の旧知の開業医が会員制クリニックを開設した。病気の予防と早期発見を目的として定期検診を行い、会員それぞれの体質に合わせたオーダーメードの生活指導と治療を行うというコンセプトを掲げたクリニックは、小さなスポーツジムやレストランも併設され、パーソナルドクターの他に、栄養士やメディカルインストラクターといったスタッフを揃えている。

開所式と記念講演会はすでに終了し、懇親会が始まろうとしているところだった。

胡蝶蘭の鉢が並ぶ会場で、慧子は院長に挨拶し父の言葉を伝え、託された品を手渡した後、クラッチバッグを脇に挟み、ウーロン茶のグラスを手に、立食パーティーの場に入っていく。

「慧子ちゃん、ちょっと」

幼い頃からよく知っている商工会議所の会頭が、手招きした。

「こちら……」と四十そこそこくらいの男性を紹介された。今どき、七三に髪を分け、きちんとネクタイまで締めた男だ。

「桃園会館のご長男」

「桃園会館」は老舗の結婚式場だ。

「まあ。いつかお世話になれるとうれしいです」

手渡された名刺に視線を落とし、当たり障りのない事を言い、自分の名刺を取り出し渡す。松浦クリニックの名称と自分の名前はあっても、肩書きはない。「ファーストレディ」の名刺だ。

「いつかなんて言わないでさ」

会頭は磊落な笑い声を立てると、傍らの男に向き直り、その背中を勢いよく叩いた。

「私は、君の親父さんに頼まれているんだよ」

何を頼まれているのかは言うまでもない。

「桃園会館」の長男は照れることも、はしゃぐこともなく微笑して、「実は、松浦先生には、大学時代、ホッケーで骨折したときにお世話になりまして。高潔な方でお医者さんというだけでなく、人間としても尊敬しています」と、礼儀正しい口調で話す。パンプスをはいた慧子より背は幾分低いが、その笑顔や語り口、お辞儀のしかたなど、所作の一つ一つに育ちの良さが感じられる。

「まあ、高潔だなんて。家ではビールを飲みながらワイドショーを見るのを楽しみにしているような人なのに」と応じ、父が無類のたこ焼き好きで、先日の休診日にはゴム草履に甚平姿で地下鉄に乗り、銀座のデパートの地下まで明石のたこ焼きを買いにいってしまった、という話などを披露する。

独身のまま三十代も半ばを過ぎてしまったが、昔と違い、これから四十くらいまでは多くの女が駆け込みで結婚していく第二の適齢期だ。七十間近の会頭の目から見ても、年齢や階層の釣り合いが取れている二人なのだろう、と理解できた。いつまでも父のファーストレディを務めているわけにはいかないし、世間もそう見る。何より子供を産むつもりならそろそろ真剣に考えなければならない。いろいろあってすっかり疎遠になってしまったかつてのクラスメートたちが、ここにきて次々結婚しているという話も風の便りに聞く。

いつの間にか会頭は消え、会場の片隅で、慧子は桃園会館の息子と二人でグラスを手に談笑していた。

「ちょっと、失礼」

ひとしきり話すと、桃園会館の息子は慧子から離れていった。

慧子は軽く一礼して、別の客と話を始める。しばらくして桃園会館の息子が皿を手に戻ってくると、すこぶる礼儀正しい所作と口調で、会話に割り込んできた。

話しながら「どうぞ」と慧子に小皿を手渡す。

食べやすい小振りなゼリー寄せとパテ、それに銀のフォークが添えられていた。

「ありがとう。ちょうどお腹が空いていたところだったんです」

何か察したらしく、それまで慧子と話をしていた客がさりげなく離れていく。

「気持ち良く食べてくれる女性を見ると、宴会屋のせがれとしては、それだけでうれしくなってしまいます」

遠慮無く皿の上のものに手をつけた慧子に、彼は穏やかな笑顔を向ける。

互いの家族の少しとぼけたエピソード、最近の結婚式事情、はやりのスポーツ整形外科の話など、場数を踏むうちに自然と身についた社交術で、慧子は初対面の彼と打ち解けた風に話を続ける。そしてその社交の作法に則(のっと)り、特定の客とのみ長時間会話することは避け、一礼して別れ別の客と話し始める。

桃園会館の息子との和やかなやりとりの間中、慧子は家族については語っても、自分自身の思い出や心情、趣味などについて、語ることはしなかった。

決して礼を失しない拒否だった。相手もそこからこちらの意思を理解する洗練された感覚を持っていた。頃合いを見計らい、礼儀正しい微笑とともに彼はさり気なく会話を切り上げた。

これほど似合いのカップルはないかもしれない、とその縁を惜しみながら、慧子はさきほど彼が持ってきてくれた前菜の皿をテーブルに置く。

礼儀正しいだけでなく、その所作と言葉の端々に、誠実さの滲(にじ)み出る男だった。裕福な育ちが、野放図さや傲慢(ごうまん)さではなく素直さや正直さを育(はぐく)んだように見える男だった。背丈は低くても物怖(ものお)じすることのない落ち着いた態度が風格を醸しだし、ファッションセンスには無縁でも、清潔感の漂う男だった。

それでも積極的に関わることを避け、礼儀正しいアプローチを当たり障りの無い会話でかわしたのは、その理想的な結婚相手と見える相手に、男性としての魅力を見いだせず生理的な抵抗感を覚えたのと、それ以上に、母の事が心にのしかかっていたからだ。

自分が結婚して家を出たら母の面倒を見る者はだれもいない。

寝たきりでもなければ、麻痺があるわけでもない。幸い視覚障害も起きていない。ときおり感染や皮膚炎を起こすだけだ。だから何一つ、自らの生活に規制をかけようとはしない。だれかが見ていなければ、いずれは高血圧が進んで梗塞を起こすか、あるいは四肢の壊死が起きて切断することになるだろう……。

父は公人としての生活が忙しすぎる。医師としての仕事の他に、行政関係のいくつもの委員や、医師会やロータリークラブの役員まで背負い込んでしまったのは、必ずしも父の責任ではない。ここに開業した曾祖父の時代から、「松浦医院の先生」は、住人たちの入れ替わりのほとんどないこの地域で、そうした役割を担わされてきた。

弟の方はまだまだ医師としては半人前で、大学病院でしばらく勉強してもらわないことにはクリニックの若先生としても使い物にならない。しかもアミーラと沙羅を連れて実家に住み、母の生活管理をすることなど彼には絶対に無理だ。

本人に自覚と意志力さえあれば、こんなことにはならない。せめて主治医の言うことを聞く患者なら。母の心に巣くっている医者への根深い不信感がつくづくうらめしい。

毎日病院に顔を出す慧子に、母はその食事がいかにまずくて粗末かを訴えていたが、病院のスタッフに対しては良い患者であったようだ。採血に不慣れな新人看護師に、腕を穴だらけにされても文句一つ言わず、多少不快感や痛みがあっても、滅多なことではナースコールを押さない。父や弟にも、それほどの不満を漏らしてはいなかったらしい。教育入院も含め、模範的な患者として過ごした二週間後に退院してきた。

食事については、以前に比べさらに制限が加えられていた。高血糖とそれに伴う高血圧によって腎臓内の血管がかなり傷ついていることが、わかったのだ。

糖分に加え、塩分とタンパク質、水分までも控えなければならない。とはいえもともと肉、魚は好きではなかったし、薄い塩味についても病院食で慣れたようだが、甘味とカロリーコントロールについてだけは、母はどうにも我慢ができない。

人工甘味料を使い、慧子は料理やデザートを作るが、その場で舌はごまかせても、体の満足感は得られない。しきりに甘いものを欲しがる。体力は落ち、だるさを訴えているというのに、目を離した隙に、這うようにして甘い物を買いに出かける。駅ビルのパティシエの店まで行く必要はない。駐車場を横切れば、ゴミ出し用のつっかけサンダルで歩ける距離に、コンビニエンスストアがある。そこの棚には、二十四時間途切れることもなく、目も眩むばかりに華やかなパッケージと盛りつけで、ありとあらゆるスイーツがレイアウトされ、売れ行きを競っている。冷蔵庫に入れると娘に見つかって捨てられるので、寝室に隠す。ドレッサーの引き出しから三日前の生菓子を見つけたときは、捨てる捨てないで大げんかをした。そのときから母は、買ってきたものを見つからないうちに即座に食べるようになった。

その夜、たまたま外出先から戻った慧子は、ドアを開けた瞬間、母が両目をかっと見開き、巨大なエクレアを咀嚼しながら両手で口中に押し込んでいく様を見た。喉の奥まで突っ込んで戻しそうになりながらも、堪えて飲み込んでいく。

人間離れした、苦行の光景だった。

これは父がいつか言ったような「楽しみ」なんかではない、と悟った。その食の風景のどこにも、喜びや満足はない。にもかかわらず父は、他に何の趣味もない母の唯一の楽しみが甘いものを食べること、と素朴に信じている。

ワインとゴルフ、読書、チェロの演奏。目が回るほどに多忙なのに、嗜(たしな)みのレベルを超えてセミプロの域に達したいくつもの趣味、慈善活動と行政関係の委員会活動、そして人望。あらゆる物を手にした父には、母の孤独が見えない。

甘い物を食べることでつかの間の安らぎを母は手に入れる。しかし悲劇的なことに、人の感覚は幸福の甘味に鈍麻していく。今日、一皿のベリーソースかけパンケーキに見いだした満足感を得るために、次にはより多く、より濃いものが必要になる。やがて渇望感(かつぼうかん)ばかりが強くなり、口に入れた一瞬に安堵(あんど)はしても、決して幸福感は得られなくなる。摂取したところで、喜びも快感も得られないにもかかわらず、四六時中、甘味への強い渇望に苛(さいな)まれるようになる。

ここまで来たら覚醒剤(かくせいざい)とどう違うのだ？

しかし甘味には、当然のことながら覚醒剤どころかタバコ、酒ほどの規制もかけられていない。美しく幸福なイメージをまとって、様々な広告媒体が誘いかけてくる。

咎(とが)めるどころか言葉をかける気力さえ失い、慧子は母に背を向けて自分の部屋に引きこもった。

数日後、階下のクリニックから書類を抱えて上がってくると、母がしたり顔で待ち構えていた。

「ちょっと来なさい」とダイニングテーブルの前にひっぱっていく。

騒々しい音で、テレビが鳴っている。

「脳の活動には、糖分が必要なんですよ。若い女性の中には、食べたいけれど絶対、甘い物はとらない、と言っている方がいますけどね、実際のカロリーは、大さじ一杯でもこんなものなんです」

画面の中で、白衣姿の男が手にしたボードに貼(は)り付けられたテープを剝(は)がし、下に書かれた数字を見せる。

「つまり、先生、砂糖は悪者じゃない、体に必要なものなのだ、特に脳の活動には絶対必要だと」と、力んだ口調で相手をしているのは、ワイドショーの顔として知られた番組司会者だ。

「で、人間の体にとって、砂糖は一日にどれくらい必要か、と言うと……」

しゃべりながら司会者は、秤(はかり)の上に白砂糖を載せていく。たちまち砂糖の山が築かれる。

「一日にこれだけとっても大丈夫、いや、これだけは体にとっては必要、脳にとっても必要ということなんですよ、奥さん」

司会者は片手の人差し指をカメラに向ける。

「お母さんは健康な人じゃなくて、病気なんだから」

自分の言葉が、画面の中で熱弁をふるう男の言葉にくらべ、まったく無力であることはわかっていた。番組のスポンサーがどこなのかは、普通の知性を持っていれば想像がつく。それをコマーシャルではなく情報番組の枠組みで放映する卑劣さに、慧子は腹を立てた。

「どっこいしょ」とかけ声をかけて母は立ち上がると、ウェッジウッドのカップにティーバッグを入れ、ポットの湯を注ぐ。

戸棚から調味料の箱を取り出すと、容器に添えられたスプーンに、透明感を帯びた白く細かな粒を山盛りにしてカップに入れる。ごく小さなスプーンなので、六杯は入れただろうか。勝ち誇ったようにこちらの反応を見ながら、紅茶をかき回している母の手元を慧子は無言のまま見詰めていた。

やがておもむろにカップを口に運び、中の液体を一口すすり上げた母がぎょっとした顔をした。次の瞬間、くるりと流しの方に振り返り、口の中の液体を吐き出した。むせながら何度も吐き出し、うがいをしている。

調味料入れの中の白い粒は、天然塩だ。グラニュー糖も白砂糖も、慧子がとうに台所から撤去した。普段使うのは沖縄の粉末黒糖だけだ。

母はこちらを振り返った。青鬼の顔だ。でっぷりとした青白い顔の、脂肪に埋まって小さくなった三白眼が、こちらを睨みつけている。無意識のうちに慧子は嘲笑を浮かべている。

母はいきなり手にしたカップを床にたたきつけると、寝室に入り扉を閉めた。

床に飛び散ったカップの欠片を拾い集めながら、慧子は声を立てずに笑っていた。笑いすぎて涙が出た。

母の症状は、退院した二週間後に急変した。明け方から吐き気を訴え、むくみもひどい。あらかじめ父が電話をかけておいて、かかりつけの内科医に朝一番の診療を頼んだ。

そのまま再び入院した。前回の尿路感染が引き金になって腎炎が一気に悪化し、尿毒症を起こしていたのだ。

翌日にはそこから大学病院に移され、慧子は父や弟とともにそちらの泌尿器科の医師から別室に呼ばれた。

上層階にあるカンファレンスルームに入ると、医師は三人に椅子を勧めた。テーブルの上にはコンピュータが載っている。

医師は格別の前置きもなく、母の腎炎がすでに末期に入っていることを告げた。

江崎、というその泌尿器科の医師は、父と弟のちょうど中間くらいの年頃だった。気力体力ともに充実し、十分な経験を積んでいる年齢だ。もの柔らかな口調に不釣り合いな断定的な言葉使いと、こちらを見据えるまっすぐな視線に、精力的で野心的な内面が窺(うかが)われた。

父も弟も江崎医師と面識はなかったが、先方は父のことを良く知っていた。一開業医というよりは、地域の名士として慈善活動や啓蒙(けいもう)活動に関わっているからだ。江崎医師はコンピュータの画面をこちらに向けると、相手が同業者ということもあり、専門用語を駆使し検査数値などを詳細に説明する。慧子もだいたいのところは理解できる。

その上で江崎医師は二つの選択肢を提示した。

透析と移植だ。

透析については、一日おきに病院に通い、五時間をかけて行う。これまでの糖尿病治療と違い、軽い運動はなくなり安静が求められ、食事についてはさらに制限が厳しくなる。

無意識に慧子は大きなため息をつき、こめかみを揉(も)んでいた。

糖尿病の食事制限だけでも、喧嘩(けんか)の連続だったというのに、そんな食事をどうやって母に受け入れさせればいいのだろうか。医師は、慧子の様子からすぐに事情を察したようだ。

「入院中はもちろん透析が始まった後も、患者さん本人はもちろん介護者の方にも、アドヴァイスや支援を行っています。透析に通ってもらうということ以外には、日常的な生活を送れますし、透析を受けながら会社に通って働いている方もたくさんいらっしゃるわけですから」と前向きな内容を口にしながら、その口調はいささか歯切れが悪い。そして父と弟の方に視線を移した。

「もう私から説明するまでもなく、ご理解されていると思いますので、ざっくばらんに申し上げますが」と前置きし、このまま透析に移行した場合、理想的な生活上の管理を行ったとしても余命は約五年、と告げた。

父も弟も、まったく動じた様子がない。慧子の方も実感が無い。

江崎医師は続けてもう一つの選択肢について説明した。腎移植には献腎移植と生体腎移植があること、献腎移植については待っている患者が多く、なかなか順番が回ってこないこと、生体腎移植については家族親族の健康な体から腎臓の一つをもらうことになるが、生体肝移植に比べると、ドナーとのタイプのマッチがやや厳格であること、健康な体にメスを入れるということについての抵抗感や不安感がドナーの側に強いことなどを手際よく、前向きな口調で説明する。

いずれの方法でも移植後、一、二年は、厳格な投薬管理を含めた治療が続けられる。また移植による死亡率は現在、十から二十パーセントくらいだが、成功した場合は、これまでのような厳しい食事制限は必要なくなり、運動や旅行もでき、生活の質は飛躍的に向上する。

父は無言だ。透析の説明のときと違い、質問はせず、うなずくこともない。

弟の方は生体腎移植の説明の途中で、仕事に戻らなければならない時間なので、と中座した。

「現実的な選択として、透析ということですね」

穏やかな口調で、父は面談をしめくくった。

母に対しての告知は、後ほどなされるということだ。

車に戻り、父を助手席に乗せる。病院の敷地内にある立体駐車場のスロープを下りかけて、メーターパネルのランプが点滅しているのに気づいた。

「お父さん、シートベルト」

ハンドルを握ったまま、慧子は短く言った。

「あ……ああ」

カンファレンスルームを出て、再び母を見舞い、駐車場に来るまでの間、むしろ冷たさを感じさせるほどに穏やかな表情をしていた父の内心の動揺が透けて見えた。

「この先が長いな」

ぽつりと漏らした。

医師の言った五年、というのは、いささか短い見積もりで、実際は弱りながらそれよりずっと長く生きる、という意味なのか、それとも患者と家族にとって苦しい時間が長く感じられるという意味なのか、あるいはその両方なのか、暗澹とした気分で慧子は国道を走る。

「どっか寄って食べてから戻る？」

慧子は尋ねた。まもなく昼食の時刻だ。

「いや」

仕事の合間に調べ物をしながら食べるので、サンドウィッチでも買ってきておいてくれという。

もう少し父と話したかったのだが、それも叶わないようだ。

駅前のパン屋で父のお気に入りのパニーニを買って事務室に入ると、橋岡が一人、コンピュータの前で、午前の会計を締めているところだった。

「どうだった、お母さんの具合は？」

振り返り、橋岡が尋ねる。

「ええ、あまり良くはなくて」

言葉を濁したまま、探し物をしている父が診療室から出て来るのを待つ。

橋岡にそれ以上のことを話したくはない。橋岡は軽率でも口が軽いわけでもない。母のことを悪く言うこともない。それでも何とはなしに母を見下しているのが感じられるからだ。

「お父さんは以前、あの女と関係があったの。それであの女は私を事務室から追い出したのよ」

三、四年前、クリニックの手伝いを止めた時、母は唐突に言った。

まさか、と思った。橋岡は、結婚こそしているものの、体や情緒のどこにも艶っぽいものなど持ち合わせていない。どうにも無愛想な女で、患者の評判は必ずしも良くないが、病院のスタッフや製薬会社の営業マン、そして父を始めとする医者たちにも、まったく同じ無愛想で通すところに、慧子は好感を抱いている。しかしひょっとするとそれは表向きの顔なのか。

音楽や文学を愛するロマンティストの父は、男女関係についてだけは、ロマンを求めることがない。若い看護師や理学療法士に囲まれながら、怪しげな行動を取ったことは一度もない。二十代の頃の母との恋だけが、唯一男女間のロマンだった。それにしてもそのロマンが、こんないびつな形に結実するとは、父は想像もしていなかっただろう。

外線電話が鳴った。橋岡が手を伸ばしかけたのを、「いいから」と遮り慧子は受話器を取る。

商工会議所の会頭からだった。

挨拶し、すぐに診療室に回そうとすると、「ああ、そういえば」と相手は慧子に尋ねた。

「その後どうなったのかね？　桃園会館は」

口ぶりからして慧子が乗り気ではないことを知っているようだ。先方にはすでに電話を入れているのかもしれない。

「とっても感じのいい方でしたよね。でも、今、ちょっと母の具合が思わしくないので、そういうことを前向きに考える気持ちになれなくて」

早く父に代わろうと、少し上ずった口調で答えると「だったら余計にかわいい孫の顔を見せてやらなきゃ」と会頭は言う。

「孫なら弟のところにいるので」

「息子の方にいるからいいってもんじゃないよ。娘がいつまでも嫁がないんじゃ、お母さんだってそりゃ具合も悪くなるさ。男の方はそれこそ私くらいの年になっても嫁さんさえ若けりゃ子供は出来るが、女の人はそうはいかないんだから」

十分承知している。

五年、と聞いたときに、母の死を思って悲しみにくれる代わりに、慧子は自分の歳(とし)を考えた。その身勝手さも含め、十分過ぎるほど自覚していることなのだ。

五年経(た)ったときは四十を超えている。母と同年代の橋岡は、この四十歳の看護師に向かって口癖のように言う。

「若くてきれいで、未来があっていいね」

しかし三十代の慧子にとっては、四十という歳は、まぎれもなく女としての終わりを意味する。主婦向け雑誌がいくら煽(あお)ろうと、美魔女と自称する女性が席巻しようと。

「もうっ、プレッシャーかけないでくださいよ」と会頭の言葉に笑いで応じる。

背後から腕が伸びてきた。父が入ってきて受話器を奪い取っていった。

「娘？　ああ、困ったものだね。若い頃から、てんで男に興味がなくって」

そのとき受話器から、会頭の声が漏れてきた。

「でも、もう、アーメンはやってないんだろう」

ぎくりとした後に、苦い笑いがこみ上げてくる。大方の日本人にとって、キリスト教の信仰は、カトリックから統一教会まで、正統、カルトをひっくるめて「アーメンやってる」と違和感を込めて語られるようなものなのだ。

あれがなければ今頃、とうに結婚していただろうか、それとも独身のまま「松浦家のファーストレディ」ではなく「松浦クリニックの若先生」として、父の片腕を務めていただろうか。

大学二年生の夏に、ボランティア活動をしていた先で、礼儀正しくかつ親しみやすく、清潔な雰囲気の二人組の男に出会った。クリスチャンだという彼らに誘われ、地区の教会のパーティーに行き、ルートビアとサンドウィッチでおしゃべりやゲームを楽しんだ。翌週はバザーに参加し、四ヶ月後のクリスマスパーティーに行く頃には、洗礼も済ませていた。

高い入学金とそれまでの高い学費を無駄にして医大を中退し、アメリカにある教団本拠地に行ってしまったのは、今思えば必ずしも信仰の情熱に突き動かされてのことではない。

高い入学金も、医者という仕事も、慧子にとって何ら特別のものではなかったのだ。曾祖父も祖父も父も、そして親類の多くが医者だ。弟も国立大学の医学部を目指して受験勉強に精を出していた。

母の口癖の「医者なんてくだらないやつばかり」という繰り言とその詳細も幼い頃から暗記できるほど聞かされてきたから、医者に対して世間一般の幻想を含んだ敬意も抱いていない。一見裕福そうに見えて、実は私生活を犠牲にする場面の多い、苦労と汚れ仕事とリスクのみ多い商売だということも、父や祖父の生活から知っていた。だから幼い頃から敷かれていたレールに乗って入った医大を退学するのには、まったく躊躇(ちゅうちょ)がなかった。

若く端正な白人宣教師たちの説く世界が、高貴な輝きを帯びて見えた。得意の英語の他に多くの言語を修得し、神学を修め、宣教師として海外に派遣される日を夢見た。

意外だったのは、あれほど医者をこき下ろしていた母が、娘が勝手に退学届けを出してしまったことに泣いて怒り、馬乗りになって自分を殴ったことと、父が確信的な口調で「そういう心境になる時期があるんだ。しかたない。いつか必ず戻ってくる」と語ったことだった。

アメリカの地方都市で、教会の雑用に明け暮れて二年後、慧子は帰国させられ、今度は日本にある教会本部で事務局の仕事を命じられた。

熱望した宣教師への道は開けず、チャンスさえ与えられず、それについて不満を述べることも許されなかったが、それが幸いした。役所でも民間企業でもボランティア団体でも、そして宗教団体でも、その真の姿は、掲げられた立派な信条や教義や華やかな現場にではなく、事務局の帳票類の中にこそ現れる。

自分の信じたものとはほど遠い宗教の実態を、慧子はその後、四年をかけてじわじわと理解し失望した末に、遂に実家の所属する俗世間に戻ってきたのだった。

信仰にのめり込んだ六年間は家族によって隠蔽(いんぺい)され、慧子はアメリカ留学の後、さるNPOで途上国支援の仕事をしていた、ということになっている。ファーストレディの経歴としては申し分ないが、それでもごく親しい者は事実を知っている。知ったうえで、人生のやり直しに手を貸そうとしてくれる会頭の好意に感謝しながらも、今は断るしかない。

長くて五年。そうでなければ三年か、二年か……。

祖父母が亡(な)くなって六年が経つが、未だに母は肩をすぼめて生きている。父に対しても、実の息子に対してでさえ、自分の要求を正面切って突きつけることができない。

唯一、娘にしか本音を吐けない。自分がいなくなれば、母はおとなしく生活を管理されるだろうか。いや、肩をすぼめ、うつむき、心の内を晒せる相手もなく、セルフネグレクトに陥る。

わずか三週間で母は退院してきた。これから一日おき、五時間の透析が始まる。それに加え、いっそう厳しい食事制限と、安静を命じられた。軽い運動が必要とされた糖尿病の予防法と矛盾するが、今回は腎臓病の治療が優先する。

糖分に加え、蛋白、カリウム、水分まで制限した食事を一日三食作る自信はなく、慧子は専門業者の宅配を頼んだ。レトルトパックの食事は、温めて器に空けてみるとそうした病人食とは思えないほど多彩で量もあり、ちょっとした和食レストランのセットメニューのようだ。

しかし退院してきた母は、ほとんどその献立に箸をつけない。甘い物への唯一の執着も無くしたかのように、不機嫌に沈み込んでいる。

「ちゃんと食べないと良くならないよ」と声をかければ、「何をどうしようと五年で死ぬんだから」という言葉が返ってきた。

父や自分の前で余命五年、という言葉を、何の感情も交えずに口にした中年の泌尿器科の医師の顔を思い出す。あの率直さで同じことを患者本人に告げたのだろう。

「本当は、何も食べないで、半年くらいで逝ってくれた方がいいんだろう」

目の前の器から顔を背けるようにして、母は慧子を見上げた。

反射的に後ずさっていた。そんなこと考えているわけないじゃない、と即座には返せないものが、胸底にわだかまっている。

「いったい私の人生って何だったんだろうね。あんなに毎日いじめられた姑をさんざん看病して、いざ自分が病気になってみれば、苦しい思いをして産んで、大事に育てた娘にやっかいもの扱いされる」

大事に育てた、ですって？　という言葉を慧子は飲み込んだ。物心がつくかつかないかという歳から、祖父母への恨みつらみを子守歌がわりに聞かせた。優しかった祖父母に不信感を抱かせ、彼らの腕の中に無邪気に身を委ねることを躊躇させ、彼らの死の間際まで、その愛情に疑いを抱かせ続けたことを、大事に育てた、と言うのか？

この人は。

「ようやく好きなことができるようになったかと思えば、こんな体になって、あと少ししか生きられないなんて。たぶん還暦も迎えられないで死ぬんだろう」

嘆きではない。まぎれもない恨みつらみだった。今度は舅姑や医院のスタッフの代わりに、母は自身の人生を呪っていた。

業者の配達してくれる糖尿・腎臓病食の代わりに、慧子は管理栄養士の作った献立に基づき、母のために食事を作る。多少は味に変化をつけることで何とか食べさせようとするが、慣れない計量で時間がかかる。

それでも母は確実に弱っていく。ときおり熱を出し、だるさを訴え、深夜に父の運転する車で病院に行き、入院することもあるが、たいていは二、三日で戻って来る。快復したからではもちろんない。治療の手段がないからだ。

本人も制約が多く殺風景な病院の環境を嫌い、家に戻りたがる。何より家に戻れば、唯一、自分が萎縮しないで済む娘がいる。

「だれかの腎臓をもらえたら」

母がそう漏らしたのは、尿毒症の症状で、一晩、吐き気で苦しんでいたときだった。胃液しか出なくなっても、大量の水分をかかえ込んでむくんだ胃の吐き気は収まらない。

喉を鳴らし、肩で息をしながら、嘔吐の合間に「ああ、もう嫌だ、本当に嫌だ」と荒い息の下で母は叫ぶ。

「死にたい」と言い出すのではないか、と慧子は身構えた。

苦し気な息の下で、母は胃液とともに言葉を吐き出した。

「だれかの腎臓がもらえたら」

血の気が引いた。

そうだった。頭の片隅にずっとひっかかっていた、あの泌尿器科の医師の言葉だ。

慧子たちにしたのとまったく同じ説明を、あの江崎という医師は母にしたはずだ。

父が「現実的には」という言葉で、門前払いした医師の提案が、鋭いかぎ爪(つめ)となって慧子の心に食い込んでいる。

母の背をさすりながら、「もう嫌だ」と慧子も心の内で悲鳴を上げ続ける。

こうして洗面器を手にして背をさすり続けるのも、薬品を調合するようにして食事を作るのも、管理を拒否する母の生活を管理するのも、もう嫌だ。

死にたい。楽になりたい。だれかの腎臓をもらってまで生きたいと願う母の気が知れない。

病人の方がよほど辛(つら)いのだから、頑張らないとね、と少し前、透析に行った折に看護師長に、ぽんと背中を叩かれた。

「体が動かないわけじゃなし、お手洗いなんかには自分で立っていけるんでしょう。そんなの別に介護でも何でもないわよ」と言ったのは、脳梗塞で倒れた義母を二十数年間、ほとんど一人で世話したという開業医の妻だった。

そう、これは世間では問題にもならないほど楽なケースだ。しかし慧子はもう限界だ、と感じている。こうしているより楽なのは、と自分の腰の上の皮膚に片手を当てている。

夜が明け、朝一番で母を病院に連れて行き、二時間あまりも待合室で過ごした後、慧子は江崎医師から別室に呼ばれた。

前回と違い、ことさら深刻な表情で江崎は切り出した。

「血液透析と内科的手段で治療を続けてきたんですが」と言った後、少し間を置いて続けた。

「好転は非常に難しいとしか言えません」

余命五年と言われた日から、まだ四ヶ月しか経っていなかった。しかしもはや余命五年、などというレベルではないらしい。

こちらに考える時間を与えようとするかのように、間を置きながら、肝心の話に入っていった。

「今すぐに、という状況ではないですし、家族でご相談されてということになるでしょうけれど、そろそろ移植について考えても良い時期にきていますね」

微妙な言い回しだ。決して圧力をかけているわけではない、と言いたげだ。その上で母の命を長らえさせる唯一の手段を提示した。もちろん脳死のドナーを待つという意味ではない。昨夜、慧子が考えたことだった。

この苦しむ姿を見ないで済めば。煩雑な食事作りとその日の病人の感情によって不安に駆られたり、ほっとしたり、自己嫌悪に陥ったりする、自身の気分的なアップダウンから逃れられ、精神的な安定を得られるのなら。

家族で話し合い、母の意思を確認し、合意が出来たら検査を受け、だれの臓器が適しているかを調べ、ドナーとなる親族家族の意思を確認し……。

医師はそのプロセスをごく簡単に話した後、「詳しいことはまたお父さんや弟さんがご一緒のときに、ご説明します」と締めくくった。

入院が決まった母の病室に戻ると、母はどんよりとした目を半開きにして天井を見詰めていた。固く引き結んだ唇が、死にたくない、と語っているように見えた。良いことなんか、楽しいことなんか何一つなかったのに、死んでなるものかと。

生きる気力があれば病は好転するなどというのは、まやかしだ。死の影が母の顔に濃く貼り付き、それでも母は残り少ない生に全力でしがみついている。

前回まではとりあえず個室を取れたが、この日は母よりさらに重篤な患者がいるからという理由で、六人部屋に入れられていた。父から頼めばそれなりにわがままのきく病院に転院はできるが、治療の水準からして、現在、ここが一番と言われている。それにしても慧子以外の人間に対してはひどく気兼ねする母が、ペパーミントグリーンのカーテン一枚で隣のベッドと遮られた相部屋に寝かされている様は痛ましい。

「すぐ戻って来るからね。大丈夫だから」

そう言い残して病院を出た。

細かな雨が降っていた。いつの間にか梅雨入りしていた。

その足で泰水の勤務する大学病院に行った。まず父に話したかったのだが、まだ診療時間中だ。

昼食を取りながら話を聞こうと、内部のカフェテリアに案内しようとする弟を、静かな所がいいから、と雨の中を裏手にある日本料理店に連れ出した。

食事が運ばれて来る前に、ざっと母の容態について話した。

さすがに深刻な表情で泰水は目を伏せ、うなずいた。

「少し早まったってことか」と一人ごとのように言い、「予想はできたけどね、この前の面談の時点で」とため息をついた。

「先生は婉曲（えんきょく）ないい方をされていたけど、つまり後はもう移植しかないって」

「現実的にはなかなか脳死なんて出ないし、あったにしてもなかなか回って来ないからな。病気の腎臓を移植してでもとにかく命を繋ぎたいって判断、犯罪として扱われていたけれど、僕としては間違っているとは思えないな」

「だから脳死移植じゃなくて」と少しじれて慧子は遮った。弟が故意に話題をずらせているような気がした。

「もしタイプが合うなら私が」

弟は表情を変えることもなく首を横に振った。

「アネキだって、少なくとも一年間だけは医大にいたんだからわかるだろうけど」と姉に「アネキ」と呼びかけた。ざっくばらんな言葉使いとは逆に、距離を取りたいときの泰水のいつもの呼び方だった。

「移植して元気になりました、万歳、っていうのは、あれは成功したケースのしかも直後のニュースだけだよ。実際には一、二割は失敗して死んでいる。移植した腎が機能しないこともあるし、それよりお母さんの場合は、たとえ腎臓だけ新しい健康的なものに変えたところで、他がやられているんだから同じだよ。腎臓があそこまで行ってるってことは、全身の血管や神経もやられているってことだから、次は心臓に来るか、脳に来るか。足の壊死で切断ということになるかもしれない。移植したからって、寿命を全うできるわけじゃない」

冷静な口調だ。さきほど容態を告げたときの苦しげな顔とは別人のようだ。気分のスイッチを鮮やかに切り替えて、どんな心境のときも適切な判断ができる、というのは社会人の資格の一つなのか、と慧子は弟の顔を見詰める。

「でも死ぬまでの生活の質は向上するはず。たとえ一、二年でも」

追い詰められたような気持ちになっていた。

「するはずないだろう」

最後まで言う前に泰水が言葉を被せた。

「移植した後、一、二年は、今以上に厳しい管理が必要なんだよ。きちんと薬を飲んで、厳格な食事制限をして、免疫を無くしているから感染症にかからないように慎重に生活しなければならないんだ。あの人に節制とか、自己管理とか、できると思う？」

あの人、と弟は母のことを呼んだ。

「姉さんは知らないだろうけど、僕だって、医者として、お母さんにはきちんと話したんだよ。あれは二年くらい前のことだけど、『お母さん、僕は前と同じことをこれまでこうして七回言ったよ。確かに言ったよね。お母さんがそういう生活を続けるのなら、近いうちに本当に命にかかわることになる。僕じゃなくてお母さん自身が苦しい思いをすることになるんだ。難しいことは言わない。指導された通りの食事と軽い運動をして、それだけでいいから』って。お母さんは『うん、そうしてるよ』って答えたよ。神妙な顔をして。でもしてないんだ。そういう人だから。逆らわないだけで、絶対人の話を聞いてない」

逆らわないのではない。逆らえないのだ。父にも、亡くなった祖父母にも、医院のスタッフや自分の産んだ息子にさえ、正面切って反論できない。娘が唯一の例外だ。それがなぜなのかと考える余裕などない。ただ理不尽さに腹が立つ。

「僕、その後に言ったんだ。『とにかく僕は七回言った。あと、三回だけ言うよ。合計十回言う。そうしたら二度と、お母さんにとってこんな不愉快な説教はしない。わかったね。そのときにはお母さん、すべての責任は自分で引き受けるということなんだから、わかっているよね』って。お母さんは『わかった。言う通りにするよ』と言った。あの人、絶対、そういうとき人の目を見ないからね。あのとき、ああ、これはもうだめだ、と悟ったんだ。それから三回、計十回同じことを言ったあと、僕はそれ以上、干渉するのはやめた。たぶん今のようなことになるのは、自分でも覚悟の上だったのだろう。今更、苦しいからなんとかしてくれということなら、可哀想だけど、お母さんの性格の問題なんで、だれも何もできない」

その瞳に、わずかに悲嘆の色が見えた。

「計十回って……」

そんなことで人を納得させられると考えているのだろうか、医者をやっていられるのだろうか、と慧子は思った。それから気づいた。泰水は父と同じ整形外科医だが、専門はスポーツ整形だ。オリンピックや大きな大会に向けて組織された医療チームに入り、心身ともに鍛え上げられ、デリケートではあっても自己管理能力に長けた選手やそのコーチたちを相手に仕事をしてきた。人生に対して後ろ向きな、治そうという意欲のない患者など診てこなかったし、もしいたにしてもそうして引導を渡して、優秀な患者のみ相手にしてきたのかもしれない。

「うちの病院の清掃員のおばちゃんなんか、七十過ぎて、一日中、病棟でモップかけだよ。ご主人を若い頃に亡くして、娘は遠くに嫁いでしまって、一人暮らしだそうだ。朝五時に上尾の家を出てきて、一日中、立ちっぱなしで仕事して、病院の食堂で一日の終わりに、甘いコーヒーを飲むときが一番、幸せだって。それだっていつも明るい。それにくらべて生活の苦労もなく、好きなところに行って、好きなものを食べて、孫の顔も見られて、お母さんみたいに恵まれた人なんて、そうそうはいないんだよ」

「だから？」と言ったまま続く言葉は出てこない。

だからもう十分だろう、諦めて死んでいけっていうの？　という問いかけを飲み込んだ。

怒りとも悲しみとも苛立ちとも、表現できない。何かひどく混乱した感情が噴き上がってきて、突然、涙がこぼれた。

松花堂弁当を運んできた仲居の手が一瞬止まり、すぐに何も見なかったように淀みない動作でテーブルにセットし、戻っていく。

「可愛がられてきたくせに、やっちゃん、やっちゃんって、お母さんはいつもあなたが一番だったのに」

「悲しいよ。僕だって泣きたいさ。お母さんのこと大好きだからさ」

いったいどうやったらこんな態度と言葉が出てくるのか。救いがたいほどの率直さを、肝心なときに弟は見せる。計算でも演出でもなく、それが可愛がられまっすぐに育った泰水の本質だ。それで目上の者にも、目下の者にも、男にも女にも、まったく異なる文化と感性を持つ外国人からさえも愛されてきた。

「わかった。とにかく私は、私の腎臓の適合検査受けてみる」

「やめた方がいい」と泰水は、打って変わって冷静な口調になった。

「検査を受けて、フィットした場合、やっかいだよ。やっぱり嫌だ、と思ったら、一生、自分がお母さんの命を犠牲にしたという罪悪感がつきまとうことになるし、もしドナーになるとしたら、二つあるから一個あげるなんていう、簡単なものじゃないんだ。二つある臓器は、必要があるから二つあるんだからね。どんなきっかけで残った一つが機能しなくなるかわからないんだよ」

「リスクがあることは知ってるけれど、覚悟の上で言ってるのよ」

実のところ覚悟などなかった。意地になって答えていた。

弟は無言のまま、慧子をみつめた。しんと静まった視線が、氷のかけらのように見えた。

「それならこれ以上は、僕は止めない。ただ将来的に何か障害が出たとして、姉さんの面倒をみる人間はいるの？　ダンナも子供もいない、たった一人なんだよ。身体的にも心理的にもケアする人間はだれもいない。もちろんダンナや子供がいたら、まもなく六十になるお母さんに腎臓を一つあげるなんていう発想にはならないと思うけれど」

たった一人、身体的にも心理的にもだれもケアできない、という弟の言葉が、心の内で反響した。

「つまり自分で背負い込みたくないってことなのよね」

泰水の顔を正面から見詰めて慧子は言った。見れば見るほど、母とよく似た、彫りの深い、整った顔立ちだ。母にはない、まっすぐな明るさが、単なる造形的な美しさを超えて、弟を類(たぐい)まれな美丈夫に見せている。

泰水の眉(まゆ)が曇る。意外なほど思いやり深い表情がのぞいた。

「お姉ちゃん」と幼いころの呼び方に戻っている。

「午後からうちの精神科に来ないか？　予約制だけど、僕から先生に頼んでおく。午後イチで診てくれるはずだ。女医で、主に女の人のうつとか虐待(ぎゃくたい)とか共依存とか扱って、実績を上げているんだ。有能な先生だよ」

手にはすでに携帯電話が握られていた。

「ふざけないで」

そう怒鳴ったまま、目の前の松花堂弁当に手もつけず、慧子は降りしきる雨の中に飛び出していた。

ぼんやりしていて交差点で、後続車からクラクションを鳴らされた。

止まっているバスに追突しそうにもなった。

結局、母の病室には戻らなかった。

どうにか家に戻ってきてパソコンをチェックする。

留守の間に、クリニック宛てに来たメールが、橋岡から転送されていた。

訃報だ。父の知人の母親が亡くなった。葬儀の日時と場所が記されている。階下のクリニックに下りていったときにでも直接話せば良さそうなものだが、忙しさに紛れて言い忘れたりしないようにという橋岡の配慮だ。斎場指定の花屋を調べ、ホームページのURLまでコピーしてある。そちらをクリックして、申し込みフォームを呼び出す。

父と知人の関係を素早く推し量り、花のランクを指定し、個数や名札に入れる名前など必要な情報を打ち込む。

二分足らずで盛花の手配は終わった。

「心なんて、どこにもありはしない」という母のため息が聞こえて来たような気がした。以前のように、電話をかけた後にファックスで必要事項を書いて送信したところで同じことだ。

単純に母はコンピュータ、という機械になじめなかった。

はっとした。母が突然、階下のクリニックに行かなくなった理由に思い当たった。

姑を見送った解放感から、遊んで暮らしたくなったのではない。もちろん橋岡に追い出されたわけでもない。彼女が父と関係があった、というのも母の妄想だ。

コンピュータ、正確には、あの少し前から導入した電子システムが、母を追い出したのだ。

商業高校を卒業した母は、レジスターや様々な機能のついた電卓の操作には長けていた。その後に導入されたレセプトコンピュータの専用端末も不自由なく使いこなしていた。だから慧子も気づかなかった。形状は似ていても、専用端末と汎用機はまったく別物だ。

四年ほど前、松浦クリニックではレセプトの処理を、専用端末からより汎用性の高いＰＣに変え、インターネットを使ったレセプトの送信に加え、カルテの管理などすべてを電子化した。そのときから母は付いていかれなくなっていたのだ。

弟がアメリカ留学中にスカイプで通信してきたときも、画面の中の弟相手に、母はひどく居づらそうにしてろくに話もしなかったし、国際電話は高いからパソコンを使えと言われた後も、高い国際電話をかけ続けたことを慧子は思い出す。

母と同年配の橋岡も学歴においては母と変わりない。その違いは、機械との相性ではない。システムの説明にやってくる営業マンの扱い方だった。

電話一本で若い営業マンを呼びつけ、「だから理屈はいいから、どういう順番でどのボタンを押せばいいのさ、それを教えてよ」と遠慮会釈無い口をきき、自分専用のマニュアルを作らせて機械の脇に貼り出している橋岡の姿を見たことがある。それに対して、母の性格ではたとえわからないことがあっても聞けないし、それ以前に人を呼びつけること自体ができない。尻込みして機械から逃げる母を、責任持って現場を仕切っている橋岡が邪険に扱ったとしてもだれも咎められない。

結婚してから医療事務の資格を取り、家事、育児の傍ら、医院の事務を支えたというのが、母の誇りだった。当時、診療報酬を得るための明細書の作成には、高度な知識と複雑な計算を必要とした。それができた母は、祖母の君臨する家庭内とは別の場所に、居場所を見つけることができたのだ。しかしレセプトコンピュータが導入された時点で、専門家としての存在価値を失った。そして本格電子化とともに、母のできること自体がなくなった。

舅姑を見送って家庭内の重しは取れたが、子供たちも育ち上がり、空の巣だけが残された。夫の働くクリニックにも自分の居場所はない。

今日から自由だ。私の人生は私のものになった。今までやりたかったことをようやく始められる。そんな風に前向きに自分自身を変えていける柔軟さと器用さを、だれもが持ち合わせているわけではない。

その夜、診療の終わった父と久しぶりに差し向かいで食事しながら、この日、江崎医師から聞いた話を伝えた。

「移植については、やるべきじゃない」

父は断定的に言った。成功率、他の合併症との関係、術後の生活管理の難しさ。根拠を丁寧に示しながら、父は説明した。弟とまったく同じ見解だ。その口調の明快さと冷静さも瓜二つだ。弟は、母から容姿を、父からは性格を受け継いだ。それも、私の中に。

「でもこのままだと確実に死ぬとわかっていて、手段があるのなら。それなら検査だけでも受けてみようと……」

父の眉根がぴくりと動いた。

「ばかなことを考えるんじゃない」

思わず背筋が反り返るような一喝だった。

「あの男は最初から、信用ならんと感じていた」

沈着な父がめずらしく声を荒げ、目を据わらせて、江崎医師を「あの男」と罵った。

「だいたい生体腎移植など、医療サイドからは提案しないというのが、最低限の倫理じゃないか。こちらからお願いしますと言わない限り、そんなことは口にすべきではない。娘が一人で行ったところに持ち出すとは何事だ。執刀する方は、自分の身を切られるわけじゃない。自分は痛くもかゆくもない。だから実績を作りたい一心でやたらに切りたがる。いいか、軽く考えるんじゃない」

のしかかるように父は半ば腰を浮かせて続けた。

医学部を中退して、宣教師になるためにアメリカに渡ると言い出した時でさえ冷静だった父が、手がつけられないほど感情的な口調で、ドナーとなった場合のリスクを並べ立てる。

うなずきながら涙がこぼれそうになった。肝心なときにはこうして、自分は父に守られてきた。

「だいたい子供にそんなことをさせたい親がどこにいる。自分の命に代えて子供の健康を守ってやりたい、と思いはすれ、子供の健康な体を切らせて自分が生き延びようなどとは絶対に思わない。それが親だ」

父はテーブルの上の水を飲んだ。一息ついたように、少し落ち着いた表情に戻ると、しみじみとした声で言った。

「確かに子供から移植を受ける親も少数ではあるがいる。が、それもいろいろ事情があってのことで、親としては説得された挙げ句に、自分の身を切られる思いで首を縦に振らざるをえなかったんだ。決して自分から望んでのことじゃない。間違えたらだめだ。子供が自分の体と将来を削って親に差しだそうなどというのは、親孝行でも何でもない。お母さんからしたら少しばかり命を長らえさせてくれるより」と言葉を切って、父は慧子を見詰めた。穏やかな顔だった。

「良い男と結婚して孫の顔を見せてくれる方がよっぽどうれしいんだよ。確かに孫は一人いるが」

それ以上は口に出さない品性を父は保っていた。かわいいが、浅黒い肌をした外国人の血が混じっている孫。母の心には未だにわだかまりが残っている。

「娘の方がいつまでも結婚せずに子供もいないのでは、母親としては心配で死んでも死にきれない。息子の方にいるからいいだろうって、ことではないんだ」

商工会議所の会頭と同じ事を言う。母が、というより、父自身の思いなのだろう。

雨脚が急に強まったようだ。通り過ぎる車の音、冷蔵庫のモーター音、乾いた空気とともに吐き出されるエアコンの唸りをかき消して、降りしきる雨の連続音が耳を打つ。

「あと五年にしろ半年にしろ、それはお母さんの寿命だ。六十年近くそういう生き方をしてきた結果としての寿命なんだ」

　結論づけるような言葉にはっとして顔を上げた。

「お母さんは、これまでだれの言うことにも耳を貸さなかった。そういう人だ。自分で選び取った以上は、それ相当の覚悟はあるのだろう。自分の人生に責任を持つのは、最終的に自分しかない」

　反論の余地はない。正論は常に酷薄だ。それを知りつつ正論を語る父に誠実さを感じながら、慧子は非難したい気持ちにかられた。

　母が可哀想だった。同情ではなく、我が身そのものが、すべてのものに見捨てられたような悲嘆の感情に放り込まれた。

　涙も出ない。泣くも怒るも、それで振り返ってくれる者がいるからこそなのだ、ということを知った。すべてのものに見捨てられたと感じた瞬間は、巨大な真空の中に放り出されたような浮遊感があるだけで、表情も動かせない。

　いずれにせよ、明日にでもすぐに江崎医師に連絡を取って話を聞きに行く、と言い残して、父は再び階下の書斎に下りていく。今夜はもう少し調べ物が残っているらしい。朝食を済ませると慌ただしくクリニックに下りて行き、夜は会合や行事、帰宅してもすぐに書斎に籠もって調べ物を始める。それが父の一日だ。職住一体ということは、一つ間違えれば、家庭生活がなくなるということでもある。

夕食にほとんど手をつけないまま、慧子は後片付けにかかる。布巾を洗って干すと、ガラス窓越しに駐車場を隔ててコンビニエンスストアの灯りが見えた。

香典袋を買いに行かなければ、と思い出した。祝儀袋の買い置きはあるが、香典袋の方は「縁起でもない」と母が嫌がるので引き出しの中にはない。

財布を手にサンダル履きで外に出る。幸い、雨は小止みになっていた。

まばゆい店内に入り目的の物を籠に入れてレジに行きかけ、そこにあるスイーツに目を止めた。母との数限りない葛藤の元になったもの、その健康管理を引き受けた自分の神経を常に苛立たせたものに、不意に惹きつけられた。

切り口にフルーツが顔を出すロールケーキ、鮮やかなイチゴソースとアイスクリームと生クリームが詰め込まれたパフェ、ココアパウダーのかかったティラミス。

香典袋を入れた籠に手当たり次第、放り込んだ。

家に戻り、薄墨の筆ペンで香典袋に父の名前を書いた。

さきほど父のスケジュールを確認したところ、告別式はもちろん通夜の出席も難しいことがわかった。やはり慧子が明日の晩、杉並にある斎場まで行かなければならない。

クロゼットから喪服を取り出しブラシをかけ、黒のパンプスの汚れを払い、黒のバッグ、数珠、袱紗を用意する。

一通り終わったとき、コンビニエンスストアで買ったパフェを冷凍庫に入れずロールケーキなどと一緒に冷蔵室に入れてしまったことに気づいた。

慌てて取り出し、アイスクリームの溶けかけたそれを立ったまま食べた。甘かった。ほっとした気分になった。底に入っていたフレークスまで平らげ容器を洗って捨てたときにも、まだ物足りなかった。カロリーからすればそれ一つで一食分くらいに相当するが、体でも舌でもなく、心が甘味を求めている。

とろけるようなティラミスをあっという間にたいらげ、ロールケーキに手を出している。端から切り、一切れ、二切れ、とフォークの上のピースが大きくなり、なぜか目の前から消さなければ気が済まないような気がして、もはや甘みに飽きた後も詰め込んでいた。

食べ終えた後に、後悔とともに強烈な吐き気が襲ってきた。手洗いに飛び込んで吐くのは病的な感じがして、冷蔵庫からサンペレグリノを取り出し、喉に流し込んでこらえる。

「六十年近くそういう生き方をしてきた結果としての寿命なんだ」という父の言葉が、

声色が、ざらついた感触をともなって、耳によみがえってくる。

目の前に食べ散らかした包み紙がある。母と同じだ。嫌悪感を覚える代わりに、寿命と引き替えに母を甘味に駆り立てたものを再び思った。

父の名前を記した香典袋、盛花代金振り込み口座のプリントアウト、黒のワンピースと袱紗。

いつの間にか、父とともに様々な場に出るようになっていた。それ以上に、父の代理として行事や式典に出席する機会が増えた。

父本人ではなく、代理人が行くことに何の意味があるのか。いちいち疑問を持って考え込んでいたら、日常生活は回っていかない。黙々と準備し、目の前の仕事を片付けていく。

母にはそれができなかった。物事にこだわり、立ち止まり、振り返り、答えの出ない問題に答えを見つけようと悩むことで、母はきっとタコが自分の足を食うように自分の心を食い荒らしていったのだ。

一家の主婦の仕事は炊事洗濯ではないのよ、そんなことは女中の仕事でしょう。主婦というのはね、お家(うち)の外交官なの。親類や主人の知り合いや仕事先の人ときちんとお付き合いするのが役目なのよ。

幼い頃、祖母に聞かされた言葉だった。当時、松浦家には、すでに祖母の言う「女中」はいなかったが、医院と家庭内の双方の雑事を手伝ってくれる「お姉さん」がいて、祖母は細筆を手に挨拶状をしたためたり、式典に出席したりと、心置きなく「お家の外交官」を務めていた。しかし母がそうした役割を演じた姿は見たことがない。炊事洗濯をしながら、医院の受付でレセプトの整理や会計処理をしていた。排除されたわけではない。母の意思だ。姑に服従する姿勢を見せながら、母は「主婦とは、お家の外交官」という彼女の言葉に敢然と抵抗した。

「家の中を人任せにして、ちゃらちゃら着飾って出かけたり、おべっかつかったり、そんなものが主婦の仕事だなんて、ろくでもない」と吐き捨てるように言い、黙々と戸棚を拭いていた。

祖母が作らせたハナエモリのスーツに袖を通すこともなく、冠婚葬祭はともかくとして、式典やパーティーには決して父と並んで出ようとはしなかったし、父の代理出席も「田舎の出で教育もありませんから」という言葉で拒否した。

「お家の外交官」はその後も祖母が務め、いつの間にかその役は間の世代を飛び越して孫である慧子に自然に受け渡された。

初めて父と連れだってロータリークラブ主催のチャリティー講演会に出かけていっ

たときは、高校の制服姿だった。突然スピーチするように求められ、さほどの抵抗もなくスタンドマイクの前に立った。みんなが温かい拍手を送ってくれた。そんな意識はなかったが、あのとき、松浦家の外交官の役割を祖母から引き継いだのかもしれない。

おとなしそうに見えて頑固な母を父は扱いかねていたのか、無理強いして連れ出すことはしなかった。ひょっとするとおよそ社交的洗練に縁のない母を恥じたのか。そんなはずはない、とすぐに否定した。父は見栄(みえ)や外聞には、およそ無縁の人だ。ただ、自分の所属する世界ともう一つの世界の間に横たわる亀裂(きれつ)を認めていたのだ。

そう、かつて父はもう一つの世界にあこがれ、そちらの世界の住人になれると信じた日々があった。そうして一時、母の所属する世界の住人になった。

その当時のことを父はほとんど語らないが、父の友人から聞いた話によれば、学園紛争の最中に大学を卒業した父は、大学病院のあり方に反発し、家を出て地方の診療所に勤めた。そのとき町役場の保健予防課で庶務担当をしていた母と知り合い、恋に落ちた。

当時の母の写真を父は診療机の上に飾ってある。労組の集会の折なのか、鉢巻きに開襟(かいきん)シャツ、ゼッケンという格好で、まぶしげに少し眉をひそめた顔が、清楚(せいそ)でありながら凛(りん)として美しかった。商業高校を卒業して役場に就職した母は、父よりずいぶん年下だったが、村落社会の濃い人間関係の中で育ち、しかも二、三年の社会人経験もあって、父から見るとずいぶん大人びて見えたらしい。

まもなくして母は身ごもり、二人は急遽(きゅうきょ)、福祉会館の一室でささやかな式を挙げて結婚した。仲間や母の親類からの祝福は受けたが、父の親族は誰も出席しなかった。

一生、僻地(へきち)医療に携わるという決意で首都を離れた父は、しかし慧子の産まれた翌年には、あれほど批判した大学病院に戻ってきた。高い理想を掲げて出て行ったものの、未熟な医師が勉強の機会もなく、最先端の情報に触れることもないまま仕事を続けられるほど、医療の現場は甘くはなかったのだ。今と違い、インターネットもなかった。

しかし大学病院の勤務医が、妻と産まれたばかりの我が子を連れて戻ってきて暮らすには、東京の物価は高すぎる。天井知らずのインフレの時代でもあった。

一家が父の実家に戻ったのは当然の成り行きでもあり、このとき母は嫁として松浦家に入った。

「鬼千匹とはあのことだよ。こっちが田舎者で教育もないものだから、みんなが揃(そろ)っていじめにかかったのさ」

幼い頃から同じ話を何度聞かされたことか。

祖父が祖母が、叔父や伯母や医院のスタッフたちが鬼だったとは、慧子にはとうてい思えないが、母にしてみれば、自分をひそかに見下し、さり気なく無視する者、そして母から見て理解不能な人々のすべてが鬼だったのかもしれない。

その鬼二人が死に、別の鬼がやってきた。決して鬼ではないが、母にとっては紛れもない鬼たち。

アミーラがやってきて、やがて娘の沙羅が加わり、家族は丸ごと鬼になった。

弟と結婚し、またたく間に日本語を習得したアミーラだが、それでも微妙なニュアンスを理解するのはむずかしい。弟が会話を通訳してアミーラに聞かせてやったとき、父が即座に英語に切り替えて話し始めた。異国から来た嫁への配慮だった。疎外感を抱かせまいという思いやりと、ソマリア出身のアミーラにとっても英語は外国語であり、それならみんな同じ条件で、というフェアな精神から、家族の会話は突然、英語に切り替わる。その前から口数の少ない母のことなど、みんな忘れていた。弟の意思で、インターナショナルプレスクールに通っている沙羅にしても、家庭内の会話は英語だ。

台所と居間を往復し、母は黙々と弟一家の接待をしていた。一流の社交術を身につけたアミーラは、孤立しがちな母に盛んに日本語で話しかけてくれた。しかしその会話に困惑して強ばった笑顔を浮かべる母の抱えた緊張感を、あの頃、慧子さえ察してやることができなかった。ときおり母は「このまま孫としゃべることもできなくなったら切ないね」とため息を漏らしていたが、その心配は無用で、そのうち沙羅は幼児なりの気遣いから、母に対しては日本語で話しかけるようになった。

この家にやってきて三十数年、経済的に恵まれ、その気になれば時間を捻出することができ、しかも高齢でもない母が、なぜコンピュータからも英語からも逃げたのか、慧子はその努力を放棄した姿勢に常に眉をひそめてきた。しかし今、そうした気力さえ喪失させた母の孤独感が、我がことのように理解され、胸苦しさを覚えていた。

若き日の父の理想と夢は、決して橋のかけようのない世界から、母を連れてきてしまったのだ。昨日までの自分を捨て、こちらの世界の人間に自分を作り変えてしまうだけの柔軟さ、精神の強靱な代謝能力、あるいは上昇志向を母は持ってはいなかった。

自分の育ちや帰属していた世界に、母は母なりの誇りを抱いていた。自分の出身を封印し、松浦家という中流の家庭に適応し、さらに上級の女へと自分を磨き上げていくことに腐心する、本来の「育ちの悪さ」を持ち合わせていたなら、母の人生はまったく違うものになっていただろう。

あるいはあの世界にずっと生きていられたなら、親類の紹介か、あるいは役場の事務員同士で結婚し、生まれた子供を互いの両親や保育園に預け、軽自動車で職場に通い、地域住民のために働き、家庭では持ち前の手際よさで炊事洗濯を片付け、子供たちを育てる生活であったなら、消耗しながらも母は今より遥かに幸せな人生を送っていたかもしれない。信頼のおける職員、良く出来た働き者の嫁、立派な母として、だれからも一目おかれて。少なくともあんな風にうつむいたまま、ため込んだ不満によって身体を病むことはなかった。

母を違う世界に連れてきたことについて、父は責任を感じてはいない。いや、そんな必要などないのだ。

二十歳を過ぎ、妊娠する能力を持つ「大人」と、両性の合意のみに基づいて、結婚したのだから。その点では、父は公正でリベラルな松浦家の男だった。母の内にため込まれた、理屈で割り切れない思い、ひたすらネガティブな言葉で吐き出される必死の訴えを汲み取ることなどできるはずはない。

「つきあい始めてしばらくして、お父さんがどんな人か、薄々、わかってきて、別れようかと思った。でもそのときには、あんたがお腹に入ってしまっていて。あんたさえいなかったら、結婚なんかしなかったよ」

そこまで話した後、母は必ず付け加えたものだ。

「私は、医者だの金持ちの息子だのと結婚したいなんていう賤(いや)しい心は、これっぽっちも持っていなかったんだから」

だが世間はそうは見ない。

「そんなに嫌なら離婚すれば良かったじゃない」

それまでおとなしく母の愚痴と恨み言を聞いていた慧子が、初めてそう反発したのは、中学二年生のときだった。女性の自立、という言葉は、だいぶ古びてはいたが、今ほど景気は悪くなく、男女雇用機会均等法が施行され、男女共同参画社会の実現が叫ばれていた。今のように、産めよ増やせよ、女よ家庭に戻れ、という抑圧的空気もなく、男の経済力を結婚の第一条件に掲げることに女の方も抵抗を覚えた時代だった。

慧子の言葉に、「子供がいるっていうのに、出て行くことなんてできるわけがないじゃない」と母は泣いて怒った。

「子供を捨てることなんて、できるわけないじゃない」

少し落ち着いた後に、いつもの言葉を付け加えた。

「あんたさえ出来なかったら、こんなふうになってはいなかった」と。

だから自分は、教会に逃げたのかもしれない、と慧子は思う。

あれは純粋な信仰心というより、「あんたさえ出来なければ」と言われ続けて成長した長女の復讐だった。「だったら産まれた後に消えてやる」という気持ちが、心のどこかにあった。

そもそも物事の裏側にあるものに思いを巡らせたりすることなく、まっすぐに生きてきた父は、そんな母の屈折した内心には思いが及ばない。長女が背負った負担にも気づかない。せっかく入った大学を中退するという慧子の決意に、自分の卒業当時の行動を重ね合わせ、いずれ目覚めて戻ってくるという素朴な信頼とともにアメリカに送り出してくれた。

そして娘は目覚めて戻ってきた。自らの信仰への疑問ではなく、本部事務局の金の流れから幹部と組織の不正や腐敗を見せつけられ、現実に引き戻されて。

しかしあのとき慧子の手首を摑んで、世俗の世界に引っ張り上げてくれたのは母だった。

健康保険もなく虫歯の治療ができずに、数年ぶりに金の無心をする電話をかけたとき、母はすぐに待ち合わせたカフェに保険証と金を携えてきてくれた。音信不通にしていた数年間も、保険料を払い続けてくれていたのだ。

「日本に戻ってきていたっていうのに、なんで連絡の一つも寄越さないのよ」と顔をくしゃくしゃにしてあのとき母は言った。

「あんた、あの『アーメン』にいいように利用されてるんだよ。すぐに帰っておいで。体でもこわしてからじゃ遅いんだから」

行儀の良い父や祖父母なら決して口にしない言葉、身も蓋(ふた)もない事実そのものだった。

慧子自身、利用されていることになど、とうに気づいていた。承知の上で、六、七年かけて培(つちか)われた自らの敬虔(けいけん)な感情に折り合いをつけようとしていた。幹部の不正や組織内の不平等は、神の教えとは無関係なものだ、と思い込もうとしていた。しかし母の世間知は、一瞬のうちに物事の本質を見抜き、言い訳ももったいも決別のための理由付けも無用に、慧子の気持ちを一瞬のうちにそこから引きはがした。

カフェから慧子が当時借りていたアパートについてきたかと思うと、母は室内の数少ない荷物を、いきなり段ボール箱や紙袋に放り込み始め、タクシーを呼ぶと娘と荷物を乗せて、そのまま家に直行したのだった。

あのときばかりは、母は全力で娘を守ってくれた。父にも祖父母にも、娘が戻ってきた理由を問うことを許さず、心情の告白も反省の弁も一切不要なものとして、アルバイト先を辞めた娘が地方から戻ってきたかのようなさりげなさで迎えてくれた。

すぐに帰っておいで。体でもこわしてからじゃ遅い、という言葉が、胸を圧するような悲しみを伴って、今、鮮やかに心によみがえってきた。

黒いワンピース、黒いストッキング、黒い靴……。

父の代理で出かける、面識もない人物の葬儀が、そう遠くない将来の母のものに思えてくる。

顔かたちはあまり似ていないが、慧子の太い直毛の髪とAB型の血液は母と同じだ。果たして腎臓(じんぞう)のタイプはどうなのか。これまで大きな手術は受けたことがない。

「ドナーの方の苦痛は、極力取り除いています。手術中はもちろん、術後についても」

江崎医師は、今日、確かにそう言った。さきほどそれを父に伝えると、「切られて痛くないだと？　バカ言うのもいい加減にしろ。実績ほしさに嘘(うそ)八百を並べたておって」と父は激高した。

何が本当なのかわからない。ただ、その身体的痛みやリスクを慧子は進んで受け入れようとしていた。それによって精神の安らかさを得られそうな気がしてしかたなかった。

自分の腎臓を一つ分けたことによって、母がその後、どれだけ生きるかということよりは、近い将来の母の確実な死を、自分一人が健康体を抱えたまま見届けることに耐えられない。

しかし検査を受ける前に、ハードルがあった。

移植するにあたっては、受ける側の意思がもっとも尊重される。

家族がどんなに自分の臓器を提供したいと願っても、本人が拒否すれば医師は執刀できない。そう江崎は言った。

「子供にそんなことをさせたい親がどこにいる」と父は断言した。

そんな親をどうやって説得したらいいものか……。

「腎臓さえもらえれば」

苦しみの最中に吐き出した母の言葉は、結局のところ最短でも十六、七年待たなければ回ってこない、献腎移植のことを指していたのか。それとも、むくんだ胃から突き上げる激しい吐き気とともに上げた悲鳴のようなものなのか。その苦痛からとにかく逃れたかったのだ。そう考えると胸が詰まる。

しかし死によって逃れようとするのではない。最後の治療手段によって逃れたい。死にたくない。その生への執着は、父には理解できないだろう。充実しすぎた人生を送ってきた父には、石にしがみついても生き長らえなければならない理由などないのだから。

翌日、病院に行くと、母の容態は好転していた。顔色はあまり良くなかったが、病室に入っていった慧子に、「どうしたの。今日は遅かったじゃない」と、まずは不満を述べる声にも張りがあった。

昨日までの雨も止んで、木漏れ日が差し込んでいる。窓からは裏手の庭のホオノキが、巨大な白い花をつけているのが見えた。四階にある病室から大木の梢が見える不思議に昨日は気づかなかったが、窓辺に近づいて下を見て納得した。

高台にある病院の入院病棟は、段丘の縁にあたる崖上に建っており、ホオの大木は、目が眩むほど下方の谷地から生えていた。

「窓開けてくれる？　なんだか空気が悪いわね、ここは」

母は言った。空調がよく効いていたが、気分の悪さが残っていて息苦しいのかもしれない。

「ごめんね、相部屋だから」とささやくと、母は眉根を寄せ、ひどく情けない表情でうなずく。

「よかったら、屋上に散歩でも行ってみます？」

検温にやってきた看護師が声をかけてくれた。

「いいんですか?」

「もちろん。駆け回ったりとかしなければ大丈夫ですよ」

積極的な治療の手段はもうない。あとは一瞬、一瞬を、できる限り気持ち良く過ごしてもらいたい、そんな配慮が見えた。

「歩ける?」と尋ねると母は「当たり前でしょ」と立ち上がる。「手洗いだってなんだって自分で行ってるんだから」

「ちょっと待っててください」と看護師が車椅子を持ってきてくれた。

「大丈夫ですから」と恐縮して辞退する母に、看護師は、「いきなり歩き回って、くらっとくることもあるんですよ」と言いながら、手際よく乗せてくれた。

車椅子を押してエレベーターホールに向かう。

談話室にも、食堂にも、パジャマ姿の患者や見舞いの人々の姿があった。

母に移植の話を切り出すのに、回りに人のいない屋上は絶好の場所だ。吹き抜ける風が、気分を少しばかり前向きで開放的なものにしてくれるだろう。

ちょうどエレベーターの扉が開いたところで、慧子は慣れない車椅子を押して乗り込む。屋上のボタンを押してから、エレベーターが下に向かっているのに気づいた。

うっかり下りに乗ってしまった。

一階で扉が開くと、ストレッチャーに乗った患者と看護師たちの姿があった。そのまま乗っているわけにはいかず、いったん下りる。

「あら」と母が指差した。「あっちがいいわね」

ガラス越しに庭が見えた。

ちょっとした植え込みと小道があって、ごく小さなコンクリート製の池の中央で、睡蓮が蛍光ピンクの大輪の花を咲かせている。

自動ドアを抜けると、外は静まり返っていた。人影はなく、慧子は車椅子を押して、トチの木陰に入る。

少しためらった後、「お母さん」とあらたまった口調で呼びかけた。

「先生から説明があったと思うけど、移植する気、ある」

一息に言った後、祈るような気持ちで返事を待つ。

「そりゃ、元の体に戻りたいよ。一日何時間もベッドに縛り付けられるし、翌日の夜には寝ていても怠くてどうしようもなくなるし」

慧子はうなずく。

「でも、いったいだれのをもらうの」

怪訝な表情で母は尋ねる。

「脳死した人のをもらうのは難しいから……」

慧子がためらいながら言いかけると、「それは、十年以上待たされると言うんだから、こっちは死んでしまうよ」という言葉が即座に戻ってきた。

「たとえば、家族や親族なら、どう？」

母は無言のまま、慧子を見上げた。

ここで下手な物言いをしたら、一言の下に拒否されるだろう。

「適合検査を受けないと、できるかどうかわからないけれど、もし私のが合ったら、あげられるよ」

そこまで言った後、母に口を挟ませる余裕もなく、ドナーについては、極力、痛みが無いように配慮されること、二つある腎臓のうち一つを提供しても、その後のドナーの健康にはほとんど影響しないことなどを、慧子は話した。

「ばかな事、言ってるんじゃないよ」と、いつ怒鳴られるかとびくついていた。そのときのための説得の言葉も用意していた。

しかし母はうなずいて聞いている。不可解なほど快活な表情で、その瞳を輝かせた。

「あんたのだったら、一番いいね」

耳を疑った。少しばかり拍子抜けした。

手術を受ける本人の同意、という最初のハードルは意外に簡単にクリアした。しかしすぐに次の不安がわき上がる。

「お母さんさえいいと言ってくれるなら、すぐに検査を受けるけれど、その結果、タイプが合わないということになったら……」

そのときの母の失望はどれほどのものだろう。かといって父も弟も、検査を受けること自体を拒否するに違いない。せめて適合検査だけでも、本人の同意無しに行ってくれれば、そんな思いをさせないで済むものを。この病院の規約が恨めしい。

母はうなずいた。

「そのときは諦めるよ。あんたのだったらいいけれど」

あっさりした口調だ。真意を計りかねた。

背後でガラス戸が開く。何かしゃべりながら見舞いの帰りとおぼしき二人連れの女性がこちらにやってきた。

あまり話を聞かれたくないので、慧子は車椅子を押し、林の中の小道を奥へと進む。

「あんたのなら自分の体と同じだもの」

「自分の体と同じ？」

説得するつもりで来たというのに、その言葉にひっかかりを感じた。

「自分で産んだ子だもの。きっと合うよ。たった一人で産んでたった一人で育てた、自分の一部のようなものだもの」

ざわざわと違和感が上ってきた。昔のことで、出産に父は立ち会ったりはしなかったにせよ、母の親族くらいは立ち会ったはずではないのか。当初、結婚に反対したにせよ、父の両親は、初孫の誕生を喜んだ。膝に抱かれた記憶もある。母の感情を幼いなりに理解して、物心ついて以降、必要以上に祖父母に懐かなかったのは慧子の方だ。弟ほどではなくても、みんなに可愛がられ、みんなに育てられた。

深い森の中に入っていくように見えた小道は、突然途切れた。

草木の緑とはトーンの異なる、どこか平板な緑色が広がっている。コンクリートを敷きつめた傾斜地に出た。正面玄関脇にある立体駐車場が建つ以前に使われていた駐車場跡だ。じめついたコンクリートがところどころひび割れ、一面、苔に覆われていた。

「あの家に入ってきて、みんなにいじめられて、あんまり悔しかったから、あんたを背負って死んでやろうと思ったことがあった。ほら、裏の京王線の線路脇の細道、あれをずっと歩いたことがあったっけ。自分で産んだ女の子だもの、生きるのも死ぬのも一緒だからね。後ろから急行が来る度に、今度こそ飛び込もうと思って」

背筋が粟だった。幼い頃、死んでいたかもしれない、などというのは、どうでもいいことだ。紛れもないこの母の娘であるということ、そして何のためらいもなく自分と娘とを一体のものとして、平然とそんなことを語る母に、怖気立った。

震える手で車椅子のグリップを握っていた。コンクリートの地面の上でタイヤがすべって慌てて車椅子の向きを変え、タイヤをロックした。

地面の傾斜は見た目より急だ。右手は病院の表玄関に通じるアスファルトの道、左側には、コンクリートの縁石がある。その向こうは病室の窓から見えた崖で、白い花をつけたホオノキの梢が、目の高さにあった。

「お父さんの腎臓なんか、死んだってもらうのは嫌だ。あんな気取り屋の腐った一族のものなんか」

私はあの一族の者ではない、と？　その言葉を飲み込み、「泰水のは」と押し殺した声で尋ねた。

母は無言でかぶりを振った。意思的な所作だった。

「だめよ」

厳しい口調に驚いた。

「移植のことなんか、あの子に言ったら絶対だめ」

「そう……」

「病気でもない体にメスを入れさせて、万一のことがあったら。だれがそんなことをさせたいものですか。将来、何の病気にかかるかわからないのに」

半ば予想していた答えだった。

昨夜から自分の皮膚の上に、はっきり自分の物として感じていた痛みや、押しつぶされそうな孤独感を思い出した。

入院している母の情緒に自分の心と体が共振していた。知覚感覚が直接的に触れあっている。

一心同体。二人の子供のうち、片や愛する者、片やまぎれもない自分の一部。すさまじい嫌悪と恐怖に、血液が泡立つような気がした。

かがみ込み、タイヤのロックを外した。

グリップを握りしめ、慧子は車椅子の方向を再び変える。

ところどころ苔の生えた縁石には隙間が空いている。車は決して通り抜けられないが、人と車椅子ならするりと通り抜けられるほどの幅の隙間だった。その先は木々と下草の密生した崖となって、ホオノキやクルミの茂る谷地へと落ち込んでいる。

「いやあね。こんな崖だっていうのに、フェンスもないなんて」

母が身を乗り出すようにして、そちらを見る。

車椅子を押す必要もない。グリップを離せば、それは母を乗せたまま縁石の隙間に向かって走り、後は垂直の斜面を立木に衝突しながら落ちて行く。

今、車椅子を引っ張るようにして、慧子は母の体をここに留めている。

これが自分の姿だ。放っておけば自分から谷底に落ちる車椅子を全身の力で支えている。

一体、今まで何にあらがおうとしていたのか、なぜ怒鳴り合いをしてまで、自ら落ちて行こうとする母の腕を摑んでいたのか。力尽きたときには、一緒に落ちていかなければならない。そんな気持ちにさえなっていた。

手を離した。

途方もない解放感が体を包んだ。

車椅子が走り出す。

母が振り返り、グリップに娘の手がかかっていないことに気づいた。

悲鳴をあげる。フットレストから外した足をばたつかせ、車輪を摑もうとして両手を泳がせる。

車椅子は全体が前のめりになってぐらりと揺れる。すんでのところで慧子はグリップを摑んだ。その気などなかったのに、体が勝手に動いた。

崩れ落ちそうな疲労感とともに、半ば口を開け、グリップを握りしめて呆然（ぼうぜん）として立っていた。

所詮（しょせん）は、この母の娘だ。背後から来た京王線の急行に飛び込めずに見過ごしたように、慧子もまた車椅子の前輪が落ちかけたところで、渾身（こんしん）の力を振り絞って止め、引き戻した。

「何やってるのよ、本当に不注意なんだから。このまま崖下まで転がり落ちるところじゃない、危ないったらありゃしない。まったく人を殺す気なの」

母ががなり立てている。その無邪気さに、思わず笑い声を立てていた。

「ごめん、うっかりしてた」

「笑い事じゃないでしょ。まったく、あんたって子は」

興奮した声を乗せて、慧子はゆっくり車椅子の向きを変え、病棟に向かい戻り始める。

自分は今夜の通夜にはたぶん行かないだろう、と唐突に思った。

病院から戻ったら、自分はあの家から逃げ出す。もう一刻の猶予もない。この手で母を殺してしまう前に、離れて行かなければならない。

建物の入り口に向かい、車椅子を押していく。

「まったく、危うく殺されるところだったよ。うっかりじゃ済まないんだから、本当に」

母はまだ繰り返している。

限界はとうに越えていた。自分でそのことに気づかなかっただけで。殺すか、逃げるか。循環する血液も思考回路も共有する不気味な結合体としての親子を母に要求されながら、母の果たせぬ父の妻としての役割を演じてきた。その挙句に内臓までも分かち合い、無意識のうちに、母の暗黒の胎内に戻ろうとしていた。

今なら間に合う。今なら神にも組織にも頼らず、たった一人で家族の前から姿を消すことができる。母の娘であることも、父のファーストレディであることも、即座に止めて。

自動ドアが開く。グリップを下に押しつけるようにして段差を乗り越え、中に入る。来るときよりも重みを増したように感じられる車椅子を押して、慧子はエレベーターホールに戻っていく。すり減ったリノリウムの床に、車輪に踏みしだかれた苔の跡が、緑の血のように二本の平行線を描いた。

本書の執筆にあたり、お世話になりました四人のお医者様に心から感謝いたします。

認知症を始め、人の心の問題について踏み込んだご意見をお聞かせくださいました精神科医の金川英雄先生、神経ブロックについてご教示いただいた麻酔医の大塚康久先生、途上国に於ける医療調査と援助について、自らのご体験を踏まえ貴重なお話を賜りました小坂健先生、糖尿病の予防、症状、治療等々について丁寧に解説してくださいました糖尿病専門医の佐藤淳子先生、ありがとうございました。

なお作品はあくまで創作であり、ご教示いただいた内容に必ずしも沿った内容ではなく、文責は篠田にあります。

解説

徳川家広

私たちの生きる平成末の日本を考える材料として、おそらく本書『長女たち』を超える一冊はないであろう。

ちょっと大げさに思われるかもしれないが、これは私の偽らざる感想だ。現代日本にとって最も深刻な問題は、高齢化と少子化の止(とど)まるところを知らない進展だということは、誰しも異論のないところだと思う。人手不足も経済の低迷も格差の拡大も、全(すべ)てはそこから派生している。そして、本書収録の三つの中編小説のうち二編で描かれているのは、まずもってその少子高齢化の、個人の次元における実相なのである。

最初に収録されている、タイトルからして恐ろしげな「家守娘(いえもりむすめ)」の主人公の女性は、骨粗鬆症(こつそしょうしょう)で動きが不自由になったうえに、認知症まで発症しはじめたらしい母親の世話をするために、勤めを辞めざるを得なかった。いわゆる介護離職である。いっぽう「ファーストレディ」の主人公は、糖尿病にもかかわらず菓子類の飽食が止まらない母親の世話に忙殺されている。

老親の世話が負担となって仕事が続けられない、あるいは結婚に踏み切れないという話は、ここ数年でずいぶんと増えてきた。そういう意味では、現実を報告するルポルタージュ風でもある。だが、そこは恐怖譚の書き手として定評のある篠田節子だけに、ただの報告では終わらない。どちらの物語においても、娘に世話を焼かせる母親は単に弱く、悲しいだけの存在ではなく、時に憎しみ、いや、殺意を抱かせるほどに邪悪である。悪霊に取り憑かれたかのようなのだ。愛する家族が魔物に見えてしまう瞬間さえある介護生活の辛さ、不愉快さを、これほど巧く伝えている例を、私は寡聞にして知らない。

しかし、それ以上に重要なのが、「家守娘」「ファーストレディ」のどちらにも、少子化の本当の原因――戦後日本における家族の変容が、上手に織り込まれているという点である。戦後改革によって明治以後の家制度が解体され、男女を問わず家の存続ではなく、個人の幸福が最重要とされるようになった。そして日本が豊かになるとともに少子化が進展し、そのいっぽうで女性の権利は拡大されてきた。

だが、人の意識や感覚は、ゆっくりとしか変化しない。だから親と子の間にはどうしてもズレが生じてしまう。特に、子のほうが戦後的価値観を真面目に吸収してしまった場合には。

この大真面目ゆえのズレこそが、「家守娘」「ファーストレディ」の核心だ。主人公は「家守娘」では離婚、「ファーストレディ」では婚期を逸しつつあるという違いはあるものの、どちらも学歴が高くて頭がよく、真面目で、義務感が強い。秀才型、と言おうか。そんな女性が実家暮らしとなったから、きちんと、実にきちんと老いた母親の世話を焼くのだが、知的であるがゆえに自分の置かれている絶望的な状況が見えてしまう。

介護が終わった頃には——母親が世を去った後には、おそらく自分が老いてしまっている。

このあまりに悲しく、残酷な計算を読んだ者は、強烈なカタルシスに見舞われるはずである。誰も言えないでいる真理——今の日本のような少子高齢化社会においては、数多い老人が尊厳をもって天寿をまっとうすることと、数が少なくなった若者が幸福で充実した人生を送ることとは、両立が困難だということを、喝破（かっぱ）しているからである。

ここで鍵（かぎ）となるのが、本書のタイトル『長女たち』だ。母親が老いて心身が不自由になった場合、その世話は嫁がするものだというのが、長く日本の常識だった（老父の場合、まずは老母が世話をして、それが不可能になると嫁の出番となる）。だが長男の妻、つまり跡取りの嫁がその機能を果たし得なかった場合、どうなるのか？

ここで次男、三男とぞろぞろ息子がいて、それぞれが結婚していれば、話は簡単である。だが、そのような大家族は姿を消しつつある。老親介護の負担は必然的に、娘にかかってくる。とはいえ、娘は嫁に行って嫁ぎ先で忙しいかもしれず、あるいはそもそも、老人の世話を焼くだけの優しさ、真面目さ、根気良さを持ち合わせていないかもしれない。

そう。篠田節子が『長女たち』というタイトルで言わんとしているのは、その家に最初に生まれた娘という意味ではなく、むしろしっかりしていて弱いものに優しい「お姉さん体質」の女性のことなのである。しっかり者で、優しいからこそ、負担が集中して、苦しむことになる。それが今の日本の現実なのだ。とはいえ、そこは物語巧者の篠田節子の作である。「家守娘」「ファーストレディ」の二作は、恐怖小説を読むような息苦しさに満ち溢れているものの、そのどちらも読後感は爽快である。高齢化に伴う諸問題に限らず、苦しい現実を生きていく上で読者を励ます普遍性を備えている。

右の二編が現代日本を描いているのに対し、二つ目に収録されている「ミッション」はヒマラヤの山奥の村を舞台にしている。尊敬する医師が日本を離れ、平均寿命が短い村人たちに健康と長寿をもたらそうと努力していたが、転落事故で死亡する。主人公の女性もまた医者で、亡くなった医師の志を継ぐためにこの村に赴任して、医療に従事するとともに、村人たちの不健康な生活を改善しようと奮戦する。だが、努力の果てに見えてきた現実とは——。

乾燥した、冷涼な高山地帯の空気を体感させるこの「ミッション」を、伝統的な日本女性のウェットな情感を濃厚に宿した「家守娘」と「ファーストレディ」の二作で挟んだ構成に、本書を初読した時の私は感心したものである。今の日本とまるきり対照的なヒマラヤの貧困国を舞台に、文化人類学者の参与観察記録を思わせる緻密さで現地人の生活を描き、そして彼らの死生観を雄弁に語らせる「ミッション」は、この一編だけでも十分に思索を誘い、感動的である。だが、残り二編と組み合わせて読まれることによって、現代の日本人に対して、いよいよ痛烈な問題提起となっている。

「人が普通に生まれて、普通に年老いて、普通に死んで、普通に生まれ変わっていく」

作中の、このくだりを読んで、私は「これがかつての日本人の心性であった」と感じたものである。生まれ変わるのか、それとも天国か地獄へ行くのかはさておき、かつての日本人のたいがいは、死後の生があることを信じるというよりは実感していた。それが近代西洋文化と接し、果ては昭和の大戦を経て、生きて、自らが幸福をつかむことを至上の価値とする、世俗的な社会へと変質した。その結果が戦後の高度成長であり、今日の先進国の地位である。だがその先進国は同時に、長く生きられるという幸福が増大した結果、後からやって来た世代の幸福が奪われ、その挙句に子供が生まれなくなった――さらに後からやって来る世代がいない、文字通り未来のない社会なのではないか。

もちろん今の日本が西洋化以前の社会に戻ることなど出来はしない。未来を再び希望に満ちたものとするための、さまざまな問題の解決は、今の私たちの価値観を前提としなければならない。だが、右の引用の力強い明快さから、そして「家守娘」と「ファーストレディ」で長女たちを苦しめる老母たちの不気味さから、そのことの困難さは容易に読み取れる。

それでも、本書の読後感は希望に満ち溢れたものとなるだろう。多くの篠田節子作品と同じように、読者は主人公の女性たちの賢さと強さに、勇気づけられるからである。

（平成二十九年八月、翻訳家、政治・経済評論家）

この作品は平成二十六年二月新潮社より刊行された。

佐野洋子著
がんばりません
気が強くて才能があって自己主張が過ぎる人。あの世まで持ち込みたい恥しいことが二つ以上ある人。そんな人のための辛口エッセイ集。

夏樹静子著
腰痛放浪記 椅子がこわい
苦しみ抜き、死までを考えた闘病の果ての信じられない劇的な結末。3年越しの腰痛は、指一本触れられずに完治した。感動の闘病記。

佐藤愛子著
私の遺言
北海道に山荘を建ててから始まった超常現象。霊能者との交流で霊の世界の実相を知り、懸命の浄化が始まる。著者渾身のメッセージ。

瀬戸内寂聴著
老いも病も受け入れよう
92歳のとき、急に襲ってきた骨折とガン。この困難を乗り越え、ふたたび筆を執った寂聴さんが、すべての人たちに贈る人生の叡智。

田辺聖子著
姥ざかり
娘ざかり、女ざかりの後には、輝く季節が待っている——姥よ、今こそ遠慮なく生きよう、76歳〈姥ざかり〉歌子サンの連作短編集。

末盛千枝子著
「私」を受け容れて生きる
—父と母の娘—
それでも、人生は生きるに値する。美智子様のご講演録『橋をかける』の編集者が自身の波乱に満ちた半生を綴る、しなやかな自叙伝。

青柳恵介著
風の男 白洲次郎

全能の占領軍司令部相手に一歩も退かなかった男。彼に魅せられた人々の証言からここに蘇える「昭和史を駆けぬけた巨人」の人間像。

梯 久美子著
散るぞ悲しき
—硫黄島総指揮官・栗林忠道—
大宅壮一ノンフィクション賞受賞

地獄の硫黄島で、玉砕を禁じ、生きて一人でも多くの敵を倒せと命じた指揮官の姿を、妻子に宛てた手紙41通を通して描く感涙の記録。

「新潮45」編集部編
殺人者はそこにいる
—逃げ切れない狂気、非情の13事件—

視線はその刹那、あなたに向けられる……。酸鼻極まる現場から人間の仮面の下に隠された姿が見える。日常に潜む「隣人」の恐怖。

森 功著
黒い看護婦
—福岡四人組保険金連続殺人—

悪女〈ワル〉たちは、金のために身近な人々を脅し、騙し、そして殺した。何が女たちを犯罪へと駆り立てたのか。傑作ドキュメント。

山本譲司著
累犯障害者

罪を犯した障害者たちを取材して見えてきたのは、日本の行政、司法、福祉の無力な姿であった。障害者と犯罪の問題を鋭く抉るルポ。

長谷川博一著
殺人者はいかに誕生したか
—「十大凶悪事件」を獄中対話で読み解く—

世間を震撼させた凶悪事件。刑事裁判では分からない事件の「なぜ」を臨床心理士の立場から初めて解明した渾身のノンフィクション。

長女たち

新潮文庫　し－38－9

平成二十九年十月一日発行
令和四年三月三十日七刷

著者　篠田節子

発行者　佐藤隆信

発行所　株式会社新潮社

郵便番号　一六二―八七一一
東京都新宿区矢来町七一
電話　編集部(〇三)三二六六―五四四〇
読者係(〇三)三二六六―五一一一
https://www.shinchosha.co.jp

価格はカバーに表示してあります。

乱丁・落丁本は、ご面倒ですが小社読者係宛ご送付ください。送料小社負担にてお取替えいたします。

印刷・大日本印刷株式会社　製本・株式会社植木製本所

ISBN978-4-10-148420-4 C0193